Flávio de Carvalho

"O berço da força poética"

Flávio de Carvalho

"O berço da força poética"

Larissa Costa da Mata (Org.)

alameda

Grafia atualizada segundo o Acordo Ortográfico da Língua Portuguesa de 1990, que entrou em vigor no Brasil em 2009.

Edição: Haroldo Ceravolo Sereza e Joana Monteleone
Editora assistente: Danielly de Jesus Teles
Editora de projetos digitais: Brunno Moura
Projeto gráfico, diagramação e capa: Airton Felix Silva Souza
Assistente acadêmica: Tamara Cristina dos Santos
Revisão: Alexandra Colontini
Imagem da capa: Ilustração do número da revista *Cahiers d'Art* dedicado à expedição de Leo Frobenius à África. Exemplar pertencente ao acervo do Centro de Documentação Cultural Alexandre Eulálio (CEDAE), Unicamp.

Este livro contou com o apoio do CNPq, por meio da bolsa de pós-doutorado fornecida à organizadora entre 2015 e 2017, e do Programa de Pós-Graduação em Literatura Brasileira da USP, financiador do evento "O berço da força poética" com a verba CAPES-Proex

Esta obra foi publicada com apoio da Fapesp, nº do processo 2017/22814-0

As opiniões, hipóteses e conclusões ou recomendações expressas neste material são de responsabilidade da autora e não necessariamente refletem a visão da FAPESP

CIP-BRASIL. CATALOGAÇÃO NA PUBLICAÇÃO
SINDICATO NACIONAL DOS EDITORES DE LIVROS, RJ

F618

Flávio de Carvalho : "o berço da força poética" / organização Larissa Costa da Mata. - 1. ed. - São Paulo : Alameda, 2019.
316 p. ; 21 cm.

Inclui bibliografia
ISBN: 978-65-86081-05-3

1. Carvalho, Flávio de, 1899-1973 - Crítica e interpretação. 2. Arte moderna. I. Mata, Larissa Costa da.

19-58326 CDD: 709.04
CDU: 7.036

ALAMEDA CASA EDITORIAL
Rua 13 de Maio, 353 – Bela Vista
CEP 01327-000 – São Paulo, SP
Tel. (11) 3012-2403
www.alamedaeditorial.com.br

Sumário

7 *Prefácio*
Larissa Costa da Mata

15 O BERÇO DA FORÇA POÉTICA: ENCONTROS

17 *Notas para a reconstrução de uma escrita perdida*
Marcelo Moreschi

43 *Flávio de Carvalho e a máquina celibatária*
Larissa Costa da Mata

67 *Flávio de Carvalho: o sequestro*
Raúl Antelo

101 *Expedição, experiência: Flávio de Carvalho na selva amazônica*
Veronica Stigger

127 OUTROS ENCONTROS COM O ARTISTA

129 *Mãe, medusa*
Eliane Robert Moraes

141 *Flávio de Carvalho e Gilberto Freyre: a memória, no limiar entre o sonambulismo histórico e a sugestibilidade iconográfica*
Ana Luiza Andrade

167 *Arquitetura, performance e totemismo*
José Tavares Correia de Lira

201 *Observações de um psicólogo voador: história e sobrevivências em* Rumo ao Paraguai *de Flávio de Carvalho*
María Florencia Donadi

247 *ESCRITURAS DO ARQUIVO*

249 *Nota sobre a transcrição*

251 *Mecanismo da emoção amorosa*

255 *Rumo ao Paraguai*

269 *Na fronteira do perigo*

285 Sobre os autores

Prefácio[1]

Larissa Costa da Mata

> [...] este livro não é um simples livro de viagens e sim um livro de meditações sobre viagens, um resumo de ideias e sensações colecionadas sem preocupação de ordem ou de estética e não visa nem destruir, nem construir, e nem quer ser ético, não é um livro para o grande jardim da infância constituído pelas massas: quando muito pode atuar como estimulante para o cérebro seguindo apenas o tumulto dos acontecimentos pessoais do autor.
>
> Flávio de Carvalho, *Os ossos do mundo*

---

1 Agradeço a Aline Novais de Almeida e a Andréa Leitão pela leitura deste prefácio, bem como aos comentários de Almeida à "Nota sobre a transcrição", ao final deste livro.

Os livros *Experiência n. 2* (1931) e *Os ossos do mundo* (1936), do artista brasileiro Flávio de Carvalho (1899-1973), bem como muitos de seus escritos e experiências posteriores, podem ser lidos à luz do diálogo entre as vanguardas de princípios do século XX (como o expressionismo, o dadaísmo e o surrealismo) e o primitivismo, ainda que alguns deles (como a série "Notas para a reconstrução de um mundo perdido", publicada no *Diário de S. Paulo* entre 1957 e 1958) o retomem anacronicamente. Se, como o crítico norte-americano Hal Foster[2] observa, o interesse pelas culturas primitivas na Europa surgiu de uma tentativa de constituir "ficções de origem", no caso da América Latina, as vanguardas se voltaram para um passado nativo, anterior à influência dos colonizadores. No modernismo brasileiro, a antropofagia, nas palavras de Raul Bopp,[3] revirou os anais totêmicos em busca das raízes brasileiras, recorrendo, portanto, aos mitos ameríndios, à cultura popular e ao folclore. Algo, no entanto, distingue Flávio de Carvalho da perspectiva antropofágica: o "primitivo", para ele, não estava dado pelo passado, mas formava-se imprevisivelmente no curso do tempo, como uma potência de transformação latente na arte e nos gestos.

O relato de viagem *Os ossos do mundo*, ou o "resumo de ideias e sensações", como ele mesmo esclarece, fora escrito após a ida de Carvalho à Europa em 1934, onde estivera com o intuito de participar do Congresso de Psicotécnica de Praga, evento no qual encontrara o intelectual francês Roger Caillois. Nesse texto, o primitivismo vanguardista desloca o estranhamento do novo continente – aquele que o conde Keyserling havia descrito como o "terceiro dia da criação" em *Meditações sul-americanas* – à antiga Europa. No

2 Foster, Hal, *Prosthetic Gods*. Cambridge, Massachusetts; London, England: MIT Press, 2004.

3 Bopp, Raul, *Movimentos modernistas no Brasil (1922-1928)*. Rio de Janeiro: Livraria São José, 1966; *Idem*, *Vida e morte da antropofagia*. Rio de Janeiro: José Olympio, 2008.

capítulo "Madona e bambino", por exemplo, Carvalho debruça-se sobre a tradição italiana renascentista de pintura, que intitula o texto, e observa os corpos opulentos das transeuntes, concluindo que, na península itálica, a voracidade alimentar e o apetite sexual são correspondentes. Por sua vez, em "As ruínas do mundo", o artista brasileiro se dedica a apresentar-nos coleções insólitas de aspectos rebaixados ou de resíduos do corpo humano. Primeiramente, menciona homens que acumulam roupas íntimas femininas graças ao odor do sexo feminino; depois, judeus que guardam os seus prepúcios, e até um "tipo asqueroso" que colecionava cascas de ferida. Por fim, o autor irá tratar de sua própria coleção, a de papéis higiênicos dos países que ele visitara na Europa, os quais seriam capazes de remeter ao "grau de civilidade dos povos". Contudo, como vemos na passagem a seguir, esse se intensificaria em um movimento da civilização à "barbárie", pois os tipos mais evoluídos antecedem o aparecimento da cultura: "Cuidando higienicamente de um dos locais mais desprezados e mais expostos ao chiste, o homem eleva o seu sentimento de superioridade. O desprezo pelo ânus é desconhecido da criança de hoje e do 'selvagem' atrás da história".[4]

Desse modo, emprega procedimentos similares aos dos intelectuais surrealistas dissidentes – como Carl Einstein, Michel Leiris, Roger Caillois e Georges Bataille. Como se sabe, esses procuravam aproximar o alto e o baixo, a alta e a baixa cultura, e estavam interessados tanto pelos documentos culturais e antropológicos – as imagens de sacrifícios pré-colombianos, por exemplo – como pela arte vanguardista. Assim, Georges Bataille, em um ensaio de 1929, intitulado "O dedão do pé",[5] irá afirmar que esse órgão feio, sujo e

4 Carvalho, Flávio de Rezende, *Os ossos do mundo*. Edição revista e ampliada. Organização de Rui Moreira Leite e Flávia Carneiro Leão. Campinas, SP: UNICAMP, 2014, p. 60.

5 Bataille, Georges, "Les gros orteil", *Documents*, Paris, nº6, nov. 1929, p. 297.

quase abjeto, torna-se "a parte mais humana do homem", na medida em que é o dedão do pé que permite ao homem suster-se em posição ereta. Portanto, realizando um movimento na contracorrente, esses intelectuais também buscavam produzir o choque diante das imagens familiares, invertendo o olhar hierarquizante normalmente atribuído às culturas não ocidentais ou "primitivas".

Além dos livros mencionados e de *A origem animal de Deus e o bailado do Deus morto*, publicados em conjunto em 1973, Flávio de Carvalho também deixou manuscritos inéditos (alguns deles atualmente desaparecidos), textos sobre temas diversos como estética, antropologia, arquitetura etc. dispersos pela imprensa paulista e carioca. Publicou, igualmente, séries de ficção-teórica no *Diário de S. Paulo*: "Rumo ao Paraguai" (1943-1944), "A moda e o novo homem" (1956), e "Os gatos de Roma / Notas para a reconstrução de um mundo perdido", essa entre 1957 e 1958, duas delas analisadas pelos autores deste livro[6].

Em linhas gerais, os seus textos estão marcados pela insubmissão às normas gramaticais (em especial no uso da pontuação), características observadas tanto por Gilberto Freyre como por Rubem Navarra, bem como por uma perspectiva serial e fragmentária, análoga à aproximação surrealista do sonho, à montagem e ao corte do cubismo e construtivismo, como fizera Raul Bopp em seus poemas, segundo Augusto Massi.[7] A insubordinação à língua normativa se salienta, ainda, pela espontaneidade no emprego das expressões de línguas estrangeiras, e pela disposição de citações com aspas incompletas, recordando-nos da proximidade entre a linguagem da fala

6 Nos textos de Raúl Antelo, Florencia Donadi, Marcelo Moreschi, Ana Luiza Andrade e Larissa da Mata.

7 Massi, Augusto, "Introdução: A forma elástica de Bopp". In: Bopp, Raul, *Poesia completa de Raul Bopp*. Organização e notas de Augusto Massi. 2. ed, Rio de Janeiro: José Olympio, 2014. [Versão e-book].

e a escrita pelos intelectuais modernistas. No entanto, de maneira distinta da de Mário de Andrade, por exemplo, que se utilizava da espontaneidade da fala em seus escritos e buscava, como intelectual, realizar uma espécie de inventário da língua brasileira em sua *Gramatiquinha*, em Carvalho o desvio da língua padrão endossa o seu espírito anarquista.

No ano de 2016, o livro *Os ossos do mundo*, celebrou oitenta anos e o ensaio sobre a psicologia das massas, *Experiência n. 2*, completou oitenta e cinco. No entanto, ainda nos dias de hoje, não receberam o mesmo foco que os seus retratos a óleo ou projetos arquitetônicos, contemplados por diversas exposições e catálogos. Por ocasião dos oitenta anos do relato de viagem, que fora relançado pela editora da Universidade Estadual de Campinas (UNICAMP) em 2014, a Faculdade de Arquitetura e Urbanismo da Universidade de São Paulo (FAU-USP) sediou, em 2016, a Jornada Flávio de Carvalho: "O berço da força poética", organizada por Eliane Robert Moraes e por Larissa Costa da Mata. O evento pretendia fomentar e aprofundar o debate sobre os textos de Carvalho, que foram relegados à margem do movimento modernista e pouco discutidos, mesmo pelas interpretações atuais da obra desse autor.[8]

Propondo-se, do mesmo modo, a contribuir para a fortuna crítica sobre o artista, especialmente no que diz respeito à sua atuação como escritor, *Flávio de Carvalho: "O berço da força poética"* reúne a versão completa de algumas das palestras apresentadas na

8 O encontro aconteceu na Faculdade de Arquitetura e Urbanismo (FAU-Maranhão) da Universidade de São Paulo no dia 22 de agosto de 2016, contando com a participação de Raúl Antelo, Marcelo Moreschi, Larissa Costa da Mata, Eliane Robert Moraes, Rui Moreira Leite, Augusto Massi, Fernanda Arêas Peixoto e Veronica Stigger. Agradeço aos amigos da pós-graduação que participaram da comissão executiva, indispensável para que a Jornada acontecesse: Juliana Caldas, Marcos Visnadi, Aline Novais de Almeida e Luciano de Jesus Gonçalves.

ocasião da Jornada, bem como outros "biscoitos sortidos" presenteados aos leitores.

Este livro se divide em três seções. A primeira delas, "O berço da força poética: encontros", oferece um registro das conversas principiadas na ocasião do evento, que deixaram um desejo de continuidade, graças à efemeridade da fala e ao esquecimento que, inevitavelmente, perpassaria os seus ouvintes. Nela, Marcelo Moreschi, Veronica Stigger, Raúl Antelo e Larissa Costa da Mata expressam um pouco do conteúdo de suas pesquisas dedicadas ao artista brasileiro, constituindo um panorama de seu legado dentro do movimento, por meio das relações inusitadas provocadas por seus textos com a tradição moderna literária e artística, da apresentação minuciosa da escritura carvalhiana e do comentário acerca de sua experiência etnográfica na Amazônia.

O diálogo ecoa na seção seguinte, "Novos encontros com artista", a qual traz à baila textos de outros estudiosos que vêm se dedicando à obra carvalhiana: Eliane Robert Moraes, Ana Luiza Andrade, María Florencia Donadi e José Tavares Correia de Lira. Os ensaios desses pesquisadores nos brindam com uma variedade de perspectivas sobre Flávio, contemplando a paixão pela figura materna, as suas afinidades com a obra de Gilberto Freyre, a sensualidade de sua obra arquitetônica e a experiência etnográfica e "geopolítica" menos conhecida do artista: a de sua travessia em direção ao Paraguai na década de 1940.[9]

9 Vale observar que a experiência amazônica e a viagem ao Paraguai foram recentemente contempladas pela exposição "Flávio de Carvalho Expedicionário" de curadoria de Renato Rezende e Amanda Bonanan, que aconteceu na Caixa Cultural em Brasília (2017) e na Caixa Cultural em São Paulo (2018). O catálogo da exposição conta com um texto de Renato Rezende sobre a série sul-americana de ficção-teórica. Rezende, Renato. "Flávio de Carvalho expedicionário." In: *Flávio de Carvalho expedicionário*, Curadoria de Renato Rezende e Amanda Bonan, São Paulo: Caixa Cultural; Rio de Janeiro: Circuito, 2017, p. 79-92.

Para que o leitor possa, ainda, conhecer um pouco melhor os escritos de Flávio de Carvalho, a seção "Escrituras do arquivo" traz excertos do datiloscrito de seu livro *Mecanismo da emoção amorosa* (1934- c. 1952), da série inédita "Nas fronteiras do perigo" (1956) e de "Rumo ao Paraguai". Desse modo, a parte final serve de suplemento à reflexão dos ensaios estampados neste livro que percorreram esses documentos, revelando facetas originais do pensamento de Flávio de Carvalho e a latência de sua escritura poética, permeada pelo acaso e pelo inconsciente.

O berço da força poética: encontros

Notas para a reconstrução de uma escrita perdida[1]

Marcelo Moreschi

O som não se propaga no vácuo. / Lembrar disso // – nem mesmo se formos lidos

Roberto Bozzeti

Do evento acadêmico

Por ocasião desta jornada e desta publicação, seria oportuno abordar um tipo particular de empreendimento artístico-intelectual que Flávio de Carvalho praticou ao longo de sua trajetória: a apresentação em eventos acadêmicos e científicos. Como se verá, a questão do evento acadêmico em Flávio de Carvalho é relevante para a discussão a propósito de sua escrita, objetivo final desta intervenção. Afinal, juntamente com a filiação a guildas profissionais e a associações de pesquisadores e especialistas, ostentada nas folhas de rosto de seus poucos volumes publicados,[2] a insistência na apresentação

1 A pesquisa que amparou este ensaio foi financiada inicialmente pela FAPESP.

2 Na folha de rosto de Carvalho, Flávio de Rezende, *Experiência n. 2,* Rio de Janeiro: Nau, 2001, o autor é apresentado como "engenheiro civil,

de seus textos a estudiosos e especialistas revela parte da destinação pretendida pelo autor para sua produção textual.

Seus textos, ou pelo menos parte significativa deles, deveriam chegar aos entendidos, que foram destinatários já das primeiras teorizações carvalhianas. Então, Carvalho, no início ainda de sua trajetória pública, figurava-se por escrito como o artista-engenheiro impudico e interessado em unir arte e ciência para a expansão ilimitada das possibilidades experienciais. Dessa maneira, propôs, de forma manifestária, "A cidade do homem nu", sua utopia tecno-estético-urbanístico-libidinal, no IV Congresso Pan-americano de Arquitetura, no Rio de Janeiro, em 1930.[3]

membro do Instituto de Engenharia, etc". A folha de rosto de *A origem animal de deus*, por sua vez, apresenta o autor como "membro ativo da Academia de Ciências de Nova York" *Idem*, *A origem animal de deus e O bailado do Deus morto*, São Paulo, Difusão Europeia do Livro, 1973.

3 O texto da apresentação foi integralmente publicado em periódico especializado, ver *Idem*, "Uma tese curiosa". *Architectura (mensario de arte)*. São Paulo, nº14, p. 43, 1930. Um fragmento dele foi reproduzido na imprensa diária (*Idem*, "Uma tese curiosa", *Diário da Noite*, São Paulo, 1 jul. 1930), que também noticiou a confusão provocada pela comunicação de Carvalho. Convém dizer que o autor participou também de outras edições do Congresso Pan-americano de Arquitetura, ainda que essa participação tenha se dado de maneira mais serena e convencional. Nas edições do congresso de 1940, em Montevidéu, e de 1947, em Lima, apresenta, respectivamente, "A máquina e a casa do século XX" ("La maquina y la casa del Siglo XX") e "A casa do homem americano" ("La casa del hombre americano"). Os datiloscritos de "A casa do homem americano" encontram-se no Fundo FC-CEDAE/Unicamp. O evento, assim, acabou por acolher praticamente toda a sua reflexão arquitetônica e urbanística realizada por escrito. A primeira versão de "A máquina e a casa" foi apresentada dois anos antes, em fevereiro de 1938, na Rádio Cultura e transcrita em "A casa do homem do século XX" (*Idem*, "A casa do homem do século XX", *Diário de S. Paulo*, São Paulo, 27 fev. 1938). A versão da conferência apresentada no congresso de Montevidéu foi publicada com o título "A máquina e a casa do homem no século XX"

Nos resíduos carvalhianos da fase alumínica (ie., até 1939), nota-se que a figura do técnico da utopia convive, ao longo da década de 1930, com a do "arqueólogo malcomportado". Assim, é figurado como praticante confesso da incitação de ânimos e da irritação de psiques – prática então eleita também procedimento de investigação e de criação. A psique irritada deixaria entrever algo de profundo, da "história da espécie"; seria uma forma de acesso a "emoções ancestrais", que são, a seguir, imediatamente teorizadas. A emergência da figura do "psicoetnógrafo" e do autor de "novos poemas plásticos" é concomitante à busca por outro tipo de especialista e por eventos acadêmicos de outras áreas do conhecimento.

Em sua viagem etnográfica à Europa de 1934/1935, Carvalho participou de dois congressos, um de filosofia e outro de psicotécnica. Nesses eventos, ocorridos em Praga, foram apresentados trechos de dois ensaios-experiências, *Experiência nº 2* e *Mecanismo da emoção amorosa*.[4] Aos filósofos, pode-se imaginar que Carvalho tenha resumido o componente escrito da sua experiência sobre uma procissão de *Corpus Christi* em 1931, possivelmente ressaltando seus resultados teóricos e reivindicatórios, dois deles em particular. Primeiramente, a reformulação de Freud a partir de Adler feita em forma de diagrama (ou de sucessivos diagramas). Tal releitura substitui o complexo de Édipo por uma outra dinâmica (talvez não apenas erótica) de onipotência, inferioridade e reconhecimento, pensada de forma vertiginosa a partir da experiência do quase linchamento de que voluntariamente foi vítima. Em segundo lugar, a demanda por uma nova potência, mista de homem e máquina, possivelmente tecno-alienígena, capaz

em *Idem*, "A casa do homem do século XX", *Dom Casmurro*, Rio de Janeiro, 2 mar. 1940). O texto também foi coletado por Xavier, Alberto (org.), *Depoimento de uma geração: arquitetura moderna brasileira*. São Paulo: Cosac & Naify, 2003.

4 Carvalho, Flávio de Rezende, *Mecanismo da emoção amorosa*. Datiloscrito. Fundo FC-CEDAE/Unicamp. (1934- c. 1952).

de substituir a divindade então provada morta pela experiência e pela imagem teórica resultante do enfrentamento dos fiéis em procissão.[5] Pelo que se interpreta em *Os ossos do mundo*, os filósofos não se entusiasmaram muito com as formulações.[6]

No evento de psicotécnica, Carvalho possivelmente tenha feito um sumário da sua teorização ainda inédita a respeito da experiência erótica, da frustração amorosa e das bases arcaicas de ambas. Essa teorização, baseada na prática sexual, em sua discussão e na pesquisa de resíduos ancestrais a seu respeito, procura provar, entre outras teses, que "o amor na mulher é o desejo de castigar, no homem o desejo de ser castigado" e propor, a partir da referência a for-

5 "Uma vez que um chefe deixa de oferecer a ilusão de poder e segurança ele se torna como um impostor, e esta é a situação ideal da ideia de Deus. O homem está começando a compreender que ele oferece pouca ou nenhuma segurança, e é insatisfatório como meta, porque a fantasia do homem já criou muitas metas acima da organização sexual do velho deus antropomórfico. Desacreditado como chefe, rebaixado pelo chiste e pela crítica, o todo poderoso perde, mostra seu encantamento, mostra a sua alma vazia ao escárnio do mundo. [...] Aos poucos ele se torna pequeno e insignificante, diminui e quase desaparece, e abandonado ao acaso se confundirá com muitas bugigangas da natureza usadas pelo homem como fetiche. Para satisfazer o instinto gregário do homem moderno, do homem que começa a nascer com as novas forças econômicas, é preciso alguma coisa mais que um mero boneco com um céu feito sob medida". *Idem*, *Experiência n. 2, Op. cit.*, p. 150-151. A demanda, que a princípio parece ser por uma religião positivista, é também, como se vê, patafísica, no sentido de ser uma fuga de certa metafísica a partir de uma ciência de soluções imaginárias e de leis da exceção, como formula o Dr Faustroll de Jarry.

6 "De um modo geral uma onda de idealismo pairava sobre o congresso, uma onda que teimava em fazer da filosofia a 'coroa de tudo' [...] observei uma tendência geral em quase todos os filósofos para um certo 'patriotismo científico', tendo como pátria a ciência raciocinada". *Idem*, *Os ossos do mundo*. São Paulo: Antiqua, 2005, p. 68.

mas de poligamia, poliandria, matriarcado, patriarcado e monogamia, que não é de classes, mas "de Sexos" a luta que move a história.[7]

Resta saber em que medida os psicotecnistas presentes no congresso poderiam ajudar na resolução de um problema diagnosticado pela teleologia sexual da história apresentada então a eles. De acordo com os resíduos da história e com fontes diversas, as formas baseadas tanto no patriarcado quanto no matriarcado seriam movidas por um potencial destrutivo de aniquilamento da espécie. A monogamia, solução provisória para as duas formas em luta, no entanto, parece insuficiente como profilaxia da frustração amorosa e de suas consequências.[8] Pode-se imaginar que Carvalho esperarava de seus colegas congressistas sugestões de como implementar a profilaxia demandada pela história profunda e despudorada da espécie, uma mudança em larga escala dos costumes: a adoção generalizada

7 Ver *Mecanismo da emoção amorosa*: "Escondido nas nuvens da história, perdido no tempo, está todo o tumulto dos desejos do homem. O panorama é de luta sem tréguas: lutas esporádicas, sangrentas, mais ou menos rápidas, individuais, por ideias, pela pátria, com insetos, com animais e muitos tipos de lutas, mas conspícua entre todas, pela sua importância e pela sua quase invisibilidade e pela velocidade lenta com a qual se processa na história do homem, está a Luta entre os Sexos. A Luta de Sexos é a única que pode explicar convenientemente o desenvolvimento das sociedades humanas e as suas origens cíclicas". *Idem*, *Mecanismo da emoção amorosa*, *Op. cit.*, s/p.

8 "Os resíduos que o homem deixou na história e nas ruínas do mundo mostram que a Luta de Sexos polariza a vida sexual do homem em duas direções: uma sociedade poligâmica abraçando o patriarcado e com tendência para a destruição da espécie, e uma sociedade poliândrica abraçando o matriarcado e também com tendência para a destruição da espécie. *Entre os dois tipos está a sociedade monogâmica, que representa o esforço do ser inferiorizado para salvar a espécie.* A monogamia é uma expressão de nivelamento entre macho e a fêmea em luta. Presentemente assistimos a um rebaixamento do poder do macho e caminhamos com vagar para uma forma de matriarcado". *Ibidem*, p. 58. Grifo no original.

da solteirice, do amor livre e da prática amorosa para além de qualquer sentido de posse.[9]

Nos dois eventos acadêmicos de Praga, são apresentados os procedimentos e as bases conceituais de uma investigação especulativa que inclui também a estética e a história da arte. Já desde antes da viagem, o artista escrevia uma série de artigos teóricos a respeito do fenômeno artístico,[10] aplicando suas teorias psicológicas e as expandindo para dar conta da história arte moderna e das "demandas do século", que, ali-

9 "Só com o desaparecimento do sentido de propriedade haverá uma compreensão maior entre o homem e a mulher. Quando não será mais uma questão de luta mas sim de outra coisa, quando não será mais um problema de depreciação e de apreciação do elemento humano. A ereção e a vontade sexual provocados pelo espetáculo do elemento humano em luta ou em estado de alegria e pelo desejo tátil de participar da luta e da alegria não será privativa a um único espetáculo de luta ou para a posse de uma única pessoa. Um grande número de lutas ofereceria um grande número de atrativos, ampliaria a sensibilidade e a percepção do indivíduo, introduzindo a noção de posse como uma coisa passageira, nômade, sem propriedade exclusiva. Depreciação e apreciação apareceriam somente em quantidade suficiente para unir o macho à fêmea, desaparecendo após o contato sexual com a vitória de um ou de outro. O ser vencido encontrará logo um novo parceiro para saciar o seu desejo de vingança e compensar a sua inferioridade, possivelmente oferecendo esse espetáculo de imolação ao seu vencedor da etapa anterior." *Ibidem*, p. 19.

10 Por exemplo, *Idem*, "As novas tendências da pintura contemporânea". *Movimento*, São Paulo, nº1, jul., ago., set. 1935, transcrito no catálogo da retrospectiva de 2010 (*Flávio de Carvalho*. Curadoria Rui Moreira Leite. São Paulo: Museu de Arte Moderna de São Paulo, 2010, p. 57-59); *Idem*, "A única arte que presta é a arte anormal". *Diário de S. Paulo*, São Paulo, 24 set. 1936, transcrito parcialmente por Valeska Freitas no catálogo da retrospectiva de 1999 (*Flávio de Carvalho. 100 anos de um revolucionário romântico*, Curadoria Denise Mattar. Rio de Janeiro: CCBB/MAB-FAAP, 1999, p. 71-73); *Idem*, "A luta nos domínios da arte". *O Cruzeiro*, Rio de Janeiro, 2 abr. 1938, transcrito por Valeska Freitas no catálogo da retrospectiva de 1999 (*Flávio de Carvalho. 100 anos de um revolucionário romântico, Op. cit.*, p. 75-76).

mentadas pelos "conhecimentos atuais", também exigiam a fundação de novas práticas artísticas e de novas ciências a seu respeito.[11]

Especialistas de disciplinas estabelecidas precisam novamente ser comunicados sobre as formulações. Em 1937, mesmo ano do I Salão de Maio, Carvalho mandou um enviado apresentar um desses textos teóricos sobre arte, "O aspecto psicológico e mórbido da arte moderna", no II Congresso de Estética e Ciência da Arte, em Paris.[12] No artigo, refaz a história da arte moderna, descrevendo impressionismo, cubismo, dadaísmo, expressionismo e abstração como um grande ciclo de revolução mental marcado por turbulências psíquicas e pela alternância entre delírio, agressão sadomasoquista e purificação racional – explicação já esboçada em *Os ossos do mundo*.

A partir da década de 1950, já superada a fase alumínica e em pleno período telúrico, as investigações carvalhianas tornam-se ainda mais ambiciosas. O psicoetnógrafo provocador vai também tomando a forma do sábio excêntrico que habita uma semi-pirâmide no *hinterland* paulista, onde elabora uma verdadeira paleo-psicanálise evolutiva da forma humana. Os resultados mais expressivos desse audacioso empreendimento investigativo foram publicados ao longo de meses na imprensa – em forma de longas séries numeradas de artigos, que são também as versões preliminares de livros monográficos todavia nunca publicados em volume. Desse esforço resulta

11 "O problema estético hoje não é mais a abstração lírica cheia de impasses lógicos, mas pertence em grande parte aos domínios da psicopatologia e de uma ciência que ainda está por se criar e que poderia bem se chamar psicoetnografia". *Idem*, "A única arte que presta é a arte anormal". *Diário de S. Paulo*, São Paulo, 24 set. 1936.

12 O texto apresentado no congresso também foi lido no 1º Salão de Maio, em 1937, em São Paulo. Foi publicado no *Diário de S. Paulo* (*Idem*, "O aspecto psicológico e mórbido da arte moderna". *Diário de S. Paulo*, São Paulo, 22 jun. 1937) e nos anexos das atas do congresso de Paris (*Idem*, "L'aspect psychologique et morbide de l'art moderne". In: *Deuxiéme Congrés Internacionale d'Éstetique et Science de L'art*. Extrait, Paris: Félix Alcan, 1937).

a sua conhecida história do vestuário, "A dialética da moda",[13] em que propõe, dentre outras elaborações, que a alternância de duas formas básicas dos trajes (a "Forma Curvilínea Fecundante" e a "Forma Reta Paralela Antifecundante") corresponderia a variações entre momentos eufóricos e melancólicos da história, cujas ansiedades e "chiliques" seriam sempre amparados ou explicitados pelas formas do vestuário.

Do mesmo esforço investigativo nascem também as suas "Notas para a reconstrução de um mundo perdido",[14] em que alega fazer aquilo que a psicanálise, segundo ele, se recusou: retroceder a um momento pré-anímico, pré-histórico e pré-linguístico, para teorizar a respeito de momentos decisivos da gênese humana, repostos como cenas representativas de fases evolutivas, como a primeira descida da árvore, a primeira vez em que se consegue ficar de pé, dançar, andar para a frente, fechar a glote, engolir alimentos, dizer "não" com a cabeça etc. Cada uma dessas cenas são pensadas minuciosamente como etapas de um processo evolutivo longo, traumático e que agiria para afirmar onipotências e para esconder inferioridades, deixando entretanto resíduos patogênicos, que ainda

13 Para o estudo da transcrição e edição crítica da série, organizada e revisada posteriormente por Carvalho para a edição em livro, ver Freitas, Valeska, *A dialética da moda: a máquina experimental de Flávio de Carvalho*. Dissertação (mestrado). – Centro de Comunicação e Expressão – Universidade Federal de Santa Catarina, Florianópolis, 1997. Uma edição recente deu ao livro o nome da coluna de artigos "A moda e o novo homem" (Carvalho, Flávio de Rezende, *A moda e o novo homem*. Rio de Janeiro: Azougue: 2010).

14 Para o estudo, transcrição e edição crítica do texto, também organizado por Carvalho para publicação em volume, ver Mata, Larissa Costa da, *Genealogia e primitivismo no modernismo brasileiro: o mundo perdido de Flávio de Carvalho*. Tese (doutorado) – Centro de Comunicação e Expressão – Universidade Federal de Santa Catarina, Florianópolis, 2013 2 v.

estariam presentes e visíveis nos distúrbios psicológicos, no crescimento infantil, nas formas de arte e na história da cultura.

Mais uma vez, a nova empreitada investigativa demanda um novo relatório para a academia. Em 1967, apresenta uma sinopse da *Dialética da moda* no seminário de Tropicologia de Gilberto Freyre na Universidade Federal de Pernambuco.[15] Alguns anos antes, em 1962, participa de um congresso de neurociência, criatividade e psicologia evolutiva na Universidade de Medicina de San Francisco, na Califórnia, onde resume o complexo quadro geral, onto/filo/patogênico, da evolução humana, desenvolvido nas "Notas para a reconstrução de um mundo perdido".[16]

Como se pode notar, Flávio de Carvalho insistiu no evento acadêmico ao longo de toda a sua trajetória, apresentando a especialistas uma parcela significativa de quase tudo o que escreveu. Simultânea à crença deliciosamente ingênua na utilidade científica de seus achados, o que revela a pretensão heurística e epistemológica que anima as investigações empreendidas, Carvalho parece nutrir também certa fé numa emancipação humana, passível de ser promovida pelo conhecimento científico e especializado, ainda que tal conhecimento seja idiossincrático (ou talvez por causa disso). O propósito alegado de suas investigações é sempre utópico quando

15 A fala de Carvalho foi transcrita em Freyre, Gilberto, (org.), *Trópico &...* Recife, Universidade Federal de Pernambuco, 1971, p. 322-36, e reproduzida na edição recente de "A dialética da moda" (2010).

16 A apresentação de Carvalho foi publicada nos anais do evento, que transcreve a discussão, (*Idem*, "Notes for the Reconstruction of a Lost World". In: Farber, Seymor M.; Wilson, Roger H., (Ed.). *Man and Civilization. Conflict and Creativity. Part two of Control of Mind.* New York: McGraw Hill, 1963, p. 315-327), que também foi publicada na imprensa (*Idem*, "A idade da fome. Para a reconstrução de uma idade perdida". *Diário de S. Paulo*, São Paulo, 22 jul. 1962; e *Idem*, Bailado do silêncio. A idade da fome. *Diário de S. Paulo*, São Paulo, 29 jul. 1962).

não profilático, e certamente evolutivo – de forma até mesmo violenta: "a evolução é uma repressão de distúrbios".[17]

É importante lembrar que se trata de alguém que, numa enquete, quando perguntado sobre o que faria com um milhão de dinheiros, respondeu que gostaria de fundar um laboratório de arte e um centro de pesquisa,[18] confundindo assim fantasia de realização irrestrita do desejo com a busca experimental e desimpedida pelo conhecimento inusitado, que, por sua vez, sempre parece ter uti-

17 Em *Idem*, "A idade da fome. Para a reconstrução de uma idade perdida", *Op. cit...* Cf. um trecho introdutório de *Mecanismo da emoção amorosa:* "as emoções aqui descritas são emoções do mundo selvagem em que vivemos, emoções sujas de um mundo sujo e grotesco, de um mundo cheio de santidade, onde a profilaxia, sinônimo de civilização, é desconhecida, onde o pensamento começou apenas a brotar. O homem pensante e livre da inferioridade animal ainda não surgiu; o homem que temos diante de nós é ainda um animal de baixa categoria, que não apreendeu a sugestibilidade da palavra civilização. É o homem ligado ao dogma. A psicanálise esclarece: hoje observa-se que os desejos patogênicos provêm da ideia amorosa. Não é absurdo imaginar para amanhã uma outra origem a esses desejos". *Idem*, *Mecanismo da emoção amorosa*, *Op. cit.*, p. 1. É digna de nota a tentativa de pensar o narcisismo e a patologia para além do erótico e do erotismo já desde a *Experiência n. 2*, fundindo em diagrama Freud/Adler com Hegel (reconhecimento), antes de Lacan. O modo como positivismo, anarquismo, Darwin, Spinoza e Jarry são incluídos na equação ainda carece de explicação.

18 "Com um milhão eu faria um laboratório de arte moderna capaz de fazer inveja a qualquer laboratório do mundo. Provavelmente ainda sobraria um pouco. Construiria, então, um grande centro de pesquisas para todas as atividades do homem, capaz de sugerir à humanidade de hoje um novo rumo na sua conduta, um rumo com o espírito de aventura e pesquisa, com a ética de manipulador de laboratório, onde os homens fariam as coisas com a finalidade única de progresso. A humanidade hoje bem precisa desse rumo"; "QUE FARIA o leitor se ganhasse 1 milhão de contos – Flávio de Carvalho, respondendo à pergunta, diz que organizaria um laboratório de arte moderna e um centro de pesquisas [...]". *Folha da Noite*, São Paulo, 13 jul. 1933.

lidade prospectiva, evolutiva e experiencial. Portanto, ao procurar cientistas, especialistas e acadêmicos congregados, Carvalho faz mais do que buscar legitimação para as suas investigações, à primeira vista excêntricas e idiossincráticas; trata-se da encenação de uma forma muito particular de gozo pelo conhecimento (Fausto com Faustroll?), de tentativa de satisfação de uma pulsão de teoria: a demonstração agressiva e bufa de uma *libido sciendi* enquanto arte.

Hoje, pacificamente, chamaríamos o evento acadêmico carvalhiano de *performance, happening* ou *intervenção*, mas ainda assim teríamos dificuldade para lidar, em nossos currais universitários, com a aparição inesperada de tal mistura de bufonaria e obstinação investigativa. Não é à toa, portanto, que os especialistas em cultura local, na busca por sobrevivência institucionalizada, tenham encontrado conforto em escombros vanguardistas mais edificantes, os quais chamaram "modernismo brasileiro" e sobre os quais fundaram suas academias, ao mesmo tempo precárias, assustadiças e missionárias.

É importante explicitar que, seja pelo contraste com o cientista sério ou com o pesquisador *tout court*, seja pela transformação do evento acadêmico em oportunidade de experiência artística e vivencial, a pretensão científica dos escritos de Carvalho apresentados aos entendidos é ao mesmo tempo revelada e comprometida pela própria tentativa de inserção acadêmica e disciplinar. No evento acadêmico carvalhiano, portanto, atua-se a realização da pretensão científica dos escritos por meio da encenação da impossibilidade dessa realização – a pretensão e seu desajuste, performatizados como marca autoral, na cara dos entendidos, que, entretanto, continuam desatentos.

A natureza do conhecimento buscado desrespeita, por definição, limites disciplinares, acordos conversacionais entre pares e repertórios compartilhados. A ciência pretendida é uma forma particular de anticiência, por vezes regressiva. É o que se nota quando elege um dos patronos da sua ciência maluca, um obscuro Dr.

Quirpu, autor de um dos poucos livros resenhados por Flávio de Carvalho, *Medicina e suas imoralidades* (1932). Em linhas gerais, a proposta de Quirpu é a de que a medicina abandone a teoria dos micróbios e passe a buscar a causa da enfermidade na fraqueza moral do doente. Quirpu é louvado por Carvalho como voz dissonante, capaz de irritar mentes acomodadas:

> [...] é raro ouvir saindo do classicismo fonográfico da ciência uma voz que constrói um novo rumo que mostra uma direção, uma luz sugestiva ao imenso rebanho de pesquisadores pacatos imbuídos na repetição de um ciclo que muda apenas de escala [...] O doutor Quirpu salta fora da engrenagem científica, é um revoltado que abandona a cordialidade plácida dos seus compadres, vendo no pensamento uma força maior que um mero código de rotina.[19]

A ciência irritante, aquela que não segue as regras do "catecismo científico", é também um lugar de afirmação da vontade e de provocação dos hábitos mentais; permite ainda, desde que mal praticada da forma esperada, a transformação da hipótese explicativa em tentativa de "desmanchar a ordem" e em produção da onipotência do explicador. Ao conseguir avançar uma teoria, "o homem torna-se onipotente por autoestima, porque consegue dominar um mundo sujeito apenas ao seu modo de perceber", afirma em *Experiência n. 2*.[20]

Ainda assim, trata-se de um discurso cientificizante, sobretudo nos escritos da década de 1930, ou que aspira à ciência e a um reconhecimento por ela. O desejo de unir arte e ciência é constante ao longo da trajetória de Carvalho e se manifesta, primeiramente com duas reivindicações. A primeira seria a transformação de "qualida-

---

19 Carvalho, Flávio de Rezende, "A curiosa ideia do Dr. Quirpu e algumas consequências". *Diário da Noite*, São Paulo, 22 jun. 1932.

20 *Idem*, *Experiência n. 2*, *Op. cit.*, p. 139.

des não-métricas" em "qualidades métricas" - em outras palavras, tornar tudo fato científico e, assim, passível de medição, explicação e investigação: tornar tudo métrico, medir tudo, para que tudo seja passível de desmanche. A segunda reivindicação é a do uso dos métodos e procedimentos científicos para despertar emoções relativas ao "entusiasmo de compreender alguma coisa de estranho e imensurável" - isto é, fazer uso estético da ciência.[21]

Mas que métodos e procedimentos deveriam ser adotados para tornar o não-métrico mensurável ou a ciência uma finalidade sem fim? Não seriam métodos e procedimentos em si mesmos "rotinas" e "dogmas"? Da ciência e do conhecimento especializado, Carvalho mantém apenas a experimentação, ou mais precisamente, o apreço pela experimentação. Apreciar a experimentação é também prezar pela transitoriedade das hipóteses, que são confirmadas ou desmentidas por novos experimentos, e o desrespeito estratégico, por vezes violento, a posições consensuais ou majoritárias. A ciência carvalhiana seria a prática experimental, impudica e, sobretudo, indecorosa da busca pelo conhecimento, ultrapassando quaisquer interditos. A teoria ou, mais indistintamente, a obra de arte obtida é em si mesma parte do processo de experimentação e não apenas seu resultado. A teoria, obra ou o "novo poema plástico", como talvez preferiria Carvalho caso tivesse desenvolvido a noção,[22] tem propó-

21 *Idem*, "Unir arte e ciência", *Op. cit...*

22 A expressão aparece duas vezes no *corpus* carvalhiano. Em especial, em um polêmico depoimento à imprensa a propósito do Salão Paulista, de 1934: "Caminhamos para um novo poema plástico no qual está misturada, como fator preponderante, a grande insurreição das massas, que procuram uma nova moral capaz de satisfazer as exigências do século. Neste poema encontramos imagens do pensamento com dimensões psicológicas. Cada dimensão será símbolo do grande livro da vida. Acredito que a pintura desapareça completamente para dar lugar a esse novo poema plástico que envolve no conjunto todos os seus elementos

sito irritante e contagioso, e sua apresentação é também um experimento de incitação, bem como seus resíduos.

Está claro, portanto, que a escrita de Carvalho e sua apresentação em eventos acadêmicos acabam por produzir um tipo de discurso de difícil delimitação e de legibilidade complexa, situado entre a queixa-projeto do engenheiro nietzschiano, o manifesto do vanguardista iconoclasta e as notas do pensador de gabinete iconófilo, que também sai às ruas e à academia, incluindo o seu próprio corpo e a apresentação de suas teorias na experimentação. A narrativa das façanhas do cientista maluco e o relatório para a academia estão impregnados de teorização vertiginosa, de heterodoxia de métodos, de explicações inusitadas, de ficções teóricas; são híbridos ação/visualidade/escrito plasmados em compósitos, atuados em eventos.

Valéry recomenda, a propósito do poema cosmológico, *Heureca* (1848), de Edgar Allan Poe, muito criticado por avançar uma ciência supostamente esdrúxula, que se deve estar atento, por precaução, às pesquisas insanas, pois elas podem conduzir a descobertas ainda não previstas.[23] Aqui estamos diante de uma pesquisa insana, realizada e descrita de forma insólita e apresentada no lugar inadequado – a atenção deveria ser redobrada, portanto.

Em todo caso, os colegas de congresso não pareciam ter muita paciência com a interrupção de suas rotinas regradas de autorreprodução. O evento acadêmico carvalhiano é também um ruído na reunião dos especialistas, e a interlocução, evidentemente, é comprometida. Como podem afinal especialistas tratarem como igual um não-especialista por natureza, que atua demonstrando ao mesmo tempo perspicácia e imperícia, seriedade e blague, vontade de ex-

---

sem, no entanto, se ocupar dela." *Idem*, "A morte da pintura e um novo poema plástico" [Depoimento]. *Diário da Noite*, São Paulo, 23 fev. 1934.

23 Valéry, Paul. "Au sujet d 'Euréka". In: *Idem*, *Œuvres complètes*. Paris: Gallimard, p. 854-867.

plicação e vontade de produzir *frisson*? Em seu primeiro congresso, Carvalho notou reações desagradáveis dos colegas:

> [...] a minha atuação nada tinha a ver com a tendência clássica e pacífica dos congressistas. A mesa do congresso irritava-se com as minhas propostas e recusava tomar reconhecimento das mesmas [...] Li minha tese sobre "A cidade do homem nu" no meio de protestos, apartes tumultuosos dos delegados, interrupções e a presença inconveniente de um grupo de policiais requisitados na hora. Li-a até o fim, mesmo contra a vontade de muitos delegados que queriam fazer do Congresso um ambiente eucarístico de conventilho. E, sem que tivessem discutido suficientemente a tese, a mesa do congresso encerrou-o.[24]

Com o tempo, Carvalho passou a se portar e abandonou a forma manifestária em suas passagens por congressos. Passou, além disso, a usar suas habilidades sociais aristocráticas. Nos congressos de Praga, disfarçou-se também de jornalista e conseguiu aproximar-se de seus colegas, cujo comportamento em grupo foi descrito em *Os ossos do mundo* e em artigos para a imprensa. Alguns dos colegas foram entrevistados, descritos, seduzidos, submetidos a questionários, retratados visualmente e por escrito. O resultado da experiência pode ser visto em algumas das entrevistas que Carvalho publicou na imprensa após a viagem.[25] O evento acadêmico, assim,

24 Carvalho, Flávio de Rezende, "Como terminou o primeiro dia dos congressistas latino-americanos". *Diário da Noite*, São Paulo, [jul. 1930]. Fundo Flávio de Carvalho - CEDAE/Unicamp (recorte).

25 Ver em especial as entrevistas com Prof. Seracky (Seracky, "A criação do novo homem". *Diário de S. Paulo*, São Paulo, 14 fev. 1935), Franziska Baumgarten (Baumgarten, "As grandes ideias de amanhã". *Diário de S. Paulo*, São Paulo, 20 set. 1935) e W. P. Montague (Montague, "Um filósofo que acredita na criação poética". *Diário de S. Paulo*, São Paulo, 5 nov. 1935).

também é oportunidade para o encontro experiencial e para a investigação do comportamento de tipos humanos muito particulares; é também experiência.

Sendo assim, e sem mais delongas, resta perguntar, finalmente, o que acontece quando os especialistas que se reúnem são especializados em Flávio de Carvalho, como agora, e o que significa a organização de um evento acadêmico-científico e de uma publicação a propósito de sua obra, dando destaque justamente para a escrita desse artista-cientista-escritor que tanto insistia em travar contato com especialistas em assuntos diversos? Que tipo de evento é este? E o que se imprime aqui? O que seria exatamente um ruído numa outra métrica, na bibliometria, e em costumes acadêmicos sempre já em extinção?

De uma coleção de ossos

Tudo o que foi dito até agora sobre o evento acadêmico carvalhiano ajuda a iluminar o que seria a escrita de Carvalho, cujas características mais salientes já foram apresentadas. Ainda é necessário, no entanto, oferecer uma visão de conjunto desses escritos. *Grosso modo*, como já ficou insinuado, há três tipos de textos no *corpus* Flávio de Carvalho, que se sucedem mais ou menos cronologicamente:

a) os ensaios experienciais e teóricos da década de 1930, tais como, *Experiência nº 2 Mecanismo da emoção amorosa* e *Os ossos do mundo*;

b) os artigos avulsos de imprensa, publicados com muita frequência até o final da década de 1930 – nesse tipo de texto, Carvalho aborda assuntos mais diversos (ainda que se concentrando em arte, arquitetura e urbanismo), cria polêmica e surge ora como personagem ora como autor;[26] e, por fim,

26 Sobre os temas abordados e sobre o uso da imprensa como parte da sua prática artística, ver Moreschi, Marcelo, "Autodocumentação, arquivo e

c) as monografias de evolução histórico-antropológica, publicadas inicialmente na imprensa e em formato de série numerada de artigos, mas depois reorganizadas para a publicação em volume, o que nunca foi realizado em vida, tais como a "Dialética da moda" e "Notas para a reconstrução de um mundo perdido". O formato já tinha sido testado antes,[27] mas, de 1955 a 1958, Carvalho publica no *Diário de S. Paulo* praticamente um artigo por semana. No início, os artigos apareciam numa seção fixa denominada "Casa, homem e paisagem", que, com o tempo, foi se acomodando em subseções que, por vezes, tomavam o nome da coluna. Dessa forma, surgem as séries "O grande centro" (8 artigos, 1955-1956), "A paisagem sorridente" (9 artigos, 1956), "A moda e o novo homem" (39 artigos, 1956), "Gatos de Roma" (24 artigos, 1957-1958) e "Notas para a reconstrução de um mundo perdido" (40 artigos, 1957-1958).

Essa divisão dos escritos carvalhianos é meramente propedêutica, uma vez que não é possível definir com segurança o *corpus* em questão porque o legado documental de Carvalho é disperso. Os comentadores pioneiros da sua obra listam vários outros escritos planejados ou mencionados, mas nunca encontrados,[28] e ainda há

---

experiência". *Revista Interfaces* - CLA/UFRJ, Rio de Janeiro, a. 18, nº17, 2012, p. 24-29 e Leite, Rui Moreira, "Flávio de Carvalho: Media Artist Avant la Lettre". *Leonardo*, Cambridge, vol. 37, nº2, 2004, p. 150-157.

27 De 1943 a 1944, Carvalho publica no *Diário de S. Paulo*, a série de 25 artigos "Rumo ao Paraguai", em que relata sua viagem ao país (oficialmente como "enviado geopolítico" de Assis Chateubriand) e desenvolve uma investigação psicoetnográfica sobre a América Latina, empreitada já iniciada antes (no capítulo suprimido de *Os ossos do mundo*, "Nós, os sul-americanos") e continuada posteriormente em *Meridiano 55 sul* [s.d.], livro também inédito.

28 Rui Moreira Leite e J. Toledo registram os seguintes escritos sumidos ou nunca existentes: *O trabalho* (1926), *Brasil-Freud* (1929), *O homem desmontável* (1934), *A inquietude do ocidente* (1934), *A casa do homem do século XX* (1937-40), *O medo do mundo* (1939) e *O brasileiro do futuro*

originais e fragmentos a serem estudados. Além disso, é possível reorganizar os resíduos disponíveis em outros grupos ou subgrupos temáticos, genéricos ou cronológicos, por exemplo, textos de estética, de arquitetura, propostas urbanísticas, ficções-teóricas, relatos de viagem etc. O arranjo provisório, porém, pode fornecer alguma ideia de conjunto, que, por sua vez, é capaz de insinuar um movimento geral dessa escrita: inicialmente ela se ocupa da descrição de uma experiência específica (ou de um conjunto de experiências particulares), que enseja momentos de teorização vertiginosa; aos poucos, tal descrição evolui para a narrativa imaginária da evolução da espécie humana como experiência.

Tal escrita, como já se viu, pressupõe ou pretende realizar um recuo especulativo em direção ao arcaico e ao vestígio ancestral, sempre imaginados numa chave pampsiquista. Objetos explicados, sujeitos explicadores, entes e agentes mobilizados nesse processo são dotados de psiquismo e de mecanismos de afirmação de onipotência e de negação de inferioridade. Esses mecanismos vão ser sistematizados na *Experiência nº 2*, espécie de ato de fundação da ciência irritante, cujos esboços, entretanto, já tinham sido apresentados. O jogo entre onipotência e inferioridade está presente em toda a escrita carvalhiana, independentemente do tema ou do assunto abordado: subsidia desde o projeto-manifesto *Eficácia*, de 1928, até *A origem animal de deus*, publicado no ano de sua morte, em 1973. A dinâmica entre reconhecimento, onipotência e inferioridade parece ser, para Carvalho, mais do que motor do psiquismo; ela é alçada a uma espécie de lei geral de funcionamento do mundo.

(1957). Leite, Rui Moreira, *Flávio de Carvalho: o artista total*. São Paulo: SENAC, 2008 e *Idem*, *Flávio de Carvalho (1899-1973): entre a experiência e a experimentação*. Tese (doutorado) – Escola de Comunicação e Artes – Universidade de São Paulo, 1994. vol. 2: Bibliografia e documentação; Toledo, J., *Flávio de Carvalho, o comedor de emoções*. Campinas: Unicamp, 1994.

Nota-se também uma pulsão de teoria, um desejo de que a teorização aplaque uma vontade de saber, que, entretanto, é ainda mais incitada por causa da forma alucinatória e inusitada pela qual a teorização é desenvolvida e apresentada, não importando o que esteja em questão – uma psique coletiva irritada, um viajante em culturas desconhecidas, a prática amorosa, a evolução do vestuário, da arte, da cidade, da habitação e do ser humano. Já vimos que a insistência em apresentar parte dos textos em eventos de especialistas já denota a pretensão heurística e epistemológica dessa escrita ao mesmo tempo em que a compromete. Tal escrita aparece em eventos científicos para revelar uma intenção científica e para indicar que desrespeitará os procedimentos da ciência, garantindo, assim, uma marca autoral bastante peculiar.

Seria fácil, entretanto, acomodar a legibilidade limítrofe de seus textos chamando-os de "escrita de artista". Um comentador importante de sua obra, ao se deparar com a dificuldade que o texto da *Experiência nº 2* impõe, pacifica logo o problema, afirmando que não julgará o "mérito conceitual do livro", e que tomará o livro "muito mais como um livro de artista do que um texto propriamente teórico".[29] A escrita carvalhiana parece justamente abalar o que

29 É lugar comum entre os comentadores da obra de Carvalho desprezar a escrita do artista. Sempre se lê que Flávio de Carvalho teria sido educado no exterior e que não saberia manejar muito bem o português escrito. A posição com relação aos seus textos parece sempre cautelar. Mesmo J. Toledo, seu amigo e biógrafo, expressa tal tipo de postura. Em *O comedor de emoções*, J. Toledo, a certa altura, refere-se à *Experiência n. 2* como "um texto metodologicamente confuso", com "uma gramática imprecisa e canhestra" (Toledo, J., *Flávio de Carvalho: o comedor de emoções*, *Op. cit.*, p. 110). Tal tipo de comentário pode ser encontrado ao longo de todo o livro e espalhado em quase toda a bibliografia acerca de Carvalho. Luiz Carlos Daher, por exemplo, quando menciona a *Experiência n. 2*, considera apenas as ilustrações e a intervenção que deu origem ao livro; sobre o texto propriamente dito recusa-se a comentar,

distinguiria os limites entre "livro de artista" e "texto teórico" – é nesse intervalo, nessa fronteira, que parece habitar tal escrita. Os propósitos inusitados, a erudição eclética, os *insights* surpreendentes, a dispersão temática e conceitual, a obstinação investigativa e a grandiloquência inventiva possibilitam e impossibilitam, ao mesmo tempo, o propósito heurístico ou epistemológico da investigação. É e não é ciência, é e não é escrita de artista. Será que é e não é, também, literatura?

Com exceção de sua peça *O bailado do deus morto* (cujo texto parece uma partitura de poema sonoro), quase nada do que Carvalho escreveu se encontra abrigado sob aquilo que Genette denomina "regime constitutivo de literariedade", ou seja, aquilo que à primeira vista pode ser encarado como literatura. Seus escritos es-

---

mencionando apenas que ele contém "explicações complicadíssimas" (Daher, Luiz Carlos, *Flávio de Carvalho: arquitetura e expressionismo.* São Paulo: Projeto, 1982, p. 42). Com relação aos textos de Carvalho que acompanham ou justificam seus projetos arquitetônicos, Daher aponta uma "defasagem entre escrito e desenhado" (*Ibidem*, p. 21) e afirma que a "retórica racionalista" dos escritos não dariam conta de explicar os projetos. As expressões usadas para descrever os escritos não são nada lisonjeiras: "vocabulário pretensamente lógico" (*Ibidem*, p. 11), "palavreado cientificista impossível de deslindar", "racionalismo mecanicista" (*Ibidem*, p. 17). Luiz Camillo Osório, ainda que ciente do que tem em mãos, mostra-se um pouco reticente: "[...] os seus textos não são explicações conceituais, não pretendem justificar uma produção artística paralela. Eles são parte da criação, e têm valor muito mais estético-artístico do que teórico" (Osório, Luiz Camillo, *Flávio de Carvalho*. 2. ed. São Paulo: Cosac Naify, 2009, p. 18). Trata-se de uma posição geral acerca dos textos de Carvalho, que influencia a apreciação de obras particulares, como *Experiência n. 2*. Osório elogia "a ousadia de enfrentar o estabelecido, de se colocar em risco, de viver o desconhecido e o inesperado", mas não entra no "mérito conceitual" do livro: "o que menos importa é se Flávio de Carvalho dá ou não uma explicação cabível [...] devemos tomá-lo [o livro] muito mais como um livro de artista do que um texto propriamente teórico" (*Ibidem*, p. 19).

tariam todos sob o "regime condicional de literariedade";[30] seu estatuto de literatura é obtido como concessão – ou, mais precisamente, por exclusão. Literatura, no sentido usual do termo, eles não parecem ser. Entretanto, não podem ser outra coisa a não ser literatura no sentido mais radical e abstrato da noção – uma escritura que, de forma bastante particular, encena a impossibilidade da delimitação precisa de seu próprio critério de legibilidade, para dizer de modo um pouco pós-moderno.

Como talvez já tenha ficado claro até aqui, Flávio de Carvalho não é um escritor no sentido mais comum do termo. Não vive da escrita, não pratica gêneros reconhecidamente literários e não se dedica à escrita como atividade autônoma, encerrada em si mesma. Na verdade, seus textos apresentam, simultaneamente, achados linguísticos surpreendentes e marcas de imperícia e mesmo de falta de cuidado (sobretudo por causa da sintaxe truncada, da pontuação via de regra problemática e de outras perturbações nas cadeias anafóricas). Para a leitura de rastro, o acabamento linguístico parece ser dispensável. O que é importante é a constituição de um "aglomerado emotivo para ler", segundo o que Carvalho mesmo teoriza em um trecho das "Notas para a reconstrução de um mundo perdido":

> Os objetos do mundo afeiçoados pelo homem são resíduos que constituem a sua primeira formação de um aglomerado emotivo para ler. [...] a leitura é anterior ao desenvolvimento da escrita e da linguagem, o homem lia a sua história nos objetos que eram monumentos comemorativos e lembretes dos primórdios das suas necessidades e em seguida nos monumentos de pedra e nos protótipos dos sinais ideográficos e dos hieróglifos e também em épocas recuadas na linguagem mímica dos gestos e dos dedos, isto antes da escrita se

30 Genette, Gérard, *Fiction et diction*. Paris: Seuil, 1991; *Idem*, *Figures IV*. Paris: Seuil, 1999.

> formar e antes dos sons das palavras aparecerem e, por conseguinte, antes da linguagem se iniciar; a leitura pertence ao período dos gestos antes da linguagem.[31]

Seria a sua escrita mais gesto do que texto? Seria talvez por isso que a escrita carvalhiana parece sempre estar abandonada e em ruínas? Há vários escritos perdidos, poucos volumes publicados por ele em vida, muitos textos abandonados e retomados e abandonados novamente. Mesmo nos textos que a princípio estariam terminados, nota-se sempre um inacabamento, algo que precisa ser revisado, estabelecido, um adendo a ser adicionado, uma incompletude presente. Sua obra escrita parece ter apenas o acabamento necessário para ser "um aglomerado emotivo para ler".

É certo que o legado documental disperso deixado por Carvalho é em parte decorrente de uma série de contingências históricas relacionadas à trajetória do artista e à administração póstuma desse legado. No entanto, mesmo que se houvesse acesso universal e organizado a tudo o que ele escreveu, ainda seria incontornável a constatação do caráter dispersivo e inacabado da sua produção escrita, elemento fundamental da sua própria natureza e possivelmente outra marca de autoria. Curiosamente, Carvalho pode ser considerado escritor por não ser escritor e mesmo por não se responsabilizar completamente por aquilo que escreve e depois abandona.

Ao que tudo indica, o inacabado pode ser uma meta, mas pode também ser uma mera desculpa. É o que deixa a entender o capítulo "A memória do não-acabado" de *Os ossos do mundo*. Objetos históricos abandonados e fragmentários engendrariam um interesse particular, uma capacidade de sugestão, que deveria ser apropriado, segundo Carvalho, na própria gênese de objetos artísticos moder-

---

31 Transcrito em Mata, Larissa Costa da, *Genealogia e primitivismo no modernismo brasileiro, Op. cit.* p. 141.

nos; trata-se da construção ativa de ruínas por meio do abandono, por tédio, do que vem sendo construído:

> [...] o enfado do pintor o leva frequentemente a deixar seu trabalho inacabado. O motivo desse abandono é que o pintor já sabe o que vai acontecer, já sabe aquilo que o dever dita e que será o resultado final do seu quadro e o enfado se apodera do artista que abandona a sua obra. O pintor verdadeiramente inteligente jamais termina a sua obra.[32]

O que Carvalho diz no trecho sobre a pintura pode ser aplicado à sua escrita, por causa de sua aparência de inacabamento e de seu aspecto residual. Evidentemente, isso ocasiona problemas de ordem prática para o estudo e para a divulgação de sua obra. Como editar o que parece e procura dar a impressão de inacabado? O que fazer com a pontuação e a sintaxe fora de padrão e que muitas vezes impede a leitura fluida do texto? Não são gratuitas, portanto, as rusgas acompanhadas e relatadas por J. Toledo sobre os conflitos que o artista teve com os editores de *A origem animal de deus* – os editores insistiam na clareza e na normalização dos textos.[33] É igualmente esclarecedora, a esse respeito, a recepção crítica de *Os ossos do mundo*, seu livro mais elogiado – e possivelmente o melhor. Os resenhistas do livro pareciam estar em dúvida se estavam diante de puro descuido ou de ousadia vanguardista (ou mesmo de descuido proposital), como se essas alternativas fossem excludentes para o autor em questão.[34] Em todo caso, a possibilidade dessa dúvida ficou vedada

32 Carvalho, Flávio de Rezende, *Os ossos do mundo, Op. cit.*, p. 71.

33 Toledo, J., *Flávio de Carvalho: o comedor de emoções, Op. cit.*

34 Por exemplo, o resenhista anônima de *A Gazeta* ("Os ossos do mundo de Flávio de Carvalho". *A Gazeta*, São Paulo, 11 fev. 1937) elogia muito o livro, mas se pergunta: "por que esses desmandos de sintaxe, esse desarranjo estilístico forçado?". Sylvio Rabello, na mesma direção, julga

na última edição do livro, que normalizou o português de Carvalho, tornando seu texto muito mais fluido e mesmo mais convidativo. O ruído seria ou não seria parte dessa escrita? Ou o ruído e o inacabamento são apenas resultados contingenciais de um autor enfadado com a escrita e que ainda espera que alguém termine seu trabalho?

Ruína, ruído ou ambos? Apesar disso ou por causa disso, é possível perguntar o que de inferior ou de menos inovador há em *Experiência nº 2*, em *Os ossos do mundo* ou nos escritos posteriores que os impeça de figurar ou ao lado ou mesmo no lugar de um *Macunaíma* ou da antropofagia oswaldiana, com a vantagem adicional de os textos carvalhianos não terem sido baseados em espoliação cultural indébita, ou melhor, em pressupostos intracoloniais.

Seja como for, há algo importante a ser repisado aqui. A escrita, mesmo como resíduo, ruína ou ruído, não é circunstancial ou episódica na trajetória de Flávio de Carvalho, que também pintava, desenhava, projetava e agia. Praticou todos esses modos de atuação artística sem nunca parar de escrever. Mais do que isso, praticava essas modalidades diversas juntamente com a escrita numa produção multimodal. Carvalho é justamente reconhecido por suas experiências, pela realização de "compósitos culturais", objetos/eventos heteróclitos atravessados por ação, texto e visualidade.

A participação da escrita nessa prática multimodal é bastante visível nos três ensaios-experiências da década de 1930, sobretudo na *Experiência nº 2*. Mas é importante lembrar que um componente escrito também está presente no projeto *Eficácia* – seu projeto-manifesto arquitetônico –, e no projeto das casas da alameda Lorena, que vinham com manual de instruções. Como se sabe, o *new look* foi elaborado depois de longa reflexão escrita a propósito da história

---

positivamente o livro, apesar dos "empurrões que dá ao leitor" (Rabello, Sylvio, "Um livro de psicologia dentro de um livro de viagens". *Diário de S. Paulo*, São Paulo, 15 abr. 1937).

do vestuário, história cujas linhas mestras, no entanto, só puderam ser descobertas por meio do desenho – é isso o que explicitam as ilustrações que acompanham o texto.

Nesses casos, é mais ou menos evidente perceber como a escrita participa de uma prática multimodal. Mas a presença da escrita pode ser surpreendida ainda em lugares a princípio insuspeitos. Em alguns desenhos da *Série trágica*, pode-se ler a inscrição "minha mãe morrendo" – que remete os desenhos a uma experiência particular. Mas o atravessamento da escrita nos desenhos não se limita a isso. Como já foi demonstrado,[35] os desenhos e a sua circunstância de execução invocam um fenômeno que será teorizado por escrito somente décadas mais tarde: o momento do estertor como um espetáculo histérico, realizado para conquistar plateia e companhia.

Outra obra visual fundamental, o *Retrato de Mário de Andrade*, de 1939, é atravessada por uma suposta afirmação do retratado diante do seu retrato. Afirmação apógrafa, escrita por Flávio de Carvalho, que, em um obituário, a atribui a Mário de Andrade.[36] O futuro material do quadro, a sua relevância, o modo como será lido e mesmo o destino do *corpus* Flávio de Carvalho como corpo estranho no constructo modernismo brasileiro estão todos já dados

35 Stigger, Verônica. "Retratos dentro da morte: A Série trágica de Flávio de Carvalho". *Crítica Cultural*, Palhoça-SC, vol. 4, nº2, 2009, p. 3-12.

36 "*Com referência a minha pintura, certa vez Mário de Andrade se exprimiu*: 'Quando olho para o meu retrato pintado pelo Segall, me sinto bem. É o eu convencional, o decente, o que se apresenta em público. Quando defronto o retrato feito pelo Flávio, sinto-me assustado, pois vejo nele o lado tenebroso da minha pessoa, o lado que eu escondo dos outros'" (grifo meu). Carvalho, Flávio de Rezende. "Notas sobre Mário de Andrade". *Artes Plásticas,* São Paulo, a. 1, nº4, mar-jun., 1949. No mesmo obituário, Carvalho afirma que Mário teria assinado o abaixo-assinado contra o fechamento da primeira exposição do artista pela polícia. Estrategicamente, o obituário veicula uma afirmação e uma assinatura apógrafa, para descoberta futura.

ali, justamente no atravessamento na escrita por uma produção visual e experiencial.[37]

Para concluir, o que parece distinguir a escrita de Flávio de Carvalho é sua *ubiquidade residual*. A escrita parece estar em todos os lugares, em forma de texto propriamente dito ou em forma de paratexto, em todo caso constituindo compósitos. Ela está em todos os lugares, mas, ao mesmo tempo, parece não estar completamente presente em lugar algum, já que é sempre ruína, residual, texto carente de revisão e de estabelecimento. Seria isso uma literatura pós-autônoma, fruto de uma estética inespecífica? Talvez a escrita carvalhiana possa ser útil aos especialistas por oferecer um exemplo paradigmático de uma teoria que às vezes parece carecer de objeto capaz de satisfazer suas condições.

Aposta-se aqui que tal escrita possa ser tomada como pedra de toque para o teste da história da vanguarda brasileira. Também como pedra fundamental (e não fundamental simultaneamente, para sempre) de uma história menos edificante da modernidade artística do Brasil do século XX, uma história centrada mais em ruínas sugestivas e abandonadas do que em Leviatã e em estátuas de praça.

---

37 Moreschi, Marcelo, "Mário de Andrade como ruína psicoetnográfica: o retrato de Flávio de Carvalho". *Peixe Elétrico*, São Paulo, #1, jul. 2015; e também coletado em Dias, André; Portilho, Carla; Vianna, Arnaldo (orgs.), *Literatura, memória e dissonância: estudos reunidos*. Rio de Janeiro: Edições Makunaima, 2016.

Flávio de Carvalho e a máquina celibatária

Larissa Costa da Mata

> Não pode existir uma essência dessas notas, como tampouco existe uma essência da literatura, porque a essência de qualquer texto consiste, precisamente, em fugir de qualquer determinação essencial, de qualquer afirmação que o desestabilize ou o realize.
>
> Enrique Vila-Matas, *História abreviada da literatura portátil*

Escritura africana

Em um texto de 1942, publicado no jornal *A Noite*, a também modernista Patrícia Galvão[1] relata ter interpelado Flávio de Carvalho acerca do sentido do termo *mixigne*, ao que ele responde representar

1 Agradeço ao professor David Jackson, da Universidade Yale, pela transcrição.

> [...] um homem que se equilibra no ar, desobediente à gravitação, ao dicionário, que consegue esmagar a relatividade das coisas e dominar todas as perspectivas de uma vez só. [...] O *mixigne* conversa apenas com o candidato suicida, lê jornais velhos e livros que não existem. [...] E no meio das luzes de uma cidade nascente, desconhecendo o trânsito, os apitos e as buzinas, posta-se no meio do trilho para falar às estrelas.[2]

O esclarecimento do artista brasileiro para essa palavra que, no ídiche, significa "louco"[3], nos permite entrever algo do "modo de usar" da escritura carvalhiana: o libertarismo com relação à gramática normativa, o apreço pela imaginação - impulsionadora da investigação científica, por meio daquilo que designaria por "intuição poética", em *Mecanismo da emoção amorosa*, ou por "força poética", em *Os ossos do mundo*–, bem como o uso de signos e de conceitos híbridos. Assim, *mixigne*, uma corruptela de termo estrangeiro ou uma possível combinação entre "mistura" e "signo" comprovaria esse último método. Autor de textos sem classificação definida, mas que se situam na margem entre a ficção e a teoria, Carvalho pode ser lido como parte de uma série de outros intelectuais vanguardistas, os quais também apresentaram posições intempestivas no contexto a que pertenceram: o escritor francês Raymond Roussel (1877-1933) e o artista Marcel Duchamp (1887-1968). O encontro fortuito, produzido neste texto, entre *Os ossos do mundo* e *Mecanismo da emoção amorosa*, de Flávio de Carvalho, e esses intelectuais revela uma fraternidade entre "solteiros", reunidos entre si não graças à origem e

---

2 Galvão, Patrícia, "Mixigne". In: Jackson, David Kenneth, "Uma evolução subterrânea: o jornalismo de Patrícia Galvão". *Revista IEB*, São Paulo, nº53, mar./set. 2011, p. 31-52.

3 Segundo Veronica Stigger e Eduardo Sterzi me esclareceram na ocasião do evento Flávio de Carvalho: "O Berço da Força Poética".

ao legado em comum, mas à substituição da totalidade da obra pelo estímulo incessante dos mecanismos do desejo e da linguagem.

Quando Flávio de Carvalho viaja à Europa em 1934, para participar do Congresso de Psicotécnica em Praga, coloca-se em contato com intelectuais das vanguardas internacionais, mais tarde entrevistados por ele, como Tristan Tzara - um dos maiores expoentes do movimento dadaísta[4] - e inicia a redação de três dos seus textos. O primeiro deles é *Mecanismo da emoção amorosa*, título da conferência que apresentara naquele evento, cujo datiloscrito fora expandido e modificado pelo autor, recebendo anotações manuscritas até 1952. O segundo, que deixa os vestígios em um caderno de anotações, hoje desaparecido, seria as "Notas para a reconstrução de um mundo perdido", supostamente um capítulo suprimido de *Mecanismo*, que, depois, se tornará um conjunto de textos estampados no *Diário de S. Paulo* entre 1957 e 1958. O terceiro é *Os ossos do mundo*, relato de viagens publicado pela primeira vez pela editora Ariel em 1936. No prototexto partilhado por esses relatos — o bloco de notas — estão registrados conceitos e ideias seminais partilhados por esses escritos, bem como ilustrações feitas por Flávio de máscaras de etnias africanas, a partir de visitas aos museus do *Trocadéro*, em Paris, e do Congo, em Bruxelas, e de suas consultas aos catálogos do Museu Britânico e dos *Cahiers d'Art*.

Carvalho aproximara-se da vertente antropofágica do modernismo brasileiro em meados da década de 1920, com os seus projetos arquitetônicos, sendo, então, convidado por Oswald de Andrade e por Raúl Bopp para compor a Bibliotequinha Antropofágica com o volume Brasil-Freud. Tornara-se colaborador da *Revista de Antropofagia* e representara o movimento no IV Congresso Pan-

4 Carvalho, Flávio de Rezende, "A nova forma poética: uma conversa com Tristan Tzara". In: *Flávio de Carvalho*. Curadoria de Rui Moreira Leite. São Paulo, Museu de Arte Moderna de São Paulo, 2010, p. 83-85.

Americano de Arquitetos, no Peru, com a tese "A cidade do homem nu" de 1931. Embora apresente muitos interesses consonantes com Oswald, especialmente, como as considerações sobre o matriarcado e o experimentalismo na escrita, Flávio distanciara-se do foco na cultura brasileira dado pelo movimento e da afinidade desses intelectuais com o comunismo. Nesses termos, quando o artista se refere às culturas ditas "primitivas" em seus textos, e ao diálogo entre o surrealismo e o dadaísmo com a estética das máscaras e dos ídolos africanos, o seu olhar não será o de fortalecer uma identidade, mas o de compreender como esse encontro permitiu uma fuga do intuito representativo da arte e da linguagem. E seria, justamente, no choque produzido pelo contato das vanguardas europeias com a estética africana que o artista percebe, n'*Os ossos do mundo*, o nascimento da "força poética".

Nesse relato de viagem, a arte e a literatura afloram na passagem do período de magia, o da arte dita primitiva — quando esses artistas produziam na escuridão das cavernas — ao véu, que encobrira a produção vanguardista, tornando-se cada vez mais espesso nas telas do impressionismo ao surrealismo. Nesse ínterim, o dadaísmo, movimento da *performance* pura, dos processos, recria-se e decreta o próprio fim anarquicamente, prenunciando que a história da arte não se vale de um percurso linear, pois os eventos percorrem, imprevisivelmente, a vida e a morte:

> O advento do dadaísmo foi uma demonstração do clímax alcançado pela arte e pela poesia[,] da recusa de aceitar a sobrevivência de valores que já provocavam o bocejo dos organismos inadaptáveis à repetição contínua, e da compreensão das possibilidades que oferecia uma outra ordem, um ajustamento diferente dos valores, e também do grande poder emotivo desse novo ajustamento.

> O "acaso" da expressão poética dadaísta possuía um encanto que o mundo ainda não tinha visto, pois que as palavras eram tiradas do espaço mesmo como eram encontradas e a sequência dependia apenas da "vivacidade" do receptor. O resultado era estranho e belo... Tão belo que os próprios dadaístas se chocaram...estavam defronte de uma nova e muito vigorosa poesia, que nem mesmo o destroçamento e o desaparecimento do dadaísmo conseguiram aniquilar. A sugestibilidade da poesia era grande demais e dificilmente esgotável, e ela continua germinando e crescendo dentro do super-realismo, e como poesia destruidora da lógica, que é, ela não pode deixar de ter grande e viril futuro.[5]

Com o movimento dadaísta, Flávio de Carvalho compartilhou o anarquismo político, o apreço pelo chiste, o abandono da obra e a proximidade com a estética africana. Sabemos, graças ao historiador da arte alemão Carl Einstein, vinculado ao dadaísmo internacional e ao círculo da revista *Documents*, que fundara com Georges Bataille, que o laço entre as vanguardas e as esculturas africanas sugerira uma linguagem plástica, que se opunha à linguagem linear literária.[6] Einstein é, ainda, autor do livro *A escultura africana* (*Negerplastik*), de 1915, e o contato do modernismo brasileiro com a sua obra remete aos anos 1920, quando é citado por Osório César em *A expressão artística nos alienados* (1929).[7]

---

5 *Idem*, *Os ossos do mundo*. Edição revista e ampliada. Organização de Rui Moreira Leite e Flávia Carneiro Leão. Campinas: UNICAMP, 2014, p. 99-100.

6 Rumoldt, Rainer, "Painting as a Language. Why not?" Carl Einstein in *Documents*. *October*, Cambridge, nº107, Winter 2004, p. 75-94.

7 Vale reforçar que Mário de Andrade possuía uma tradução ao italiano desse livro, aparentemente de 1921, localizada no Instituto de Estudos Brasileiros da Universidade de São Paulo: Einstein, Carl, *Scultura africana*. Roma: Valori Plastici, [1921?]. É possível consultar, ainda, a tradução desse livro

O estudo pioneiro de Carl Einstein analisa as esculturas africanas como objetos independentes (de sua proveniência geográfica ou da origem no tempo) com o intuito de desfazer os preconceitos evolucionistas em torno da arte "primitiva", em linhas gerais, associada ao "começo" de uma origem cronológica. Para ele – quem também analisara o cubismo de Picasso por meio da desassociação entre o objeto, presente na tela, e aquele do mundo exterior – a estética africana teria a sua religiosidade como componente fundamental. No entanto, sendo tanto as divindades representadas quanto os artistas que produziram essas obras desconhecidos pelos colecionadores europeus, não há outro modo de vê-las que não seja o da distância entre a representação e o deus reproduzido, e o da separação entre o artista e aquilo que procura simbolizar. Assim, Einstein percebe na estética africana, bem como nas épocas que chama de "míticas" e "arcaicas", a possibilidade de um "realismo metafísico", segundo o qual a representação não é mais pensada como um critério para a imagem ou como a ficção de outra realidade. Igualmente, a experiência, diante dessa arte, inclui o observador e o seu processo visual, reconstituindo a totalidade da obra.

Essas características também servem para compreendermos o porquê de Flávio de Carvalho ter distinguido, na arte de vanguarda, a conformidade entre a representação e a ideia de "sugestibilidade" ao referir-se à poesia dadaísta, ou de uma possibilidade latente de se esboçar um objeto de forma inacabada, como um rascunho, concluído na imaginação do leitor/observador. Igualmente, as considerações de Einstein, em parte, iluminam o contexto em que o escritor Raymond Roussel escrevera o seu livro *Impressões da África*, publicado em 1910. Roussel fora um dos precursores do movimento surrealista in-

---

publicada pela editora da Universidade Federal de Santa Catarina: Einstein, Carl; Meffre, Liliane, *Negerplastik (escultura negra)*. Tradução de Fernando Scheibe e Inês de Araújo. Florianópolis: UFSC, 2011.

ternacional, quem obteve reconhecimento quando os comentários de André Breton sobre ele, em *A antologia do humor negro* (1940), vieram finalmente à luz. Figura um tanto controversa no momento em que vivera, Roussel instigara os intelectuais vanguardistas, especialmente, com a adaptação de *Impressões da África* para o balé de mesmo título exibido, em 1911, para um público que incluía Michel Leiris, Francis Picabia e Marcel Duchamp, entre muitos outros.[8]

Roussel adotava procedimentos que assemelhavam os seus textos ao anagrama e ao enigma. Algumas dessas narrativas, como o livro de 1910, foram redigidas, inteiramente, a partir de um jogo entre duas palavras de sons semelhantes – contudo, de sentidos diversos – desdobradas em frases quase idênticas e, posteriormente, em episódios do relato, segundo esclarecera em *Como escrevi alguns de meus livros*.[9] O argentino César Aira, ele mesmo autor de uma novela acerca de um "escritor sem obra", *Parmênides* (2006), atribui à composição dos textos inclassificáveis de Roussel a formação de um mundo que não se baseia na "adequação" como pressuposto, pois a sua escrita revelaria a própria nudez da linguagem, a ocupação e a desfuncionalização do tempo.[10]

O que Aira parece nos dizer – e o que se percebe em *Impressões da África* –, é que não é possível conceber esse mundo por meio da imitação, nem examinar o texto literário meramente recorrendo-se aos elementos formais de um romance tradicional, como tempo narrativo, personagens, enredo, narrador. Primeiramente, ao contrário

8 Krauss, Rosalind, *Passages in Modern Sculpture*, Cambridge; London: MIT, 1988.

9 Roussel, Raymond, *Comment j'ai écrit certains de mes livres*, Paris, Gallimard, 1979.

10 Aira, César, "Raymond Roussel. A chave unificada". Tradução de Byron Vélez Escallón. In: *Sopro*, Dossiê Raymond Roussel, Florianópolis: nº 98, 2013, p. 5-11.

do que o título nos faz supor, o livro não consiste em um relato de viagens, embora o seu autor tenha visitado o continente inúmeras vezes e tenha financiado a Missão Etnográfica Dakar-Djibuti em 1934. Roussel não tece, portanto, considerações ou análises acerca da África. Esse continente apenas é percebido por meio das referências vagas à localização geográfica de um país inexistente - denominado Ponukelé, situado na costa do Atlântico, em algum ponto próximo ao Equador - onde a cultura europeia é "miniaturizada", nas réplicas da Bolsa de Paris e do busto de Inmanuel Kant.

No que diz respeito aos procedimentos do texto, podemos afirmar que Roussel aponta, incessantemente, os enigmas da linguagem instaurados pelo próprio autor, propondo que não existam soluções unívocas na interpretação de um texto, mas que a operação de leitura componha-se do desvendamento de "mecanismos invisíveis", da "sugestibilidade", transcorrido em um percurso circular. Assim, a primeira metade do texto se estrutura pela sucessão de sacrifícios humanos, de espetáculos fantásticos — de dança e atuações teatrais —, bem como da exposição do funcionamento de máquinas delirantes no "Clube dos incomparáveis". Para que se arme o seu sentido, é preciso retomar a leitura do começo quando se atinge a segunda metade do livro, na qual se esclarecem os motivos para os sacrifícios e para o entretenimento exibidos na primeira parte.

Entre as inúmeras máquinas descritas, destaco apenas um exemplo, o qual se aproxima do sentido da escritura para esse autor. Trata-se do aparato criado para punir Naïr, jovem negro que expusera o caso extraconjugal entre a esposa do Imperador Talu e o seu braço direito, Mossem:

> Mais perto de mim, no perímetro do teatro roxo, se elevava uma grande base de madeira sobre a qual, de pé e inclinado, Naïr, jovem negro de apenas vinte anos, se entregava a um trabalho absorvente. À sua direita, duas hastes plantadas,

> cada uma em um ângulo da base, se ligavam pela extremidade superior por um fio longo e frouxo, que se curvava com o peso de três objetos pendurados em fila, exibidos como tipos de tômbolas. O primeiro artigo não era nada menos do que um chapéu-coco, em cuja copa preta se exibia a palavra "CAPTURADA" escrita em maiúsculas esbranquiçadas; depois vinha uma luva de pele da Suécia em tom cinza escuro, virada do lado da palma e decorada com um "P" traçado com giz superficialmente; por último se balançava uma ligeira folha de pergaminho que, repleta de estranhos hieróglifos, mostrava, em seu topo, um desenho bastante grosseiro, representando cinco personagens tornadas ridículas graças à atitude geral e ao exagero dos seus traços.[11]

Naïr é punido por ser capaz de decifrar os hieróglifos, a linguagem enigmática de Ponukelé, e de planejar um estratagema com esse feito, sendo, por isso, destinado a tecer fantásticas redes invisíveis e máquinas delicadas nessa plataforma eternamente. Isso nos leva a pensar que o trabalho de leitura não deve pertencer somente à ordem de decifrar os signos, mas também da investigação do que se oculta sob os sentidos mais evidentes, dos movimentos da linguagem e das relações entre os diversos textos.

Como Raymond Roussel, Flávio de Carvalho seria capaz de compreender a possibilidade de se valer desse elemento africano e plástico como um exemplo dos laços entre a linguagem e a imagem, recusando o caráter estático da primeira e a mera correspondência da figura com o mundo exterior. Carvalho explorou, em contrapartida, a sonoridade ambivalente da palavra, a ambiguidade dos sentidos. Por este motivo, os seus textos parecem evocar a presença de uma língua única e primordial, afim de artes como a dança e o dese-

11 Roussel, Raymond, *Impresiones de África*. Traducción de Estela Canto, Buenos Aires: Ediciones de la Flor, 1973, p. 23. Todas as citações em língua estrangeira foram traduzidas ao português pela autora deste texto.

nho, e ele se interessara, como o escritor francês, pelos hieróglifos e ideogramas. Na série das "Notas para a reconstrução de um mundo perdido", o autor investiga uma genealogia da arte, que se inicia com a afinidade entre o bailado, os gestos e o desenho, pois o corpo em mímica passa a constituir uma estratégia para memorizar os feitos do homem antigo:

> A importante Pantomima, consequente da Descoberta da Imagem, é um período de transição que precede a escrita, a palavra e a marcha. Os primeiros desenhos, que forçosamente foram executados em pleno período de Defesa Passiva são os primeiros indícios de uma futura escrita executada com pictogramas, ideogramas, hieróglifos.[12]

A antiga escrita egípcia aparece, no Renascimento, como completamente dissociada da fala e da subordinação a um sistema fonético, de modo que a tensão produzida entre a palavra e a imagem teria, como consequência, a separação entre a fala e a escrita.[13] Como o *mixigne*, que procura dizer algo às estrelas em meio aos ruídos da

---

12 Carvalho, Flávio de Rezende, "XXIII – Os gatos de Roma: A pantomima e o espelho". *Diário de S. Paulo*, São Paulo, 23 jun. 1957. O texto teve a ortografia atualizada em: Mata, Larissa Costa da, *Genealogia e primitivismo no modernismo brasileiro: o mundo perdido de Flávio de Carvalho*. Tese (doutorado). – Centro de Comunicação e Expressão – Universidade Federal de Santa Catarina, Florianópolis: 2013. 2 v.

13 Walter Benjamin, no seu ensaio sobre a *Origem do drama barroco alemão*, esboça comparações entre a montagem barroca e a alegoria, uma figura de linguagem, de modo que contemplar um espetáculo do drama barroco alemão seria como "mergulhar em um texto", no qual a palavra-imagem representada também passa a instaurar uma tensão entre a palavra falada ("êxtase da criatura, seu desnudamento, sua presunção e impotência diante de Deus") e a escrita ("compostura, dignidade, superioridade, onipotência em face das coisas") (Benjamin, Walter, *Origem do drama barroco alemão*. Tradução de Sérgio Paulo Rouanet, São Paulo: Brasiliense, 1984, p. 224).

cidade, Carvalho nos incita a ler em seus textos uma significação escondida atrás da linguagem e do visível, que pertence à ordem dos sinais, e não dos signos.

Mecanismos solteiros

O comentário sobre o mixigne – que atravessa o trânsito, os apitos e as buzinas –, nos faz, ainda, perceber em Flávio de Carvalho uma relação dúbia com a técnica, tecida entre o fascínio e a desconfiança. Essa indecisão esteve presente em outros intelectuais surrealistas ou dadaístas como Marcel Duchamp, para quem a pintura se aproximava do silêncio e de uma pergunta conceitual sobre a arte, de um "anti-mecanismo". Vale salientar que Flávio de Carvalho defendera, em algumas ocasiões, a condição de celibatário, antropofágica por excelência, e que o seu estado civil se mostraria coerente com a multiplicidade e a inquietude da sua atividade como artista. Como se vê, isso estaria em consonância com o seu espírito contraventor e anti-institucional, crítico da família, do Estado e da Igreja católica. Igualmente, Carvalho fora condizente com a máquina solteira e inoperante dadaísta, cujo encontro sexual não produz frutos ou rebentos, mas apenas expõe o ato em si e os procedimentos criativos. Os mecanismos solteiros, ao modo das máquinas fantásticas de Roussel, revelam o funcionamento da linguagem e as suas lacunas, restituindo as possibilidades do texto e do pensamento — sejam aquelas da crítica a respeito desse artista, seja da própria obra carvalhiana.

Mecanismo da emoção amorosa consiste em um estudo sobre o matriarcado científico e imaginativo – portanto, de gênero textual indefinido – em que o autor mescla *fait divers,* recolhidos de jornais brasileiros, teorias da filosofia e da antropologia (de Paul Krische e Bronisław Malinowski, entre outros), bem como relatos mitológicos de culturas distintas (as africanas, a babilônica, a cristã). A "força" primitiva se mostra, nesses escritos, como uma justaposição entre texto e imagem, conceitos e ilustrações, recolhidos nas pesquisas bibliográficas e etnográficas do autor. Flávio de Carvalho se reporta a mitos africanos, como "As comidas das duas mulheres" e "O alaúde de Gassire" transcritos nos números 8 e 9 da revista parisiense *Cahiers d'Art* pelo zoologista dinamarquês Adolf Jensen (1866-1953).

"O alaúde de Gassire" é uma lenda sobre o príncipe chamado Gassire e Wagadu, interpretada pelo artista como a mulher insurgente de um rei[14], que passa a ameaçar o seu trono, consistindo no desígnio de um matriarcado e do feminismo futuros. A mulher Wagadu fora a fêmea do começo do mundo, "a força motriz que habita o coração dos homens". Irrepresentável por imagens, a divindade ressurge em diversas reencarnações: "[...] a mulher como causa sobre o progresso da humanidade, como salvadora do mundo e como a criadora astuciosa de uma escrita, evidentemente uma linguagem inacessível ao olhar fiscalizador do macho cruel".[15] Wagadu trouxe ao mundo a vaidade, a traição e a escrita, atividades femininas por excelência, segundo o autor, e instilou a *poiesis* ou a literatura em seu estado nascente, por meio do canto dos bardos e heróis, entre os homens.

O matriarcado aparece como a sobrevivência de um *pathos* – um afeto ou uma paixão – deixando os seus vestígios nas máscaras etnográficas, nas decorações de obras arquitetônicas e de instrumentos, as quais repetem os traços de ilustrações da vagina, do coração e da boca. Além disso, as cerimônias africanas de encontro com a divindade, descritas nos mesmos números da *Cahiers d'Art* dedicado às expedições do etnógrafo alemão Leo Frobenius (1873-1938)

---

14 Rui Moreira Leite, em nota acrescida a *Os ossos do mundo*, nos esclarece que, na lenda original, Wagadu consistia em uma cidade. In: Carvalho, Flávio de Rezende, *Os ossos do mundo*, *Op. cit.*

15 *Idem*, *Mecanismo da emoção amorosa* (1934– c. 1952). Datiloscrito inédito, p. 96. Este texto foi transcrito e teve a ortografia atualizada como parte do trabalho do meu estágio de pós-doutoramento junto à Universidade de São Paulo.

à África do Sul e ao Zimbábue, reproduzem o ato da cópula entre o homem e a mulher. Segundo Flávio de Carvalho, se nas épocas matriarcais o padrão de fertilidade estaria na união com o deus, nas patriarcais, o encontro com uma divindade feminina seria capaz de combater as terras estéreis, ocorrendo o mesmo na comunhão católica. Essas deusas são as mulheres do começo do mundo, Wagadu, Omoroca, Ta-Urt, segundo a descrição feita pel o autor das ilustrações que reproduz a partir das imagens da expedição de Frobenius:

> Estes desenhos mostram a cerimonia propiciatória como uma cópula entre um gigantesco pênis e uma mulher que se encontra no céu e que era certamente a grande antepassada, a mulher-origem, a qual se identifica com as diversas mulheres do começo do mundo que já estudamos. Em dois dos desenhos encontramos árvores crescendo rumo ao céu - a árvore é um símbolo fálico e estas árvores do desenho são as mesmas árvores da lenda da criação (africana), que "cresciam até atingir o céu, no momento em que começava a chover".[16]

As engrenagens da emoção amorosa, para Flávio de Carvalho, não se formariam pela união entre os sexos antagônicos, mas pelo encadeamento de confrontos (designados, nesse livro, por "Luta de sexos") em que ora o elemento masculino, ora o feminino emergiria na posição dominante, submetendo e castigando o sexo oposto. Como Carvalho também demonstraria em *Os ossos do mundo*, o poder de *disseminação* da obra — de ser *semeada* ou *propagada* — pode ser visto como o encontro entre a máquina e a deusa primordial:

> Através da fumaça de um cigarro saboreei os últimos cuidados dispensados à aeronave; entre as asas do aparelho, bonecos brancos manipulam seringas gigantes e caminham, pisando com cautela e com a agilidade de aranhas: era como

16 *Ibidem*, p. 177.

> o preparo e o enfeite de uma deusa para um rito sagrado. O silêncio das sombras emprestava um ar de altar e a deusa imóvel recebia as carícias e o contato das primeiras criaturas.... Uma porção de mãos puxam o tubo; as entranhas da deusa retêm ainda o grande sexo branco e comprido.... Mais um esforço e o tubo cede pingando.... da superfície escura da água sai o hino alegre louvando o feito.[17]

Carvalho jamais demonstrara apreço pela vanguarda futurista, pois atrelava, nos anos 1930, a arte de Filippo Marinetti ao fascismo de Benito Mussolini. Por outro lado, parecia anestesiado por certo terror provocado pela técnica. Por isso, o capítulo em que o abastecimento da aeronave é descrito à semelhança de um ato sexual se intitula "Voando sobre as costas brasileiras e notas sobre a sensação de medo", fragmento sobre o pavor de que sofresse um desastre de avião, de que "existisse uma racha, uma porca solta", tornando insegura a aeronave.[18] Escrever notas sobre o abalo que o tomava, supõe o autor, poderia precipitar, por magia imitativa, o acontecimento temido. Esse aspecto endossaria o argumento de Gilberto Freyre de que Flávio de Carvalho não seria um modernista, mas um pós-modernista, dado que este artista concebia o homem do futuro como um neotécnico, reassumindo o seu posto, superior ao da máquina, e reintegrando-se à paisagem do mundo.[19]

Não é fortuito, ainda, que o livro inédito carregue em seu título o termo "mecanismo", o que nos remete à relação entre os artistas e intelectuais modernos e a técnica, por exemplo, de Max Ernst e Marcel Duchamp. Ernst, do círculo Dadá de Colônia, na Alemanha, é autor de *O chapéu faz o homem* (1920), que transformaria o ser-humano em objetos mecânicos e em mercadorias, simultaneamen-

---

17 *Idem*, *Os ossos do mundo*, *Op. cit.*, p. 22.

18 *Ibidem*, p. 26.

19 Freyre, Gilberto, "Prefácio". In: Carvalho, Flávio de Rezende, *Os ossos do mundo*, *Op. cit.*, p. 17-19.

te, como um indício da desumanização dadaísta, da recusa às guerras, da industrialização e dos governos ditatoriais.[20] Poderíamos afirmar que a cópula entre esses corpos maquínicos não têm a ver com a ideia de *reprodução* sexual, mas com a de *reprodutibilidade*,[21] na medida em que o sufixo "*bĭlis*", do latim, significa aquilo que é "passível de", ou seja, o que *pode*, talvez, tornar-se algo ou obter resultados. Contudo, antes que isso aconteça, essa força permanece como a energia concentrada pelo desejo ou dissipada pelo movimento de fricção entre os corpos. Portanto, trata-se de uma união sem frutos ou rebentos e, consequentemente, sem *obra*.

O artista Marcel Duchamp encenara, igualmente, o encontro entre a deusa e a máquina e criara inúmeros "motores do desejo" com os seus *ready-mades*, telas e instalações. Em consonância com o espírito dadaísta, embora ultrapassasse essa vanguarda, ao dar abertura também à arte pop e aos *happenings* dos anos 1960,[22] explorou,

20 Foster, Hal, "Mímico dadá". Tradução de Larissa Costa da Mata. *Boletim de Pesquisa NELIC*, Florianópolis, vol. 12, n 17, Entusiasmo e Contemporaneidade, 2012, p. 97-107.

21 Como se sabe, a noção advém do famoso ensaio de Walter Benjamin, escrito em 1936, sobre a obra de arte e a ascenção da técnica. O sufixo presente em "reprodutibilidade" se repete em outro conceito caro ao filósofo alemão, o de traduzibilidade. Ver: Benjamin, Walter, "A tarefa do tradutor". In: *Idem*, *Escritos sobre mito e linguagem (1915-1921)*. Organização, apresentação e notas: Susana Kampf Lages. Tradução de Susana Kampf Lages. São Paulo: Duas Cidades, 2011, p. 101-120; *Idem*, "A obra de arte na era de sua reprodutibilidade técnica". In: *Idem*, *Magia e técnica, arte e política*: ensaios sobre literatura e história da cultura. Tradução de José Paulo Rouanet, Pref. Jeanne Marie Gagnebin, 7 ed. São Paulo: Brasiliense, 1994, *Obras escolhidas*, vol. I, p. 165-196.

22 Perloff, Marjorie, "Duchamp sem Dadá / Dadá sem Duchamp: a tradição vanguardista e o talento individual". In: Antelo, Raúl; Andrade, Ana Luiza; Barros, Maria Lúcia Camargo (orgs.), *Leituras do ciclo*. Florianópolis: ABRALIC; Chapecó: Argos, 1999, p. 23-24.

sobretudo, a implosão da linguagem por esse movimento. Duchamp criara jogos e trocadilhos à semelhança de Roussel com os seus experimentos escriturais em discos, que nos confundiam quanto ao final e ao princípio da sentença, e com a frase homofônica, a qual nomeara o seu alter-ego feminino, escrita *Rrose Sélavy* e lida do mesmo modo que *Eros c'est la vie* (em português, "Eros é a vida").

A sua obra *La mariée mise à nu par ses célibataires, même — A noiva despida por seus solteiros, mesmo* — ou *O grande vidro*, na qual trabalhara, silenciosamente, entre 1915 e 1923, simula tanto um contato em suspenso, no interior da tela em vidro, pintada a óleo, quanto o abismo entre Duchamp e a sua amante, a escultora brasileira Maria Martins. Como Raúl Antelo nos recorda em *Maria com Marcel*, a escultura em bronze *Iara*, de Maria Martins, estava posta no jardim do Museu da Filadélfia, a pedido de Duchamp, podendo ser contemplada através d'*O grande vidro.*[23] Em *O castelo da pureza* (1968), Octavio Paz interpreta *La mariée* por meio da tradição do amor cortês na poesia provençal, posto que o encontro entre os corpos da noiva e dos solteiros é estimulado, mas não se conclui. Com a sua pintura, Duchamp procuraria reforçar a inutilidade das máquinas, visto que, naquela obra, a noiva, posicionada na esfera superior, instiga o desejo sexual dos solteiros ao se despir, mas o funcionamento cíclico do quadro impede que a união sexual se consolide:

> Assim pois, entre a Noiva e os solteiros não há contato direto, mas à distância — um contato às vezes imaginário e outras elétrico. Esta nova ambiguidade reflete, suponho, outra analogia verbal: o pensamento é elétrico e a matéria é pensamento. A operação termina quando a Noiva, por fim despida, experimenta uma tríplice sensação de distensão ou gozo: uma material (consequência do ato de ser despida por

23 Antelo, Raúl, *Maria con Marcel: Duchamp en los trópicos*. Buenos Aires, Siglo XXI Editores, 2006.

> seus solteiros), outra imaginária e uma terceira que engloba as duas primeiras, isto é, a realidade erótico-mecânica e a mental. É uma operação circular: começa no motor desejo da Noiva e termina nela. Um mundo auto-suficiente. Não necessita, inclusive, de espectadores porque a própria obra os inclui: as Testemunhas Oculistas.[24]

Ora, essa obra enigmática ou hieroglífica de Marcel Duchamp, à maneira de muitas delas, não prescindiu de um texto suplementar, de um manual de instruções, como aqueles que seguiram os esboços carvalhianos: as casas que projetara para a Alameda Lorena, "quentes no inverno e frias no verão", o *New Look* masculino, com a sua meia arrastão, elaborada para proteger as pernas das varizes. A *Caixa Verde* de Duchamp, conjunto de notas dispersas do artista, pensadas como o manual para o catálogo de *La mariée*, sugerem que o vidro teria sido adotado por ser um material muito delgado, expandindo o contato entre a tela e o que se vê através dela. Desse modo, as sombras projetadas situam o espectador e criam uma margem dúbia entre os sentidos, na medida em que a tela, no vidro, não tem frente nem verso, parte de cima ou parte de baixo. As suas notas trazem, ainda, a ênfase no predomínio dos *procedimentos* sobre os resultados obtidos, pois também o enunciado de conceitos e a *ideia* da obra participam da sua composição: "[...] modo: o estado ativo e não o / resultado — o estado ativo não fornece / nenhum interesse no resultado — o resultado / é diferente se o mesmo estado / ativo / é repetido".[25] As instruções contemplam o processo de redação do texto, que deveria ser grafado à máquina de escrever, rico em pontuação e livre de palavras inúteis. O livreto possuiria o intuito de

24 Paz, Octavio, *Marcel Duchamp ou O castelo da pureza*. Tradução de Sebastião Uchoa Leite. São Paulo: Perspectiva, 2014, Coleção *Elos*, nº13, p. 36.

25 Duchamp, Marcel, *Notas*. Introducción de Glorie Moure. Traducción de M.A Dolores Díaz Vaillagou. Madrid: Tecnos, 1980, p. 27.

esclarecer e de realizar uma sorte de tradução do quadro, o que se daria na forma de um alfabeto não fonético e *plástico*, à maneira de uma imagem ou de uma escultura africana:

> 2º Nominalismo [literal] = Não mais / distinção genérica / específica / numérica / entre as palavras (mesas não é / o plural de mesa, como não tem nada em / comum com comer). Não mais adaptação / física das palavras concretas; não mais / valor das palavras abstratas. A / palavra perde também seu valor musical. / Só é legível (na medida em que formada por consoantes e vogais), é legível / pelos olhos pouco a pouco adota uma forma / com significação plástica; é uma realidade / sensorial uma verdade plástica do mesmo modo / que um traço, que um conjunto de traços.[26]

Ora, um dos aspectos mais característicos das nossas máquinas celibatárias seria o de colocar ênfase na inutilidade da obra, da linguagem, de maneira que o mecanismo de funcionamento e o percurso se confirmem superiores aos resultados. Um dos solteiros que poderia pertencer à nossa série, a personagem Bartleby, do conto *Bartleby, o escrivão* (1853/1856), de Herman Melville, adota uma fórmula agramatical (*I would prefer not to,* Eu preferiria não), que arrasa o sistema de referências da linguagem, criando uma região limiar entre aquilo que ele decidiria não fazer e o que *poderia ter se tornado preferível*, constituindo uma simultaneidade entre os tempos da ação não realizada e aquele do movimento possível.[27]

Flávio de Carvalho se oporia, igualmente, à gramática e à ortografia normativas – as quais caminham lado a lado com a legislação, para afirmar o Estado nacional – ao dotar o seu texto de uma estrutura babélica:

---

26 *Ibidem*, p. 163.

27 Deleuze, Gilles, "Bartleby, ou a fórmula". In: *Idem*, *Crítica e clínica*. Tradução de Peter Pál Pelbart. São Paulo: 34, 2008 (Reimpressão).

pairam vocábulos de línguas diversas, redigidos sob uma grafia peculiar, a dos neologismos ou arcaísmos da língua portuguesa que emprega. Trago alguns exemplos retirados das "Notas para a reconstrução de um mundo perdido": cantaroleio, balbuceio, tamborinagem, deglutinação, gagueio — além dos termos estrangeiros transcritos, nos quais suprime letras em excesso (*patern*), como se ele se valesse de uma economia linguística. Por vezes, a sua escritura mescla as expressões de duas línguas em um único vocábulo, criando termos "*mixignes*", como em rastacoére, uma combinação entre *rastaquouère*, do francês, e *rastacuero*, do espanhol. Essa expressão pejorativa e antiga designa um estrangeiro extravagante e esbanjador de suas riquezas (os sul-americanos não têm "rastacoére", segundo o autor). Flávio de Carvalho se insurge tanto contra os princípios da tradução, a qual introduziria o estrangeiro nos limites do vernáculo, como contra a escritura oficial em língua portuguesa. Convém salientar, ainda, que os seus propósitos diferem daqueles dos modernistas como Mário de Andrade e Raul Bopp, pois não há "primitivismo" na linguagem, nem afirmação das raízes populares, mas uma contravenção, movida pelo gosto pelo chiste e pelo fato de esse autor ter transitado por idiomas diversos. A sua insurgência se mostra em paralelo, igualmente, com a repetição das atividades improdutivas, a suspensão do encontro sexual para potencializar o gozo ao infinito, evocando a proximidade entre a escritura e o êxtase, característica de Roussel,[28] e entre o gênero sexual e o do texto.

Segundo o *Mecanismo da emoção amorosa*, na Rússia Subcarpática – região pertencente à Hungria, antigamente incorporada à União Soviética –, os camponeses eram tomados pelo hor-

---

28 Enquanto escrevia *Doublure*, Roussel diz ter sido tomado por uma crise de nervos, similar ao êxtase, descrita pelo psicólogo e neurologista francês que o tratava, Pierre Janet: "Durante alguns meses experimentei uma sensação de glória universal de uma intensidade extraordinária. O doutor Pierre Janet, que me tratou durante muitos anos, fez uma descrição dessa crise no primeiro volume de seu livro *De l'Angoisse à l'Extase*". Roussel, Raymond, *Comment j'ai écrit certains de mes livres*, *Op. cit.*, p. 26.

ror provocado pela figura feminina, considerada um mau-agouro, pois o seu sexo é vazio, razão de sua "inferioridade" nas sociedades patriarcais, ao passo que o do homem encontra-se preenchido. Embora o corpo feminino apresente outras diferenças morfológicas com relação ao do homem – as suas extremidades são menores, os quadris mais abrangentes, possui menor quantidade de pêlos, as coxas são mais arredondadas, a estatura menor e o diafragma mais convexo – ela é a primeira munida do poder da escritura, de acordo com a estória da mulher Wagadu, que vimos anteriormente, e adere a uma fala peculiar, representando o seu gênero:

> [...] Reitzenstein diz que a linguagem feminina entre os Malaios se desenvolveu de tal maneira que nenhum homem é capaz de compreendê-la, e as mulheres estão sempre inventando novos sistemas para uso próprio em suas relações mais íntimas. Com os Abipones do Paraguai as palavras novas eram criadas pelas velhas da tribo.[29]

Ora, o autor parece concordar com algumas das afirmações de Jacques Lacan[30] acerca da relação sexual e dos gêneros, pois, para o psicanalista francês, os gêneros – assim como o sujeito – encontram a condição de existência no discurso ou na escritura – não

29 Nota original do autor: "*The Golden Bough* (Abridged Edition) (23), Frazer, p. 257". Carvalho, Flávio de Rezende, *Mecanismo da emoção amorosa*, *Op. cit.*, p. 37.

30 Vale lembrar que Lacan também publica o texto "O problema do estilo e a concepção psiquiátrica das formas paranóicas da experiência" na revista *Minotaure*. Esse número da revista encontra-se na biblioteca de Flávio de Carvalho, que muito provavelmente tivera contato com o ensaio do psiquiatra francês. Lacan, Jacques, "Le problème du style et les forms paranoïaques de l'expérience". *Minotaure. Mission Dakar--Djibouti: Revue Artistique et Littéraire*, Paris, Albert Skira, 1931-1933, p. 68-69.

podem ser definidos, portanto, meramente pela anatomia ou pela forma, e sim por meio da função que exercem nos atos da fala, das ferramentas que empregam para persuadir, dissimular e produzir enigmas, reduzindo a sujeição ao outro sexo e constituindo uma comunidade com os / as "afins". De acordo com Lacan, o gozo é uma instância negativa, a qual não possui qualquer utilidade, e não pode ser simbolizada pelo signo ou pela palavra; somente a partilhamos, pois está marcada pela impossibilidade de formarmos o Uno com o Outro. Igualmente, nos oferecemos, momentaneamente, por meio da linguagem, e dela usufruímos na leitura e na escrita. A essência da mulher, portanto, é "vazia" na medida em que ela se define pela ausência do gozo fálico, embora o homem procure capturá-la na conjuntura de um ideal completo, de modo que a relação sexual, assim como a escrita, ou o "*inscrever*" do gozo feminino, pertence à ordem do *impossível* e do *infinito*.[31]

Ainda que tenha lançado dois livros em vida – o *Experiência n. 2*, de 1931, e *Os ossos do mundo* – e preparado a edição de *A origem animal de Deus e O bailado do Deus morto*, saído após a sua morte em 1973 – Carvalho não escreveu "obras", mas, sobretudo, *notas* como aquelas publicadas no *Diário de S. Paulo*. Sequer *Os ossos do mundo* é designado por ele como ensaio, nem mesmo como relato de viagem, mas como "notas de observação", as quais poderiam ter se perdido no arquivo, nas mãos de herdeiros ou de colecionadores anônimos, possível destino do caderno desaparecido. Ora, as anotações são estratégias para fazer *notável* aquilo que nos punge, ferindo-nos como a seta de *eros* e provocando sofrimento e gozo. No entanto são também um dar-se tempo para o ato da escritura, para fazer de si um *scriptor*. Roland Barthes, outro intelectual "celibatá-

31 *Idem*, *Mais, ainda*. 2. ed. Texto estabelecido por Jacques-Alain Miller. Tradução de M. D. Magno. Rio de Janeiro: Jorge Zahar, 1985, *O Seminário*, vol. 20.

rio" que bem poderia ter composto esta série, não escrevera obras literárias, mas dedicara-se à *notatio* e lecionara no *Collège de France* um curso que, quando transcrito, resultou em dois longos volumes sobre a *preparação* do romance.[32]

Não nos esqueçamos de Carvalho fora, ainda, o autor de inúmeros "livros-fantasmas", mencionados por ele em entrevistas,[33] em textos publicados em jornais e em rodapés de datiloscritos e de livros, tais como *Origens da arte popular*, citado por ele em *Os ossos do mundo.* No entanto, atualmente, compõem o acervo do Centro Cultural Alexandre Eulálio, na UNICAMP, somente os datiloscritos de *Meridiano sul* (1952) e de o *Mecanismo da emoção amorosa.* Seriam os textos aludidos parte de um desejo não concretizado pelo autor, ou o resultado de uma decisão deliberada de se formar uma biblioteca fictícia? Desse modo, poderíamos mesmo pensar que este evento — que pretende homenagear o escritor Flávio de Carvalho — não teria qualquer razão de existir, senão a de se constituir em uma nova piada dadaísta, ao gosto de Flávio de Carvalho, de Marcel Duchamp, e companhia. Sinto muito, mas não posso assegurar-lhes que não estejamos todos ludibriando vocês, visto que não sei o destino dos outros livros que ele afirmara ter escrito. Sabemos, no entanto, que o lugar delegado a esse intelectual dentro do movimento modernista sempre foi o de um artista delirante, pintor de óleos e retratos, arquiteto de muitos projetos, também não realizados, instigador cultural, estudioso de ciências variadas, que propunham hipóteses disparatadas etc. etc. Jamais o de cânone — seja dentro

32 Barthes, Roland, *A preparação do romance.* Texto estabelecido, anotado e apresentado por Nathalie Léger, Tradução de Leyla Perrone-Moysés. São Paulo: Martins Fontes, 2005, vol. 1.

33 Ver as entrevistas concedidas pelo artista: Carvalho, Flávio de Rezende, *Flávio de Carvalho.* Organização: Ana Maria Maia e Renato Rezende. Rio de Janeiro: Azougue, 2015, *Encontros*, nº 51.

da história da arte ou da crítica —, jamais o de protagonista do modernismo e, muito menos, o de escritor, de qualquer gênero. No entanto, quando lido em consonância com as máquinas celibatárias, Carvalho conduz o pensamento sobre o modernismo para os seus esquecimentos e silêncios, uma vez mais, descobrindo a sua potência de existir também nas anotações, naquilo que ainda não fora dito e nem realizado.

Flávio de Carvalho: o sequestro

Raúl Antelo

Flávio de Carvalho revela, com sua prática, a decadência e a obsolescência do presente que se pensa moderno. Desenha, assim, em *Experiência n. 2*, uma cena para o artista contemporâneo, a do julgamento de massas, local que, a princípio, seria o mais indicado para testemunhar a respeito da verdade artística em sintonia com o tempo. Mas esse seu depoimento, árduo e problemático, lhe solicita também um lugar para si mesmo, do qual ele exatamente carece e lhe há de faltar, ao longo da vida e mesmo além. É um excelente exemplo do que Boris Groys chama arte como fluxo. Carvalho deve testemunhar, em suma, na história e no tempo (São Paulo, 1931), a existência de uma realidade supra-histórica e eterna, a da arte.[1] Alguns anos depois, em 1935, num momento em que começam a

1 "Dar testemunho, aqui e agora, da verdade do Reino que não está aqui significa aceitar que o que queremos salvar nos julgue. E isso porque o mundo, na sua caducidade, não quer salvação, mas justiça. E a quer precisamente porque não pede para ser salvo. Enquanto não são salváveis, as criaturas julgam o eterno: esse é o paradoxo que, no fim, diante de Pilatos, tira a palavra de Jesus. Aqui está a cruz, aqui está a história". Agamben, Giorgio. *Pilatos e Jesus*. Tradução de Silvana Gaspari e Patricia Peterle. São Paulo: Boitempo; Florianópolis: UFSC, 2014, p. 63.

arrefecer os balanços críticos em relação ao modernismo, o artista sente-se inclinado a esboçar uma teoria da arte contemporânea e, sem entrar em detalhes sobre a evolução da pintura, argumenta que

> [...] psicologicamente a pintura se divide em duas classes: uma que mostra as emoções primárias que se encontram nas profundezas da natureza mais íntima do homem, e a outra que mostra como elementos em evidência, somente as emoções secundárias. A pintura que contém as emoções primárias é uma pintura demoníaca, altamente salutar porque mergulha o homem em sonho e pensamento, porque faz ele sentir o tumulto da sua gênese e a beleza desse tumulto. A outra, a pintura dominada pelas emoções secundárias, é uma pintura operativa e essencialmente fútil. É operática porque procura representar um drama sob uma forma melódica na qual cada elemento do drama é altamente prolongado e dramatizado, está claro que o drama é um drama visual que pertence à superfície mais externa dos acontecimentos corriqueiros. Esse tipo de pintura é frequentemente aceito como uma fórmula religiosa que pode ser presenciada e repetida diariamente sem perturbar a ninguém porque não contém nada de particularmente perturbador nem nada que possa excitar o pensamento e acordar mesmo uma pequena parte do maravilhoso demoníaco do fundo da nossa alma. A pintura operática está não somente livre dos perigos da alma e das manifestações mais profundas de poetismo, mas é uma pintura que pela sua natureza de tagarelice melódica e pela sua gesticulação histérica dramatizada se utilizará sempre da forma não para exprimir as forças da alma, mas sim somente a futilidade das emoções secundárias.
>
> O que mais caracteriza a pintura contemporânea é a uma maior sensibilidade de percepção. O pintor penetra além da fotografia do mundo aparente, ele não pinta somente as formas visíveis, mas também a emoção que está dentro da forma, isto é, a sua percepção aumentou nestes últimos

> séculos e ele começa a enxergar que o conteúdo que está dentro da forma é mais capaz de empolgar e contém mais sugestibilidade que a realidade aparente dos seus colegas do século XVII. A primeira viagem nas profundezas da nova sensibilidade é marcada pelo advento do impressionismo. O impressionismo é uma espécie de afastamento fora e longe do panorama para enxergar melhor a ideia de conjunto, é uma espécie de visão filosófica do mundo onde cada objeto acaba se tornando o igual do outro, é uma democratização dos elementos do quadro que vistos de um ponto afastado, se confundem uns com os outros.[2]

Um ano depois, em *Os ossos do mundo,* completaria o paradigma, referindo-se ao que ele chamaria de autêntica pandemia plástica.

> A pintura italiana, toda ela marcada do traço epidêmico Madona e Bambino, era pintura para as igrejas e, portanto, era pintura para as massas. Como tal, era pintura operática, com acentuada declamação lírica. A experiência de todos os tempos mostra que a ópera é o espetáculo predileto das massas, desde os primeiros dramas sagrados do século V, como as Virgens Loucas e as Virgens Bem-Comportadas, até o século XV, que marca a implantação definitiva da ópera no espírito nacional da península. A ópera girou em torno do problema sexual religioso, Deus, Filho, Espírito Santo, Virgem, que era o drama lírico do pequeno mundo da família e do grupo, e portanto acessível e comum à compreensão das massas.[3]

---

2 Carvalho, Flávio de Rezende, "As novas tendências da pintura contemporânea". *Movimento*, São Paulo, jul.-set. 1935, p. 68-69.

3 *Idem, Os ossos do mundo.* Edição revista e ampliada por Rui Moreira Leite e Flávia Carneiro Leão. Campinas: UNICAMP, 2014, p. 146.

Poder-se-ia dizer que a atração de Flávio de Carvalho pelo primitivo e pelo místico, de certo modo, funde o horizonte da etnologia, perseguido por Lévy-Bruhl, a dimensão metafísica de Henri Bergson e a experiência literária de Georges Bataille, à qual poderíamos até acrescentar a contribuição de Roger Bastide, contrária à perspectiva patológica do sagrado.[4] Mas, mesmo assim, essa fusão nunca é harmoniosa. Ele é consciente, por exemplo, de que a história cultural de Ocidente funciona a rigor anacronicamente, já que os processos se repetem em outras escalas, por exemplo, o grande desenvolvimento da ópera deu-se no século XV e precede de dois séculos o período agudo da pintura realista e operática do século XVII, na Europa, o que mostra, aliás, uma defasagem ou *différance* de um a dois séculos para a ópera contaminar a pintura. Mas, esse período começou, de fato, muito antes, em meados ou fins do século XV, isto é, logo depois da separação do teatro da igreja, que se deu efetivamente entre o século XIII e o século XIV, portanto, o que temos, ao longo de todo esse longo processo, é um gradativo abandono da mímica em nome da representação: "a pintura operática é uma expressão aguda de magia e de saudade e é um mapa das emoções sexuais da segurança da península e da exuberante maternidade da grande Deusa ou da Santa Madre que aparece no momento preciso para garantir essa segurança por meio de magia".[5]

A arte moderna, pelo contrário, é não-operática. A proverbial operação destruidora da Musa, em Mallarmé, é um modo possível de conduzir a linguagem estereotipada à torrente da fala tagarela, que longe de se acomodar nas previsíveis contenções da forma e da autonomia, permite, em compensação, a emergência da política,

4 Bastide, Roger, *Les problèmes de la vie mystique*. Paris: Max Leclerc, 1931; *Idem*, *Imagens do Nordeste místico em preto e branco*. Rio de Janeiro: Cruzeiro, 1945.

5 Carvalho, Flávio de Rezende, *Os ossos do mundo*, *Op.cit.*, p. 151.

pelo simples motivo de que a política corresponde à inoperosidade essencial dos homens. Existe o humano porque o homem é um ser *argós*, alguém a quem nenhuma operação ou atividade define por completo. É um ser de pura potência, que nenhuma identidade consegue apreender por completo. A questão moderna por excelência é portanto a questão do *in-operático*, a dimensão do *désoeuvrement*, a condição *argós* do homem na pós-história, algo que podemos reconhecer no preguiçoso de Malevitch, no *voyou désoeuvré*, o indivíduo inoperoso de Raymond Queneau (a quem, por sinal, Flávio de Carvalho conheceu em Paris), o *shabbat* do homem em Kojève, a *comunidade inoperante* em Nancy ou a *vida nua* de Agamben. Distante da tradição de humanismo integral que, vinda do personalismo de Maritain ou Mounier, irrigaria o pensamento de Mário de Andrade (a tese do artista e o artesão) ou Manuel Bandeira (o conhecimento poético é um conhecimento *por conaturalidade afetiva*, operático ou que tende a se exprimir numa obra, algo que não tem consciência de si e que não é feito *para* conhecer,[6] Flávio de Carvalho, em compensação, nos propõe pensar o homem como um vivente sem *érgon*, desprovido, portanto, de *enérgeia*, alguém de pura potência, mas nenhuma identidade.

Nesse sentido, a alucinação rítmica da palavra, com vistas à desintegração da matéria verbal primária, aliada à efetiva emancipação dos elementos criativos, ou seja, a pintura do som e a música do espaço, sobre a qual dissertaria, nesse mesmo ano de 1935, no Instituto de Engenharia, em São Paulo, configuram o cerne da estética, segundo Flávio de Carvalho, afiançando assim um mimetismo da linguagem que o autor aliás compartilha com surrealistas e dadaístas. Uma das leituras mais radicais dessa estética foi a tese sobre o aspecto psicológico e mórbido da arte moderna, que Flávio

6 Bandeira, Manuel, "Antologia de definições de poesia". *Letras e Artes. A Manhã*, Rio de Janeiro, 14 jul. 1946.

de Carvalho apresentou no II Congresso Internacional de Estética e de Ciência da Arte, reunido em Paris em 1937 e do qual, entre outros, participou Paul Valéry, com seu célebre "Discurso sobre a Estética". Recordemos que, para Valéry, a era da ordem que então se atravessava exigia o império da ficção. Nenhum poder se sustentaria pela simples pressão de um corpo sobre outro. Era preciso, portanto, haver forças fictícias, autênticas ficções que garantissem a hegemonia, daí que o romance seria, em última instância, o gênero de uma sociedade que padece a morte de deus.[7] Na tese apresentada por Flávio ao congresso de estética, defendia-se, em suma, algo que também estava no ar, notadamente, nos debates de sociologia sagrada do círculo bataillano, uma vez que, na entrevista a ele concedida em 1935, Roger Caillois já dissera a Flávio de Carvalho que

> [...] o super-realismo que na sua origem era um movimento literário – mas que logo revogou a literatura para se consagrar à investigação psicológica – cruza a ciência sobre diversos terrenos. O super-realismo nada deseja de melhor que de empreender no domínio que era até hoje o domínio da retórica, mas com métodos rigorosos – métodos até hoje usados somente pela ciência – um estudo fenomenológico do problema geral da imaginação.[8]

Imediatamente, Flávio entende que a arte moderna teria atingido, com o anarquismo dadá, uma fase terminal de esgotamento, uma vez que as feridas provocadas pelo colonialismo deveriam ser, prontamente, curadas e fechadas, com uma pomada idêntica à empregada pelo Marquês de Sade no tratamento de suas vítimas. Não

---

7 Valéry, Paul. *Politique de l'Esprit*. In: *Idem. Variété III*. Paris: Gallimard, 1932.

8 Carvalho, Flávio de Rezende, "Ciência e lirismo". *Diário de S. Paulo*, São Paulo, 10 set. 1935, p. 5.

por acaso, o mesmo Caillois chamou Flávio de *géopoliticien*, um pouco na linha do que seria o mestre deles todos, Alexander Kojève. Muitos anos depois, na série "Os gatos de Roma", Flávio assim explicitaria sua compreensão geopolítica do colonialismo europeu:

> Querer conservar as feridas do passado abertas ou perpetuar a arqueologia é um desejo de perpetuar o sofrimento e a dor e é peculiar ao europeu. Esse masoquismo do europeu, incitado em magnitude pelo grande espetáculo de dor do Cristo em feridas, crucificado e exposto à concupiscência dos espectadores, no teatro da História, impressionou o Ocidente orientando-o no seu comportamento ético. As feridas são apresentadas na arqueologia da História como um espetáculo de beatitude e de contemplação, num espetáculo apropriado a produzir sofredores e masoquistas e, por conseguinte, um espetáculo capaz de formar piedosos aglomerando-os em torno da dor e da mutilação. As feridas, além de induzir a um desejo estético marcado pela sugestão heroica em forma de espetáculo daquilo que ficou e sobreviveu, as feridas não se alteram e funcionam cataliticamente para o europeu a fim de apontar rumo a um comportamento definido, algo com o frio trágico de um Calvino ou de um Savonarola, um comportamento capaz de satisfazer a todos os escrúpulos morais, gerando este certo sentido ético, sem o qual a tradição jamais seria mantida. Toda ética europeia provém desse espetáculo de dor e de sofrimento, apresentado à contemplação beática pela arqueologia e, em consequência, o europeu é um ser essencialmente masoquista, um homem que deseja sofrer e que baseia seu comportamento na recuperação do ser pela dor. O escrúpulo moral do europeu ou a sua ética do dever, que é uma consequência da tradição, produz um jogo de comportamento que o leva ao masoquismo como forma obsessiva e em seguida neurótica. Esse comportamento funciona no europeu como auto-fustigação, como um desejo de dor e de sofrimento e o seu escrúpulo moral se transforma num prazer

> voluptuoso. A beatitude arqueológica que visa conservar as feridas abertas torna-se uma manifestação de masoquismo e narcisismo onde o contemplador se admira a si mesmo como herói sendo a sua pessoa transformada para esse fim em ruína arqueológica. O beato-contemplador é sempre consequência do escrúpulo moral. Há um destino da ferida na arqueologia europeia; ela deve ser mantida aberta para conservar sempre vivo o espetáculo voluptuoso da dor, sustentando dessa maneira a ética proveniente dos escrúpulos morais gerados na tradição. [...] No momento que passa, o europeu é eticamente um masoquista e seus escrúpulos morais se conservam e são provenientes do espetáculo da dor e talvez seja este um dos motivos pelos quais o europeu no seu íntimo deseja e acata a guerra como sendo parte da sua defesa anímica.[9]

Nesse sentido, a alternativa de Flávio de Carvalho, a *arqueologia surrealista*, em tudo equiparável ao *surrealismo etnográfico* de James Clifford, constitui entretanto uma tradição específica. Após *De l'érotisme* (1923) de Robert Desnos, os surrealistas passam a reivindicar sistematicamente a figura do Marquês de Sade; assim, Paul Éluard dirá que o marquês de Sade foi confinado na Bastilha, em Vincennes e Chareton por ter desejado devolver ao homem civilizado a força do primitivismo e a imaginação amorosa, lutando sempre contra a injustiça.[10] Em "Recherches sur la sexualité" (*La Révolution Surréaliste*, n., 15 mar. 1928), Breton argumenta, coincidentemente, que tudo lhe é permitido a alguém que, como Sade, esteve sempre entre a vida e a morte. Buñuel retoma, em *L'Age d'Or* (1930), o último episódio dos *120 dias de Sodoma*. Dois anos depois, em

9 *Idem*, "Os gatos de Roma III: As feridas abertas da arqueologia. O europeu quer a guerra". *Diário de S. Paulo*, São Paulo, 20 jan. 1957.

10 Éluard, Paul, "D. A. F. de Sade, écrivain fantastique et revolutionnaire", *La Révolution Surréaliste*, Paris, nº 8, 1 dez. 1926, p. 9.

1932, após constatar que "Dali hurle avec Sade", Georges Bataille há de propor "Le valeur d'usage de D. A. F. de Sade", importantíssimo ensaio, incluído no segundo volume das *Oeuvres complètes*, como base de seus estudos sobre a heterogeneidade e o dispêndio; e mais um ano a seguir, Maurice Haine publica "Dramaturgie de Sade", como apresentação da peça *Zelonide*, logo no primeiro número de *Minotaure*, revista cujo representante no Brasil era, precisamente, Flávio de Carvalho. Depois da guerra, a tendência irá consequentemente se firmando: Pierre Klossowski estampará *Sade, mon prochain* (1947) e, a partir da experiência dos campos de concentração, mesmo Adorno e Horkheimer farão um excurso sobre *Justine* em *Dialética do esclarecimento*, tudo isso em simultâneo aos ensaios de Bataille ("Le secret de Sade", 1947), mais tarde reunidos em *A literatura e o mal*. Daí, portanto, provém o resgate contemporâneo, que vai de Blanchot (*Sade e Lautréamont*) a Barthes (*Sade, Fourier, Loyola*). A essa série textual pode ser acrescentada a série iconográfica, constituída pelo retrato de Sade (1936), feito por Man Ray,[11] o *Pour Sade I* (1946) de Hans Bellmer, as ilustrações para *A filosofia na alcova* de André Masson, a tela de Magritte (1947) do mesmo título, e até mesmo as gravuras sobre *Juliette* de Leonor Fini (1944-1945).

Diríamos, então, que o recurso a Sade, na estética de Flávio de Carvalho, visa à fusão criacionista de dois vetores contraditórios, Kant com Sade, os mesmos, aliás, explorados por Lacan, quem não

11 Flávio de Carvalho chegou a entrevistar Man Ray. Na conversa, o artista americano afirma existirem dois tipos de pintura e fotografia: um, que a gente esquece e o outro, o inesquecível, a identidade inesquecível. Disse detestar a música por ela ser uma expressão de desejo não alcançado, de resignação, enquanto que a pintura é um esforço mais ambicioso de realizar os desejos, o que prova que as pessoas são atiradas à religião de preferência pela música antes do que pelas artes plásticas, que conduziriam à libertação. Carvalho, Flávio de Rezende, "O voluptuoso e o inesquecível". *Diário de S. Paulo*, São Paulo, 31 ago. 1935.

se considerava, por sinal, um surrealista e debochava até abertamente de artistas como Tzara. O surrealismo, porém, aplicando o método psicanalítico, mesmo que o considerasse herdeiro do anarquismo, apresenta-o como uma reconstrução, em que a arqueologia do sintoma e a mania de escavação são muito conspícuas. Talvez isso explique que, na visão de Flávio, "contrariamente ao expressionismo, o surrealismo é muito táctil" e "essa tatilidade estabelece um ponto de contato com a arte negra". Flávio de Carvalho, com efeito, considerava que os surrealistas possuíam "um culto ancestral extremamente forte", que os levava a praticar "magia negra com o passado", mas isso não lhe impedia esclarecer que "surrealismo não é sadismo mas sim uma consequência de sadismo". O surrealismo constrói um mundo à sua imagem ancestral, com a ressalva, porém, de que esse mundo não é dado: "ele é um espelho de angústia e indecisões".[12]

Destaco a noção de que, para Carvalho, o mundo construído pelo surrealismo não é um dado natural mas um construto: ele é um espelho (*species*), um *grande vidro*, e aquilo que fica fora da produção é, justamente, patológico. Gianfranco Fortini caracterizou o renascimento nietzscheano dos anos 1970-1990 como *surrealismo de massas*, cuja linha de fuga (depois de Bataille e Klossowski) seria Deleuze. Pois ele e Guattari chamariam aquilo que fica fora da *obra* de *esquizofrenia*, o exterior do capitalismo.[13] Em todo caso, é bom relembrar que, já em seu pioneiro estudo sobre psicologia de massas, a *Experiência n. 2*, Flávio coloca pela primeira vez a pergunta mais sutil, segundo Nietzsche, da história ocidental, *ti estin aletheia?*, o que é a verdade?, e ali mesmo ele antecipa uma crítica

---

12 *Idem*, "L'aspect psychologique et morbide de l'art moderne". Paris: Alcan, 1937. Reproduzida em francês em *Idem*, *Dom Casmurro*, Rio de Janeiro, 7 jul. 1938 e, antes da viagem, em português, no *Diário de S. Paulo*, São Paulo, 22 jun. 1937.

13 Deleuze, Gilles; Guattari, Félix, *Mil Platôs. Capitalismo e esquizofrenia*. São Paulo: 34, 1995.

ao etnologocentrismo, que seria retomada, a seguir, em sua peça de teatro, *O bailado do Deus morto*. No ensaio citado no início, *A origem animal de Deus*, quase como corolário aos argumentos de *Experiência n. 2*, o artista passa a diferenciar, de fato, entre *pintura operática* (que busca "representar um drama sob forma melódica") e *pintura demoníaca* (que contém as emoções primárias, "altamente salutar porque mergulha o homem em sonho e pensamento, porque faz ele sentir o tumulto da sua gênese e beleza"), o que permitiria, a seu ver, traçar uma linha divisória entre obra e, como ele dizia, *gráfico de cultura* ou, como preferirão, posteriormente, os estruturalistas, entre obra e texto.[14]

A diferenciação ainda introduz mais um elemento muito valioso na teoria do retrato de Flávio de Carvalho. Com efeito, haveria, de um lado, o retrato de Mário de Andrade feito por Portinari, que seria mera pintura *operática*, ao passo que o retrato de Lasar Segall, ou mesmo o de Flávio, seriam *gráficos da cultura* modernista que, por traírem e revelarem o inconsciente ótico, de fato, perturbariam o espectador. A começar, é claro, pelo próprio modelo. De fato, em um dos fragmentos de sua reconstrução do mundo perdido, em 1957, Flávio de Carvalho teoriza que

14 Carvalho, Flávio de Rezende, "As novas tendências da pintura contemporânea". *Movimento*, São Paulo, jul.-set. 1935, p. 68-80. Barthes, justamente, entendia que uma obra de massa era um produto extra-linguístico dessacralizado, onde vários códigos se mesclam. A obra de massas, portanto, não é uma obra antológica, fruto de seleção, passada pelo filtro de uma cultura ou de uma história. É por isso imediata, desprovida de mediação ética. Mas isto não impede que ela seja extremamente pertinente (donde, em compensação, a obra de vanguarda se define como impertinente). Em todo caso, o culturalismo incipiente do pós-modernista Barthes também pedia um gesto de fidelidade ao modernismo, de tal modo que ler uma obra de massa nunca pudesse prescindir dos temas da alienação e da reificação. Cf. Barthes, Roland, "Œuvre de masse et explication de texte"(1963). In: *Idem*, *Œuvres complètes*. Paris: Seuil, 1994, vol. III, p. 1109-1110.

> O conceito de Alma proveniente de exercício da imitação, guiou o homem rumo à criação do seu mundo artístico através dos monumentos que eram pantomimas paradas para memorizar os seus feitos e posteriormente através dos ideógrafos e hieróglifos e a escrita. Foi o conceito Alma--monumento que levou o homem a aprender a escrever e por conseguinte o capacitou a transmitir os seus feitos silenciosamente a distância e sem uma representação teatral visual. O aparecimento da Alma é um indício desse futuro silêncio na transmissão dos feitos pela escrita. Imagem que se desloca com uma pose fixa conservando o seu todo imóvel, a Alma raramente fala e quando o faz é por intermédio de outros. O aspecto silencioso da Alma tem raízes profundas e [...] se prende à mudança do apetite do homem. Por ser o conceito de Alma uma imagem do homem, a noção de Alma só poderia surgir da descoberta dessa imagem e conteria na sua essência os característicos do homem na época da descoberta. Por conseguinte a Alma não abrange toda a evolução do homem mas apenas uma pequena parte desta evolução: é ela uma condensação de um período recente que se inicia com o advento do Ódio. A ideia generalizada de que o homem tinha medo da morte é falsa e por conseguinte é falsa também a ideia de que a noção de alma surge do medo da morte. O conceito de Alma é um fenômeno pantomímico de imitação gerado simultaneamente com o Ódio. As manifestações de medo da morte são posteriores à criação da Imagem da alma. Este medo deve ser rotulado mais como um receio de perder um companheiro, pois o homem em pleno período do Ódio é já um animal gregário.[15]

E, nesse sentido, acrescentará mais adiante, em outra colaboração, que

15 Carvalho, Flávio de Rezende, "Notas para a reconstrução de um mundo perdido: XXVII: O homem e sua alma". *Diário de S. Paulo*, São Paulo, 28 jul. 1957.

Todos os casos de homossexualismo indicam uma preocupação intensa, com a opinião alheia sobre a sua pessoa. Isto é: a importância da sua imagem social, altamente exagerada e mórbida, conduz o homossexual ao narcisismo. O homossexual procura sempre criar uma Dupla Personalidade durante a evolução da sua organização psíquica mórbida e com frequência essa Dupla Personalidade é representada pela *entourage* que funciona como um adversário natural, como um inimigo e como um semelhante. Esta criação de Dupla Personalidade é um fato importante porque situa o início do homossexualismo no início da formação da Dupla Personalidade, isto é, no momento em que se opera a Descoberta da Imagem, no início do Ódio e da Luta e no momento em que o homem se torna um animal gregário. Contudo, esta Dupla Personalidade gerada no fim do período do Medo e logo após a extinção do Monólogo da Fome, gerada com o início do Diálogo e das consoantes, é em si a primeira apresentação da Alma do homem.

O conceito de alma, um desejo de perpetuar a personalidade, prodigalizada com cuidados esmerados e tratos delicados, é uma manifestação homossexual. A noção de uma alma que se desprende do corpo, um desejo existente em todas as épocas, após o início da Defesa Agressiva, é apenas a noção de um ser privilegiadamente purificado, o próprio homem e que aparece evoluído no fim da vida, pronto para rumar para o País dos Sonhos, que é aquele mesmo País dos Sonhos teorizado por Homero. O ambiente, o nível de vida oferecidos pelo País dos Sonhos, são anormais e os próprios habitantes do País dos Sonhos são também anormais. Os anjos se apresentam como seres sem sexo e seriam o produto final do homossexualismo.[16]

16 *Idem*, "Notas para reconstrução de um mundo perdido: XXXI. Nas portas do país do sonho". *Diário de S. Paulo*, São Paulo, 1 set. 1957.

Nesse ponto, Flávio de Carvalho coincidia com a visão de um materialista como Bertold Brecht, no sentido de que estava, de fato, surgindo uma nova linguagem artística na prática do modelado em gesso, semelhança por contato que Duchamp logo incorporaria como mecanismo de desconstrução, em suas imagens ausentes, prática essa, aliás, em que se contava de antemão com a ativa cooperação do modelado na modelagem.[17] Como se compreende, a linha de fuga daquilo que já Flávio desenvolvia nos anos 1930 é o que muito mais recentemente leríamos em *Inesthétique et mimésis*, o livro de Mehdi Belhaj Kacem, discípulo de Alain Badiou, que se separa do platonismo do mestre para lançar a tese não só de que o dadaísmo, e Duchamp em particular, cindiria a história da arte em duas mas, fundamentalmente, de que Sade é o autêntico precursor da arte contemporânea porque

> [...] a partir de Duchamp – na verdade, segundo penso, a partir de Sade, como explicarei mais adiante – a partir de Duchamp e de Dadá, para a maior parte das "pessoas do meio das artes" (no sentido de "belas artes"), a filosofia da arte, a estética clássica, veem a sua condição de possibilidade em curto-circuito, graças ao fato de que a categoria central da estética, de Platão a Hegel, passando por Kant, é a beleza. É a categoria do Belo. É nisso que se funda toda a estética; ou, a arte contemporânea, no sentido estrito, ou

17 "As numerosas esculturas em série de Lênin, que apresentam um Lênin bastante fiel à realidade em posturas famosas [...] mostram uma nova relação entre modelagem e modelador. Também o fazem a moldagem das máscaras. A pessoa moldada parece cooperar já no momento de retirar o molde, pois a expressão deixada no vazio do molde depende dela mesma. Uma nova participação do *modelo* na plástica, uma nova cooperação, uma emancipação do modelo, durante muito tempo tido somente como objeto, se anuncia aqui". Cf. Brecht, Bertold, *El compromiso en literatura y arte*. Ed. Werner Hecht. Trad. J. Fontcuberta. Barcelona: Península, 1984, p. 195.

> seja, as belas artes de hoje em dia, argumentam mais frequentemente, quase em primeiro lugar, serem tudo menos "belas". Elas apresentam quase todo o tempo procedimentos mais ou menos sofisticados para atacar a categoria de beleza e, portanto, toda a estética no sentido clássico. Se a estética, que culmina com Hegel, é, com efeito, sempre uma arquitetura de colocação hierárquica das artes sob o paradigma de beleza, a arte, ao menos a partir de Duchamp, se torna uma desconstrução maligna das hierarquias instituídas tanto pela autoridade filosófica como pela estética.[18]

E, mais adiante, apoiado nas ideias de Jean Claude Milner, Belhaj Kacem conclui que

> a sexualidade se converte no único paradigma do prazer em um mundo liberto de qualidades, tanto com relação ao corpo quanto com relação à matéria e às coisas. Esse mundo é o mundo moderno, e Sade é, para Milner, o seu profeta. Isso porque eu, pessoalmente, "entronizei" Sade, ainda antes de Duchamp, como primeiro precursor da arte contemporânea anti-estética da era em que estamos.[19]

Ora, *Os ossos do mundo*, livro que Gilberto Freyre não hesita em situar, para além do modernismo, como singular intervenção pós-modernista,[20] pode também ele ser definido como uma experiência escriturária inoperática (*desoeuvrée*) ou, segundo sua própria terminologia, demoníaca, em sua desconstrução do Belo sublime. Com efeito, a atitude afirmativa de Flávio de Carvalho se contrapõe à recusa dialética; sua diferença, à contradição antagonista; o gozo e a alegria

18 Kacem, Mehdi Belhaj, *Inesthétique & mimèsis. Badiou, Lacoue-Labarthe et la question de l'art.* Paris: Nouvelles Lignes, 2010, p. 11.

19 *Ibidem*, p. 14-15.

20 Carvalho, Flávio de Rezende, *Os ossos do mundo*, *Op. cit.*, p. 52.

insurgem-se contra o trabalho dialético, assim como a leveza e a dança são a contrapartida da seriedade trágica ou a irresponsabilidade de fruição opõe-se, enfim, à responsabilidade ética. Por isso mesmo, em "As ruínas do mundo", destaca-se o caráter hiperhistoricista do que poderíamos chamar uma incipiente paleopolítica, confrontada à metropolítica ecumênica do modernismo. Em certo sentido, Flávio de Carvalho, agindo a partir do antagonismo, simula, no campo estético, as mesmas estratégias do populismo: criar um exterior e agir, não como um representante, mas como uma força de contestação. Nesse sentido, fiel à epígrafe de Nietzsche que abre o seu texto – "A história fará as revelações que você merece" – Flávio detecta, por exemplo, os incontornáveis paradoxos da vanguarda, tal como o fato de que "a destruição anárquica de si mesmo, como o dadaísmo, necessita, para ponto de apoio, um passado".[21] Constatamos assim que os paradoxos da vanguarda são também os paradoxos do populismo.

Com evidentes ecos de um anarquista dadá como Carl Einstein, Flávio de Carvalho estabelece, portanto, na conferência de 1937, um ponto de contato entre a dimensão háptica e a arte negra, chegando mesmo a afirmar que "as esculturas negras são produtos sobretudo táteis", ideia que provém, certamente, de *Negerplastik*. Da mesma forma, em *Os ossos do mundo*, ele argumenta que a captação de um objeto são "as recordações que o objeto oferece ao espectador", o que estabelece uma ligação entre imagem e inconsciente, aquilo que Benjamin chamava de *inconsciente ótico*, e que surgia, aos olhos do espectador, não propriamente como uma imagem, mas como a sugestibilidade de uma recordação longínqua. Não nos esqueçamos, por sinal, que *sugestão* é conceito que remete diretamente à teoria da arte de massas (Le Bon, Tarde).

É bom frisar, entretanto, que Duns Scot já nos alertara para o fato de que *objectum non potest secundum se esse praesens intellectui*

21 *Ibidem*, p. 79.

nostro, razão pela qual ele exigia uma imagem – um espelho ou aspecto, uma *species* – que *supplet vicem objecti*, i.e., que atuasse como seu suplemento. Coincidentemente, ao denunciar a crise do objeto que percorre o surrealismo, Flávio de Carvalho argumenta que aquilo que ele chama de *os ossos do mundo*, e que poderíamos equiparar ao conceito deleuziano de *série*, constitui resíduos ancestrais que funcionam como condutores de verdade (forças) e que, consequentemente, oferecem um poder terapêutico ainda incompreendido pelo "infeliz e tacanho espírito científico" ocidental. Por isso, "só as civilizações africanas e asiáticas compreenderam bem o valor terapêutico oriundo da sugestibilidade do objeto, só elas souberam colocar a sequência dos acontecimentos fora da ideia do tempo",[22] ou seja, fora das noções de evolução ou desenvolvimento. Contra o *telos* historicista do museu, Flávio de Carvalho propõe, no entanto, o anacronismo da série.

Nesse sentido, e como já antecipara a *Experiência n. 2*, o mundo objetivo é um todo orgânico que funciona como um fetiche. Todavia, o psicoetnógrafo Carvalho possui desse fenômeno cultural uma compreensão ainda bastante evolutiva. Acredita que, na fase inicial, amorosa, o sujeito comporta-se de maneira animista, com relação à matéria, ao passo que, numa segunda etapa, o abandono domina as emoções, enquanto alegria e hipocrisia fundem-se, harmoniosamente, no sujeito, permitindo-lhe plasmar, de maneira sublime, "em rigidez estática as formas dos seus desejos". A ótica tátil já não representa então uma meta racional, mas tão somente "um fim de volúpia", que Benjamin, paralelamente, interpretaria como efeito da recepção passiva de massas, traço característico do cinema.

O resíduo abandonado carrega assim, através dos tempos, toda a simpatia de uma época, até o momento em que o descobridor-arqueólogo, com a sua perspicácia de polícia secreta, desdobra

22 *Ibidem*, p. 80-84.

e expõe o tumulto do desejo. O descobrimento é a terceira fase do drama, descobrimento que é sempre imperfeito porque o arqueólogo raramente consegue ir muito além da superfície. Os arqueólogos têm medo da intuição poética e preferem ser cientistas. Nesse ponto, o arqueólogo bem-comportado se parece com o psicólogo bem-comportado. Automatizados por um catecismo cientifico, eles têm medo do mundo e só enxergam a linha traçada pelo dogma. São equilibristas que pisam resolutamente sobre um fio suspenso no escuro e, segundo Flávio, poucas vezes se lembram que psicologia e arqueologia não são atos de equilíbrio, mas disciplinas que surgem da grande sugestibilidade do mundo. Para essa antropofagia etnógrafa, não há portanto conhecimento sem mito, assim como não há saber sem sentimento: "Uma introspeção arqueológica privada de sentimento, isto é, da força penetrante da elaboração poética, nunca pode ressoar à plástica do resíduo e restabelecer o tumulto anímico colocado pelo homem na época examinada, mesmo porque o Homem que criou o resíduo não era arqueólogo". Por isso, "para desvendar os acontecimentos representados por um resíduo, é necessário sentir a força psicológica acumulada, e emanada do resíduo, e com o auxílio do raciocínio compreender a emoção sentida".[23] Mesmo assim, nessa fase de empatia e identificação entre sujeito e objeto, a noção de *desvio* (aquilo que Guy Debord teorizaria como *détournement*) joga um papel importantíssimo, porque cabe a ela abrir uma nova dimensão hiper-historicista, em que o objeto estará, simultaneamente, incluído e excluído da evolução histórica.

> O arqueólogo malcomportado tem muito mais probabilidades de compreender o não-tempo, de viver igualmente à vontade em todas as épocas que examina, desabrochando todas as camadas, mesmo as mais profundas da sua sensi-

23 *Ibidem*, p. 88-90.

> bilidade, e que estão naturalmente alheias e bem afastadas do catecismo cientifico do seu mundo. A noção de tempo como a compreendemos parece nada significar numa sensibilíssima introspecção arqueológica, e o poder de sentir o passado e a espécie parece indicar a capacidade que tem o homem de viver fora do tempo.[24]

Em "A única arte que presta é a anormal" (1936), Flávio de Carvalho vale-se do conceito spinozista de *ideia*, um conceito que a mente forma porque é coisa pensante, conceito que envolve o *ideatum*, o ego-modelo como fonte inspiradora da opinião, na medida em que uma ideia verdadeira (a experiência, por exemplo) deve convir com seu ideado (o corpo), tese que é o pressuposto básico da própria *Experiência n. 2*. Descarta, assim, nosso autor boa parte do pensamento iluminista – "o belo ingênuo de Diderot, a ética simplista de Comte e a estética inocente dos filósofos do século XVIII e do século XIX" – aos que compara com "o selvagem de salão de Jean-Jacques Rousseau, pequenos brinquedos do pensamento que se ajeitam à predileção de um humor" passageiro, que pouco ou nada tem a ver "com o drama do trágico e do chistoso da vida real". Spinoza, entretanto, firma a ideia como um modo, uma maneira, mas nunca uma prescrição, um imperativo, do pensamento, que representa por sua vez uma coisa, muito embora o sentimento (*affectus*) também promova uma variação eufemística dos vários estados pelos quais atravessa essa representação, de tal modo que há sempre primazia da ideia sobre o sentimento mas, simultaneamente, diferença de natureza entre ambos.

Convém salientar, em Spinoza, o relevo da significância em sua teoria. Assim, por exemplo, na proposta XXX do V livro da *Ética*, quando ele diz que nossa alma, na medida em que se conhece

24 *Idem*, *Os ossos do mundo*, *Op.cit.*, p. 57-58.

a si própria e conhece seu corpo sob a perspectiva da eternidade (*sub aeternitatis specie*), nessa mesma medida, também, possui necessariamente o conhecimento de Deus, e sabe que ela é em Deus (*in Deo esse*) e é por ele concebida. A expressão concentra toda a lógica da *Ética* em algo que Spinoza não diz, mas mostra: a linguagem transmite-se para além do significado: *in Deo esse, ideatum, in Deo sum*. Henri Meschonnic destacou, exemplarmente, a relevância da paronomásia no ritmo do pensamento spinozista.[25]

Temos assim, de maneira global, e não só como enunciados, porém também como enunciações, duas estratégias em confronto: uma dialética do esclarecimento, que vai de Mário de Andrade a Antonio Candido e, por outro lado, discriminando-se dela, a opção de Flávio de Carvalho, a dinâmica de singularidades múltiplas e forças heterogêneas enfrentadas que, afinal, produzem um corpo, paradigma, por sua vez, de pensamento. A primeira é metafórica; a segunda, paronomásica. Hegel e Spinoza, para remedarmos Pierre Macherrey.[26]

Dentre essas ideias aventadas pioneiramente por Spinoza e das quais se vale nosso autor estão as imagens, que seriam impressões de um outro corpo sobre o nosso. Nossas ideias, portanto, nada mais seriam do que *ideias de imagens* em que afirmamos duas coisas paralelas: de início, a presença do corpo externo e, a seguir, a marca que essa presença externa deixa em nosso próprio corpo. Assim raciocinando, uma estrutura não pode ser um padrão eternamente repetido sem modificações. Essa é uma definição para o bom arqueólogo ou para o bom psicólogo. Uma estrutura, segundo Flávio, é uma ideia de cultura constituída de elementos diferentes, cujas relações seriais são, ao mesmo tempo, virtuais e inconscientes, transcendentes e imanentes, passando por dupla articulação em diferentes linguagens ou por in-

25 Meschonnic, Henri, *Spinoza poème de la pensée*. Paris: Maisonneuve & Larose, 2002.

26 Macherrey, Pierre, *Hegel ou Spinoza*. Paris: Maspero, 1977.

cessantes variações, no interior de uma mesma linguagem. Deleuze traduziria essa mesma concepção spinozista dizendo que uma matéria exige, ou envolve, diferença, ao passo que ela também explica, ou desenvolve, essa diferença através do processo de individuação,[27] em um tempo que não é finito, mas indefinido. Não nos esqueçamos, aliás, que Flávio de Carvalho expõe, no salão de maio de 1939, dez trabalhos de um teórico e artista da repetição seriada, Josef Albers.[28] E, em última análise, o conceito de estrutura de Flávio está muito mais próximo do conceito de paradigma de Foucault ou Agamben, que é uma forma de conhecimento analógica (nem indutiva nem dedutiva), que vai de singularidade a singularidade, e substitui a lógica dicotômica por um modelo analógico bipolar (humano-animal), no qual não há, a bem da verdade, uma origem ou uma *arché*: tudo é origem e toda imagem é sempre arcaica.

---

27 Cf. Deleuze, Gilles, *Différence et répetition*. Paris: PUF, 1968; *Idem*, *Spinoza et le problème de l'expression*. Paris: Minuit, 1968; *Idem*, *Spinoza. Philosophie practique*. Paris: PUF, 1970.

28 Sérgio Milliet desqualifica esses trabalhos com o argumento de que qualquer pintor de parede tem maior interesse, não só humano, mas simplesmente plástico, porque, pelo menos, opõe à sabença oca e inútil, requintada e cerebral, a experiência viva, útil e sensual, feita de amor e de sacrifício. Considerando esses trabalhos mera literatura fácil e desprovida de finalidade, Milliet resgata, porém, o surrealismo, que atinge, muitas vezes, a expressão essencial e provoca curiosas senão oportunas transferências, mesmo de ordem social. O abstracionismo, no entanto, é estéril, esquemático e tristemente técnico. Milliet, Sérgio, "Masorca plástica". *O Estado de S. Paulo*, São Paulo, 16 ago. 1939. Milliet redunda os argumentos de Breton pouco antes colhidos por Flávio de Carvalho: a arte abstrata é mais uma coisa arquitetônica, uma das formas de expressão menos evoluída e significativa. Já o surrealismo tem uma atitude antirreligiosa forte, porque suas principais criações são produzidas por pessoas anormais em que o mecanismo artístico é um de compensação. Breton ainda trabalhava com a teoria da sublimação, abandonada pelos dadaístas.

Mas retornando a Spinoza, é ele também quem argumenta que o esforço ou exigência (*conatus*), pelo qual cada coisa se esforça por perseverar em seu ser, é a essência atual desta mesma coisa. Dela, seguem-se alguns efeitos, tais como entender que a potência de uma coisa qualquer, ou o esforço pelo qual ela, sozinha ou com outras, faz ou se esforça por fazer algo, isto é, a potência pela qual ela se esforça por perseverar em seu ser, é a essência dada ou atual da própria coisa. Nesse sentido, independizando-se da noção apriorística de um imperativo categórico, ainda presente, por exemplo, no ensaio de Benjamin sobre a obra de arte (1936), Flávio de Carvalho, pela via de Spinoza, compreende que essa exigência ou esforço que nos demanda a obra de arte é uma categoria da ontologia, mas não da moral. Ela não é um fato nem um ideal, mas trata-se, porém, de uma categoria da memória que, alternativamente, é e não é, tudo junto e ao mesmo tempo.[29] A experiência, tal como a *khora* (semiótica), oferece assim um lugar para as coisas virem a ser (semânticas). Por isso, cabe concluir que, para Flávio de Carvalho, o problema estético determinante, a essas alturas, não poderia mais ficar restrito às definições estáveis do modernismo oficial ("a abstração lírica cheia de impasses lógicos"), mas se definia, pelo contrário, por uma transversalidade de saberes que atravessavam, como uma seta, a consistência discursiva do homem, algo assim como uma psicopatologia ou uma ciência ainda por vir e sem nome certo, à qual ele próprio, na falta de melhor rótulo, chamou de *psicoetnografia*.

As imagens em movimento, apesar da ausência material dos corpos, meramente fantasmáticos,[30] elas têm um sentido materialis-

29 Agamben, Giorgio, *L'uso dei corpi. Homo sacer, IV, 2.* Vicenza: Neri Pozza Editore, 2014; *Idem*, "Sulla dificoltà di leggere". In: *Idem*, *Il fuoco e il racconto*. Roma: nottetempo, 2014, p. 81-86 e *Idem*,"Sul concetto di esigenza". In: *Idem*, *Che cos'è la filosofia?* Macerata: Quodlibet, 2016, p. 47-56.

30 Bataille, Georges, "Lieu de pélerinage: Hollywood". In: *Idem*, *Œuvres Complètes*: Paris: Gallimard, 1971, vol. I, p. 198-199.

ta, presente e muito preciso. Na nova beleza de indiferença, atravessada pelo erotismo, o *conatus* (que o próprio Spinoza associa com a *cupiditas*) é mais importante do que o significado, porque ele já não remete a uma realidade pré-existente, mas a um repertório virtual, em processo de configuração, que nos faz proliferar novos mundos possíveis. É esse, em última análise, o sentido das suas *Notes for the Reconstruction of a Lost World.*[31] Em um dos fragmentos antecipados pelo *Diário de S. Paulo*, em 1958, Flávio explica que

> O sonho é uma vida em estado de transe que se situa entre a vigília e o mergulho cataléptico e sem vida no inconsciente. Sonhos são experiências ilusórias e alucinatórias. Não há sonho no sono profundo e quanto mais leve é o sono, maior é o número de sonhos. O homem em sonho, e situado entre a vigília e o estado de sono profundo sem sonho, se refugia numa forma de conduta ancestral a fim de fugir ao controle da rotina. O fim do refúgio é o estado cataléptico. O controle da rotina se manifesta pelo disfarce observado no sonho e quanto maior é o desejo, maior é o controle e o disfarce. O sonho é um fenômeno de reversão emotiva para saciar um estado angustioso. É uma conduta antiga executada com objetos do presente.
>
> As grandes angústias ancestrais do homem aparecem no sonho disfarçadas na roupagem das exigências da rotina. Despindo esse disfarce o sonho se apresenta como uma conduta antiga do homem e o seu estudo e a sua interpretação é portanto uma maneira de descobrir algo de importante que se

31 Carvalho, Flávio de Rezende, *Notes for the Reconstruction of a Lost World.* Manuscrito inédito (CEDAE/IEL/UNICAMP), esquema básico da série "Notas para a reconstrução de um mundo perdido", publicada no *Diário de S. Paulo* de junho de 1956 a julho de 1958. Em sintonia com as teses lacaniano-dalinianas de *Minotaure*, o estágio presente era pautado, segundo o autor, pelo distúrbio paranoico que mostrava ser "falso, improvável, impossível, sem retorno à realidade", s. p.

> passou na evolução do homem. O conteúdo do sonho pertence não somente ao passado do sonhador como é admitido hoje mas também pertence ao passado da espécie. O sonho pode existir sem o sono numa vigília em estado de transe, como no caso das miragens e no caso dos alienados: ambos confundem as experiências alucinatórias com a realidade, este último vivendo de acordo com as alucinações do sonho.[32]

A imagem experimental, portanto, não exibe o particular mas, fundamentalmente, a ideia, que sendo finita e com existência determinada, é singular. Isso explica por que o público da arte de massas já não é um conjunto de espectadores individuais. Ao contrário, a experiência massiva transforma-os em um mesmo espectador infinitamente reproduzido, daí nele convergirem dois movimentos antitéticos: de um lado, a extrema sensibilidade e a estimulação sensível dos novos meios de reprodução, ao passo que teríamos, de outro lado e simultaneamente, a mais completa anestetização da experiência. A arte – define Flávio, portanto – é um gráfico da história como ser vivo.[33] Arte e biopolítica encontram, enfim, o território comum para travarem a batalha pela sensibilidade e o contato.

Admitindo a hipótese enfim de que a imagem é tempo, cabe, entretanto, observar que a arte contemporânea, nesse esgotamento da experiência com as imagens, abre-nos, paralelamente, um regime de pós-imagem, uma experiência que não é simples preservação mas, fundamentalmente, rasura ou dispêndio de uma imagem precedente. É bom atentar, nessa lógica, para o fato de que a rasura é inerente à experiência anestética. É mesmo necessária uma proliferação de imagens, rasurando ou obliterando as anteriores, para que a leitura

32 *Idem*, "Notas para a reconstrução de um mundo perdido: XLVIII. O sonho, a cor e a linguagem". *Diário de S. Paulo*, São Paulo, 26 jan. 1958.

33 Idem,"O drama da arte contemporânea. (1º carta aberta ao crítico Geraldo Ferraz)". *Diário de S. Paulo*, São Paulo, 20 jun. 1937.

anamnésica, a reconstrução do mundo perdido e a experiência exaurida tornem-se finalmente viáveis. A mesma questão, aliás, verifica-se, não só no tempo, mas também no espaço. Um objeto visto no museu, embora inacessível, torna-se agora, graças à reprodução técnica, miniaturizado, sequenciado, serializado e narrativizado, tal como numa história em quadrinhos,[34] em relatos *prêt-à-porter.*

Mas o que uma imagem não consegue dizer, mostra-o, tal como a paronomásia de Spinoza. A tarefa da pós-imagem consiste, portanto, em dar a ver que não há nada a ser visto.[35] Nesse sentido, e em sintonia com as posteriores teses situacionistas de Debord, ou em âmbito brasileiro, de Hélio Oiticica, o fenômeno que melhor capta, segundo Flávio de Carvalho, essa emergência de um para-além da imagem é o erotismo, visto que "o erotismo é um espetáculo". Exigindo espectadores, o espetáculo erótico funciona de maneira histérica porque, tal como no surto, a histeria se apaga quando os espectadores são removidos. Como Duchamp já compreendera a partir de seus exercícios bífidos e seus travestimentos lúdicos, para Flávio de Carvalho, o erotismo também se tornou uma forma de magia praticada sobre caracteres sexuais secundários emprestados aos objetos. Como esses objetos, cuja simbologia é vasta e sua enumeração infinita, tornaram-se símbolos sexuais controlados pela psicanálise, é importante devolver potência às imagens da estética porque, para além da psicanálise, a arte de todos os tempos contém essa mesma simbologia sexual e "ela é um gráfico demonstrativo dos anseios da história e dos grupos humanos". É esse o sentido de *Étant donnés*, mas é esse também o sentido de certas buscas psicoetnográficas de Flávio, ao encontrar essas forças vitais por toda parte, nos tecidos e nas tapeçarias orientais, na iconografia cristã de todos os

34 Bataille, Georges, "Les pieds nickelés". In: *Idem*, *Œuvres complètes*, *Op. cit.*, vol I, p. 233-235.

35 Caillois, Roger, *Méduse et Cie*. Paris: Gallimard, 1960.

tempos, nas diversas mutações da moda, na arquitetura e na escultura, e até mesmo nas numerosas cabeças de anjinhos aparecendo debaixo da saia da Virgem que, tanto no folclore indígena do Vale do Amazonas, como em qualquer outro, é um símbolo dos desejos sexuais da mulher. Frequentemente, essas personagens sacras encontram-se enclausuradas dentro de formas que representam o útero ou o próprio sexo da mulher. E associando, precisamente, a noção de anestesia com a reivindicação celibatária de Nietzsche[36] e Duchamp, Flávio argumenta, enfim, que

> O erotismo conservado em estado latente permanente e elevado a uma potência máxima conduziria o indivíduo portador desse erotismo a um estado de impotência, interrompendo a realização do ato sexual. Isto, é claro, quando consideramos que qualquer aumento no erotismo se transforma num sinônimo de insatisfação do ato. Por conseguinte, para que o erotismo possa alcançar um alto grau, é necessário um longo período de ausência do ato sexual ou de insatisfação na prática do mesmo. Equacionando com o momento que passa podemos prever grandes catástrofes despovoadoras ou períodos de impotência, que são igualmente despovoadores. O erotismo que se apresenta potencialmente como um convite ao ato sexual para garantir sobrevivência, é também, quando elevado a um alto grau, um fator de despovoamento, pela impotência que produz. Esses dois aspectos contraditórios mostram a sutileza do assunto:

36 Como epígrafe a "La conjuration sacré", um dos artigos da revista *Acéphale*, Bataille copia três citações: uma de Sade, outra de Kierkegaard e, a última, de Nietzsche, que remete, enfim, à condição celibatária da seita renovadora: "Hoje solitários, vocês, que vivem separados, serão um povo um dia". É esse o sentido da comunidade *por vir* que leremos em Blanchot ou Agamben ou mesmo o de *literatura menor* que resgataremos, muito depois, em Deleuze. Cf. Bataille, Georges, "La conjuration sacré". In: *Idem*, *Œuvres complètes*, *Op. cit.*, p. 442.

> o mal e o bem localizados no mesmo organismo e que se manifestam desta ou daquela maneira conforme a intensidade do desejo erótico.[37]

Novamente Kant com Sade. Um imaginário bastante Sloterdijk para afirmar que estamos no mesmo barco. Em resumo, Flávio de Carvalho argumenta que a imagem é duração e que, nessa duração, se reproduzem, com efeito, as frações futuras e as anteriores, as históricas e as primordiais, de tal modo que todas elas coexistem em um presente que já não é um mero instante contemporâneo, pautado pela euforia do simultaneísmo vanguardista, mas aquilo que Duchamp denomina um "presente de múltiplas durações", um *present à étendues multiples*, algo, em última instância, filiado a essa "forma neurastênica de uma repetição em sucessão ao infinito",[38] que nada mais é do que o eterno retorno de Nietzsche.[39]

Ainda nesse mesmo ano de 1935, que parece condensar o máximo de sua especulação, Flávio estampa uma entrevista com Tristan Tzara, que corrobora a origem dadaísta de muitas das categorias estéticas por ele empregadas. Nela, Tzara admite distinguir, na poesia, dois momentos:

> [...] o poema como meio de expressão e o poema, atividade de espírito. O primeiro corresponde aos pensamentos dirigidos, os pensamentos lógicos, produtivos, científicos, e o segundo aos pensamentos não-dirigidos (improdutivos, sonhos noturnos, diurnos, etc.). O poema não dirigido tende cada vez mais, começando com o romântico, a se tornar

37 Carvalho, Flávio de Rezende, "Notas sobre o erotismo nas artes plásticas e a Bienal de São Paulo". *Correio da Manhã*, Rio de Janeiro, 8 out. 1967.

38 Duchamp, Marcel, *Notas*. Trad. Gloria Moure. Madrid: Tecnos, p. 109.

39 Carvalho, Flávio de Rezende, "No Peru das sobrevivências". *Diário de S. Paulo*, São Paulo, 4 jan. 1948.

> mais importante em relação aos poemas dirigidos. É previsível a um dado momento uma reviravolta completa onde a poesia "atividade de espírito" se tornará preponderante... no sentido que, não tendo mais necessidade da expressão que se refere a "poesia meio de expressão" ela passará na massa total do comportamento humano. Ela será feita por todos, será um sentimento válido universal, não mais será feita por especialistas. Espero isto da próxima revolução que está tardando a vir.
>
> Quando olho para trás vejo épocas como: a clássica, com a predominância da poesia como meio de expressão, a época medieval onde predomina o pensamento não dirigido, a civilização greco-romana onde a poesia é um meio de expressão, e a época arcaica primitiva onde a poesia é uma atividade do espírito. Chego a um ponto na história não determinado, onde uma queda desse tipo no domínio do pensamento pode se produzir, e onde o pensamento primitivo pode englobar, sob uma forma a nós impossível de objetivar, os conhecimentos do sonho e os da vigia. Acredito que no futuro um outro nó, uma outra queda dessa ordem se produziria no pensamento, não ignorando as aquisições do mundo moderno mas se baseando neste para construir uma nova superestrutura. O germe desse novo pensamento é dado pelo sonho e pela atividade poética que denomino a atividade delirante não-sistematizada.

Flávio recolhe, na sequência, a opinião de Tzara, no sentido de que

> O poeta opera por uma possibilidade da dissimulação, estados psíquicos mórbidos onde, não o homem mas o que se encontra na base do pensamento humano, determina o ato de comparação, isto é, a metáfora na linguagem... Eu os coloco em relação ao ato de transferência definido por Freud. A possibilidade de fazer passar as faculdades, de um dado

> objeto para um outro objeto – o segundo tendo absorvido o sentido do primeiro e que se acha por conseguinte esquecido – constitui no poeta um dos principais mecanismos pelo qual o sujeito e o objeto do conhecimento se acham reunidos. Desta tese e desta antítese resulta o resíduo irredutível da poesia. Por este processo de redução contínua dos valores da inibição e de exibição, o poeta consegue projetar na realidade em redor – de encontro ao paranoico que confunde o sonho com a realidade exterior – o resultado desse processo e assim fazendo torna a realidade confusa, desloca, despedaça, dissemina e insensibiliza a realidade. Isto é, o papel do poeta consiste pelos meios da linguagem que o caracterizam, a demonstrar que uma certa ductibilidade do "laisser aller" voluptuoso da matéria linguística torna possível a transformação da linguagem.

Trata-se, como vemos, de contornar a crise meta-antropológica da arte. A seguir, Tzara ainda explica que

> O estudo da etnografia em si, só apresenta interesse quando esclarece um modo de pensamento outro, que aquele que empregamos... assim tornando possível no futuro aquilo que já foi feito no passado com relação às atitudes do pensamento humano. Existe um estado onde os indivíduos chegados a um ponto de saturação conceitual não necessitam mais da verificação individual de uma experiência científica e a adotam sem rodeios. Desta inibição do conhecimento na linguagem, resultam formas variadas de esquemas, recipientes, quadros, onde toda noção pode se adaptar virtualmente. Por exemplo, se descobertas no século XVIII de Copérnico, Newton... Os enciclopedistas deixaram traços não somente pelos conceitos de designação mas sobretudo intrinsecamente na língua (sintaticamente) nos modos de pensamento. O estado atual da ciência física exige uma transformação interior do mecanismo da linguagem para poder exprimir noções como as relativas ao tempo-espaço,

> a matéria-radiação, e toda outra configuração de corpos de mais de três dimensões. Mas a linguagem sendo um fenômeno sobretudo de ordem social (como prova o fato que as línguas faladas por certos povos foram impostas a estes por outros povos conquistadores ou povos cujo domínio social era mais forte), o estado atual da ciência só pode esperar esta transformação de uma violenta comoção social que influindo sobre o estado afetivo do homem tornará possível a transformação da língua de conformidade com as exigências da ciência moderna.

Flávio admite que, a essas alturas da conversa, Tzara estava cansado de falar, e como ele mesmo começou a examinar as estatuetas negras da sua vasta coleção, deuses de madeira, máscaras de bronze, acariciando, com os dedos e com o olhar, mas permanecendo sempre em silêncio, vagando sobre a vida desses símbolos, Tzara despertou, enfim, da sua fadiga e explicou-lhe:

> O que me impressiona entre a arte do negro e do civilizado, é que os civilizados são mais visuais nas suas sensações enquanto que os negros sentem mais pelo tato. Verifiquei este fenômeno nos fetiches e nas estatuetas que possuo, pois estas são patinadas em toda a superfície.[...] Isto nos levará a uma nova estética baseada nas faculdades puramente humanas de sensações como a cócega, o frio, o calor... [40]

Ora, no início da guerra, em 1939, Flávio de Carvalho ainda divulgaria uma outra conversa com Breton, em que o entrevistado destaca que "o surrealismo no começo foi poético e artístico e tornou-se depois psicológico. Nós achamos que o surrealismo é um processo de conhecimento". Esse "*procedé de connaissance*", como Flávio copia em sua caderneta, orientar-se-ia por "dois fantasmas do passado, os

40 *Idem*, "A nova forma poética: uma conversa com Tristan Tzara". *Diário de S. Paulo*, São Paulo, 17 ago. 1935.

literatos Rimbaud e o conde de Lautréamont", que são, do seu ponto de vista, "espantalhos derrotistas que movem as manias presentes do grupo".[41] É sintomático que Flávio derive seu método de uma espectrologia cultural muito precisa, porque ela há de operar, coincidentemente, como a própria fantasmagorização da corrente mais anárquica no interior do próprio modernismo brasileiro.

Com efeito, contemporaneamente ao debate sobre o esgotamento do modernismo promovido pela revista *Lanterna Verde*, um jovem Afrânio Coutinho reivindica Rimbaud como sintoma de uma crise espiritual mais ampla, da qual retém a noção de recomeço: *le retour à l'ordre.*[42] Essa noção terá duas consequências edóticas da maior relevância. Em 1959, o mesmo Coutinho editaria a *Obra completa* de Jorge de Lima; dos dois volumes planejados só sai o primeiro, que, na seção ensaios, inclui apenas "Todos cantam sua terra", uma leitura do modernismo nacionalista de Mário de Andrade, obliterando assim o mais surpreendente dos dois ensaios que se estamparam em 1929: "Proust". Nele Jorge de Lima lançara uma tese inquietante: Proust poderia ter escrito o *Ulysses* de Joyce. Em outras palavras, ele arrisca o método borgeano da atribuição errônea. Qualifica Proust de anti-formalista, equiparável aos modernos compositores que dissolveram não só a forma, como também o ritmo, a melodia e até a própria harmonia,[43] pois teria realizado uma *coincidentia oppositorum*, traçando uma elipse e não mais uma circunferência, uma vez que o *Tempo* de Proust abandona a dialética entre o bem e o mal e pressupõe uma nova relação entre infância e

41 *Idem*, "Surrealismo: entrevistando André Breton". *Cultura*, São Paulo, a. 1, nº 5, fev.-mar. 1939, p. 9.

42 Coutinho, Afrânio, "A aventura poética contemporânea (A propósito do *Rimbaud* de Daniel-Rops)". *A Ordem*, Rio de Janeiro, jul. - ago. 1936, p. 38-42.

43 Lima, Jorge de, *Dois ensaios*. Maceió: Casa Ramalho, 1929, p. 15.

história ("o que era mais proust em Proust, não há dúvida, era a sua meninice"[44]). Trata-se de um universo formalizável *more geométrico*, à maneira de Spinoza, que teria *n* dimensões, sendo o número *n* praticamente infinito, uma vez que o real subjetivo proustiano tem as dimensões einsteinianas, mais as aquisições que o inconsciente lhe empresta. Nesse sentido, Jorge de Lima colhe em Proust uma teoria da história e da memória absolutamente modernas, e não mais modernistas, que declina da sublimação em nome do Real, o mal que não cessa de não desaparecer. A questão se esclarece numa página posterior, do mesmo Jorge de Lima, a respeito do retrato que Salvador Dalí fez de Lautréamont na adolescência e que poderia ser aproximada da teoria demoníaca do retrato que vimos no início:

> Nesta bela idade Lautréamont era um arcanjo muito cruel, muito malvado, de uma malvadez que só o jovem Calígula cultivou. À candura que Dalí incutiu às linhas do retrato, falta qualquer toque de dureza. Amo porém o retrato porque de fato coincide com a máscara de mistificação que o querido jovem armava com o fito de conseguir o mistério cair na arapuca. Conheço muita gente bastante irritada contra a mistificação: – o fenômeno mais habitual da humanidade em que todos mistificam consciente ou inconscientemente. Lautréamont armava a mistificação com a mais pura das sinceridades. O mistério muito difícil de baixar sobre os olhos humanos mesmo abertos sob o orvalho das noites, não baixa. Primeiro começa num vai-vem louco, parecendo entregar-se, mas negaceando, roçando uma asa, outras vezes cedendo o contato de um milímetro de penugem, provocando a mística; o misticismo porém jamais entregando realmente o mistério. Lautréamont era por esse tempo bastante fingido, tinha uma cara realmente casta e diáfana parecidíssima com a dos anjos Lombano ou Holzer criados por ele mesmo, e que tinha feito tombar no caos "comme

44 *Ibidem*, p. 17.

> des cloches de plongeur". E toda aquela sabedoria e todo aquele sincero fingimento, toda aquela divina mistificação de sua carne e de seu espírito possuía uma alta finalidade: captar o impossível mistério.[45]

Ora, um dos traços da arte contemporânea é justamente a potencialização do falso, ideia indigerível para aqueles que buscam um vínculo natural entre arte e sinceridade que, a rigor, não consegue imaginar a atual emergência do cinismo. Mas a operação de *retour à l'ordre* naturalista não se esgota com a exclusão dos textos menos ecumênicos de Jorge de Lima. No mesmo ano em que Afrânio Coutinho edita as *Obras completas* do poeta órfico, seu parceiro de *Tempo e eternidade*, Murilo Mendes, publica também a reunião de sua obra,[46] onde igualmente não figura *História do Brasil*,[47] seu livro mais dadaísta. Não é uma questão apenas brasileira,[48] muito embora, no campo da crítica local, possamos constatar que vai ganhando forma e prestígio uma sólida ideologia formalista, a autêntica *tradição afortunada*, hegemônica nos anos de Guerra Fria, ela própria caudatária dos escritos de Clement Greenberg, notadamente da sua separação entre vanguarda e *kitsch* (1939), encampados até mesmo pela leitura sempre bem mais aguda de Haroldo de Campos, que

45 *Idem*, "Retrato de Lautréamont". *A Manhã*, Rio de Janeiro, 13 maio 1943, p. 4-6.

46 Mendes, Murilo, *Poesias (1925-1955)*. Rio de Janeiro: José Olympio, 1959.

47 *Idem*, *História do Brasil*. Rio de Janeiro: Ariel, 1932.

48 Guilbaut, Serge, *How New York Stole the Idea of Modern Art: Abstract Expressionism, Freedom and the Cold War*. Chicago: University of Chicago Press, 1983; *Idem*, "Pinceles, palos, manchas: algunas cuestiones culturales en Nueva York y París tras la Segunda Guerra Mundial". In: Guilbaut, Serge [et. all.], *Bajo la bomba. El jazz de la guerra de imágenes transatlántica*. Barcelona: MACBA; Madrid: Museo Nacional Centro de Arte Reina Sofía, 2007.

assim naturaliza a formulação do cânone, a coleção dos museus e a própria historiografia, como tesouros acumulados. Com efeito, na medida em que o abstrato não pode ser arbitrário e acidental, Greenberg estipula que ele deve derivar da obediência a algum princípio de valor; e como essa avaliação há muito renunciou ao mundo da experiência comum, ela só pode ser encontrada nos próprios processos da arte, ou seja, na imitação da natureza. Valida-se, assim, que o tema da arte seja a própria arte e que se exclua toda aquela arte que não pratica a autonomia como expressão do *kitsch*. Nesses contextos todos, o dadaísmo é, portanto, o grande excluído. E, com ele, Flávio de Carvalho, o primeiro pós-modernista, aquele que soube conciliar a escatologia, o debate sobre o moderno, o método arqueológico e a reivindicação do anacronismo para radicalizar o conceito de modernidade. Talvez a maior contribuição de seus escritos seja mesmo a conclusão de que *a verdade escreve-se*, ou em outras palavras, ela permanece sempre pressuposta mas, ao mesmo tempo, diferida em seu próprio advir, em sua perpétua aventura.

Expedição, experiência: Flávio de Carvalho na selva amazônica[1]

Veronica Stigger

Expedição

Em 28 de agosto de 1958, quase dois anos depois do desfile do *New Look* pelas ruas de São Paulo, Flávio de Carvalho embarcou rumo a mais uma experiência. O local agora não era mais a cidade (fosse São Paulo, fosse Roma, onde ele também havia apresentado seu *New Look*), mas a selva, mais especificamente, a floresta amazônica. Em janeiro daquele ano, Flávio empreendera uma viagem para o Norte e o Nordeste brasileiros, quando leu, num jornal de Natal, uma reportagem sobre Umbelina Valéria, 38 anos, mulher branca que havia sido sequestrada aos 14 por índios da região amazônica.[2] O texto, segundo Flávio de Carvalho, contava que Umbelina ficara vinte e quatro anos em poder dos índios e, entre 1956 e 1957, quan-

1 Uma versão deste texto também foi publicada no livro: *Flávio de Carvalho expedicionário*, Curadoria de Renato Rezende e Amanda Bonan. São Paulo: Caixa Cultural; Rio de Janeiro: Circuito, 2017. [N. E.]

2 Cf. J. Toledo, *Flávio de Carvalho: o comedor de emoções*, São Paulo: Brasiliense; Campinas: UNICAMP, 1994, p. 558. J. Toledo fala que a tribo que havia sequestrado a menina seria *coruxauteles*, mas não encontrei outras referências a esse grupo indígena.

do a tribo que a sequestrara entrara em guerra com a tribo vizinha, valeu-se da confusão dos conflitos para fugir com seus quatro filhos. Curioso com a história, Flávio de Carvalho foi a Manaus encontrar-se com Tubal Fialho Vianna Filho, o chefe da Primeira Inspetoria Regional do Serviço de Proteção aos Índios (S. P. I.), que lideraria uma próxima expedição de pacificação de algumas tribos indígenas no alto Rio Negro, em especial a dos Waimiri e dos Xirianã. Flávio queria se integrar a esta expedição, e Tubal aceitou seu pedido. Cinco anos depois, em "Flávio de Carvalho por ele mesmo", série de depoimentos de 1963, reunidos no catálogo da exposição realizada no MAM de São Paulo em 2010, o artista diria que havia sido convidado por Tubal Vianna. Este último, por sua, vez no volume 23 do *Relatório Figueiredo*, contou que consentira que Flávio acompanhasse a expedição, desde que fosse sozinho – voltaremos a falar disso mais adiante.[3]

A ideia de Flávio de Carvalho era unir arte e investigação científica: queria, por um lado, estudar os aspectos etnográficos, psicológicos e artísticos dos índios com os quais teriam contato[4] e, por outro, produzir um filme livremente inspirado na história de Umbelina Valéria, que seria, como o *Diário de S. Paulo* definiu na época, uma espécie de "semi-documentário": "um *film* de longa metragem, em Cinemascope (colorido), que além de documentar o modo de vida dos selvícolas no seu 'habitat' focalizará o episódio da fuga da 'deusa'

3 Cf. Correia, Jáder Figueiredo. Ministério do Interior. *Relatório*. Rio de Janeiro, 1967, vol. 23. Relatório. Datilografado, p. 5.

4 Conforme J. Toledo, Flávio de Carvalho estava sob a influência das narrativas que lera na *History of Brazil*, de Robert Southey, em que havia citações das descrições de Frei Gaspar de Carvajal e dos relatos amazônicos do Coronel Fawcett para a *Royal Geographical Society* em 1910, de Roquette Pinto, Alexandre Ferreira, Pedro Faber Halembeck e de seu amigo Gastão Cruls (Toledo, J., *Flávio de Carvalho: o comedor de emoções*, *Op. cit.*).

Umbelina Valéria para a civilização" – filme que, segundo o mesmo jornal, já tinha compradores interessados: uma estação de televisão dos Estados Unidos e a United Press International.[5] Em "Grande aventura nos confins da Amazônia", publicado no mesmo *Diário de S. Paulo*, no dia da partida para Manaus, em 28 agosto de 1958, Flávio de Carvalho falou como pretendia realizar o filme, que não dispunha de um roteiro prévio:

> O episódio verídico da deusa Umbelina Valéria será revivido cinematograficamente em cores adicionando-se aos acontecimentos sempre inesperados o de valor etnográfico na composição do "*script*". Utilizar-me-ei de um processo surrealista de livre associação de ideias e de pesca no inconsciente para a composição do "*script*" do *film* tendo sempre em mente a epopeia da deusa Umbelina Valéria, a mais jovem aquisição do panteon mitológico brasileiro. [...] A dupla personalidade da deusa Umbelina Valéria aparece no *film* guiando a expedição rumo às nações desconhecidas, fazendo uso das linguagens novas aprendidas durante os vinte e quatro anos de sequestro.[6]

5 Cf. "Percorrerá regiões desconhecidas visitando afluentes do Rio Negro". A linha de apoio desta reportagem deixa clara as intenções científicas da expedição: "Destina-se a estudos etnologicos, psicológicos e artísticos das tribos, que serão filmadas em cinemascopo – No roteiro da expedição a tribo dos 'Aimiris' que já trucidou três expedições idênticas". Na matéria, precisa a função de Flávio de Carvalho na expedição: "O arquiteto Flávio de Carvalho (o introdutor da arquitetura moderna no Brasil) chefiará um pequeno grupo que desenvolverá atividades científicas, estudando os aspectos etnológicos, psicológicos e artísticos das tribos visitadas" "Percorrerá regiões desconhecidas visitando afluentes do Rio Negro", *Diário de S. Paulo*, São Paulo, 24 ago. 1958, p. 10, 1. Seção.

6 Carvalho, Flávio de Rezende, "Grande aventura nos confins da Amazônia", *Diário de S. Paulo*, São Paulo, 28 ago. 1958, p. 9, 1. Seção.

Entre os índios que pretendia encontrar e estudar, estavam os supostos remanescentes de uma lendária tribo chamada Cibrei, de índios loiros de olhos azuis. Sempre fiquei intrigada com esta tribo, porque me parecia que a possibilidade de Flávio de Carvalho encontrá-la e, assim, comprovar a sua existência, criaria um interessante contraponto dramático com a moça não-índia, a "deusa" sequestrada do filme *A deusa branca*. O nome da tribo, aliás, Cibrei ou Cibreí, era o que mais me intrigava, porque só o havia visto mencionado quando dizia respeito a Flávio de Carvalho, tanto em estudos sobre ele, quanto numa das reportagens publicadas no *Última Hora* por Norberto Esteves, jornalista destacado para acompanhar a expedição. Em conversa com a própria Umbelina, Esteves afirma:

> As cinco índias com que Umbelina se defrontara na roça pertenciam à Tribo Namoitere, entre a qual Umbelina passou a viver durante 22 anos, terminando-se mulher de tuchaua, com quem teve dois filhos. Foi exatamente nessa época que ela teve oportunidade de travar contato com os Cibrei, que, segundo seus informes e outras testemunhas insuspeitas, diz-se existir, habitando as cabeceiras de um grande igarapó afluente do Rio Maiá, no alto rio Negro, quase nos confins com a Colômbia e Venezuela. Informa Umbelina que são loiros e bonitos, do tipo nórdico (Que é o tipo preferido por Flávio de Carvalho para a artista destinada a representar o personagem que Umbelina Valéria viveu na vida real).[7]

7 Esteves, Norberto, "Meses de solidão transformam a 'deusa branca' numa fera!", *Última Hora*, São Paulo, 19 dez. 1958. As reportagens de Esteves foram veiculadas em caderno especial, tamanho tabloide, encartado na segunda edição do *Última Hora* entre os dias 1° de dezembro de 1958 e 8 de janeiro de 1959.

Recentemente, contudo, encontrei, nos arquivos do S. P. I. guardados no Museu do Índio (e agora disponíveis *on-line*), uma carta de Tubal Vianna, de 28 de janeiro de 1958, em que ele menciona esta tribo justamente ao referir-se à expedição em questão, mas não comenta sobre a cor da pele e dos olhos. Diz a carta:

> Conhecendo, perfeitamente, o interesse e a boa vontade da Diretoria [...] na solução dos vários problemas do nosso Serviço, estou certo de que não se farão demorar as providências daquela Secção, no sentido de equipar esta Inspetoria de motores e aparelhos necessários ao importante setor de comunicações, especialmente, quanto aos equipamentos portáteis, no momento, de maior urgência, de vez que é do propósito desta Chefia organizar sob a sua direção pessoal, uma expedição de pacificação dos índios Aimiris e Cibrei nos rios Camanaú e Cauburis (Rio Negro), cuja partida verificar-se-á, provavelmente, em abril do corrente ano.[8]

Até o momento, não encontrei qualquer outra referência a esta tribo; já a uma suposta tribo de índios de pele e olhos claros as menções são mais comuns.

Desde as narrativas do descobrimento, acham-se relatos do encontro dos europeus com índios de cabelos e olhos claros.[9] O mais conhecido deles é o de Frei Gaspar de Carvajal que, em 1541, acompanhou a viagem de Francisco de Orellana pela região da Amazônia:

> [...] vieram quatro índios ver o Capitão, os quais chegaram e eram de tal estatura que cada um era mais alto um palmo

8 Vianna, Tubal. "Carta datilografada", 28 jan. 1958, pertencente aos arquivos do Museu do Índio.

9 Desenvolvo mais detalhadamente esse assunto no capítulo "A Amazônia: dos viajantes aos modernistas" do estudo *A Amazônia de Maria Martins*, ainda inédito.

> que o mais alto cristão, e eram muito brancos e tinham muito bons cabelos que lhes chegavam à cintura, muito cheio de joias e roupa; e traziam muita comida; e chegaram com tanta humildade que todos ficamos espantados de suas disposições e boa educação.

Eles então dizem ao capitão que são "vassalos de um senhor muito grande, e que a seu mando vinham ver quem éramos ou o que queríamos ou onde íamos" e, depois de receberem presentes da trupe europeia, vão embora e não aparecem mais: "e se foram", conta Carvajal, "e nunca mais tivemos notícias de onde eram nem de que terra haviam vindo".[10]

Em 1926, em seu *Na planície amazônica*, Raimundo Morais não coloca em dúvida a existência de índios loiros de olhos azuis:

> A lenda feita para redourar e ampliar a nossa etnologia tem criado nações bárbaras de indivíduos brancos, olhos azuis, cabelos louros. Coudreau constatou isso. Realmente existem esses tipos, mas raros e perdidos; um, dois, três em certas malocas da faixa setentrional da bacia, devido sem dúvida ao contacto com os franceses, ingleses, holandeses das Guianas...[11]

(Contato este que não seria possível na época dos descobrimentos...)

A reportagem do *Diário de S. Paulo*, que noticiava a iminente partida da expedição ao Alto Rio Negro, corroborava a informação

---

10 Carvajal, Frei Gaspar de, *Descubrimiento del río de las Amazonas: Relación de Fray Gaspar de Carvajal expoliada de la obra de José Toribio Medina, edición de Sevilla, 1894, por Juan B. Bueno Medina*. Bogotá: Prensas de la Biblioteca Nacional, 1942, p. 13.

11 Morais, Raimundo, *Na planície amazônica*. Brasília: Senado Federal, 2000, p. 136.

de Morais: "O assunto só agora foi levantado, e informações recentes dão como provável a existência dessa estranha tribo, habitando uma região ainda não desbravada".[12] Walter Alves Coutinho Júnior, em *Brancos e barbudos na Amazônia*, também menciona relatos do século XIX a índios claros:

> Entre os Remo[13] do alto Jaquirana, no início do século "havia 4 ou 5 mulheres bem claras de olhos azuis e que, dizia-se, eram filhas de peruanos". [...] Os Zaparo, descritos como "selvagens" por Alfred Simson em 1886 (Taussig, 1993: 101), são considerados por Osculati brancos e barbudos: "Os Zaparo... têm pouca barba no queixo e levam pequenos bigodes; seu colorido é oliváceo claro e quase branco, olhos grandes castanhos, e em alguns até mesmo azuis" (Osculati, 1854: 169).[14]

Consultei um amigo antropólogo, que, por sua vez, consultou um especialista nos Waimir Atroari[15], que disse:

> De fato, ouvi sim, essa história de índios louros de olhos azuis, mais de uma vez, em conversas com funcionários da frente de atração. [...] Alguns chegaram a dizer que alguns Waimiri eram assim. Mas devo dizer que esses funcionários me contaram também que já tinham escutado o pio triste e misterioso do Matinta Perê e até visto o vulto da cobra grande em noite de temporal. Isso pra não falar no Curupira e no Mapinguari.

---

12 "Percorrerá...", *Op. cit.*, p. 10.

13 Provavelmente a tribo Nukini – observação feita pelo mesmo Coutinho.

14 Coutinho Jr., Walter Alves, *Brancos e barbudos na Amazônia*. Brasília: UNB, 1993, p. 299.

15 Meu amigo: Eduardo Viveiros de Castro; o amigo do meu amigo: Márcio Ferreira da Silva.

De volta a São Paulo, Flávio de Carvalho dedicou-se inteiramente aos preparativos para a viagem, que deveria acontecer entre junho e julho de 1958. Encomendou equipamentos de filmagem e uma roupa especial para enfrentar os índios: "um peitoral de duralumínio revestido de veludo vermelho, para que os índios enfurecidos que resolvessem flechá-lo, pudessem acertar... *só no peito*".[16] Contratou o fotógrafo belga Raymond Frajmund, para ser seu cinegrafista, e Eva Harms, 19 anos, de Curitiba, e Olga Walewska, 24 anos, gaúcha de origem polonesa, para serem as atrizes de seu filme.[17]

Em princípio, a excursão pela selva seria feita em três embarcações. No datiloscrito "Na fronteira do perigo", sem data, guardado junto ao CEDAE, Flávio de Carvalho comenta que se tratava de "oito unidades fluviais".[18] Além de toneladas de material para filmagem, incluindo um laboratório completo,[19] Flávio de Carvalho levava consigo

---

16 J. Toledo, *Op. cit.*, p. 564. Rui Moreira Leite também menciona o desenvolvimento desse novo traje em sua tese de doutorado (Leite, Rui Moreira, *Flávio de Carvalho (1899-1973): entre a experiência e a experimentação*. Tese de Doutorado. São Paulo: Escola de Comunicações e Artes da Universidade de São Paulo, 1994). Quanto ao equipamento cinematográfico, segundo J. Toledo, Flávio comprou o que havia de mais sofisticado para filmagem em 16 mm. Entre o material adquirido, constavam duas câmeras *Paillard-Bolex* e 11 objetivas (Toledo, J., *Flávio de Carvalho: o comedor de emoções, Op. cit.*).

17 J. Toledo conta que Eva deveria ser a deusa branca, mas o *Diário de S. Paulo* informa que quem seria a deusa branca era Olga (cf. *Ibidem*; "PERCORRERÁ...", *Op. cit.*, p. 10).

18 Carvalho, Flávio de Rezende, "Na fronteira do perigo", datiloscrito inédito, acervo CEDAE, UNICAMP.

19 Cf. "PERCORRERÁ...", *Op. cit.*, p. 10; Toledo, J., *Flávio de Carvalho: o comedor de emoções, Op. cit.*.. J. Toledo conta que Flávio de Carvalho estaria levando 15.000 pés de filme virgem colorido, 6.000 em preto-e-branco; máquinas fotográficas, máquina de escrever, rádio-telefones, material para desenho e pintura, uma pequena farmácia (*Ibidem*).

uma geladeira pêndulo, para conservar seus filmes e os medicamentos.[20] Em reportagem veiculada no *Diário de S. Paulo*, que falava dos últimos preparativos da viagem, afirmava-se que, como medida de proteção, a trupe disporia de fogos de artifício "especialmente confeccionados, de efeito psicológico", como destaca o próprio Flávio:

> A fim de amenizar o perigo na expedição pretendem-se novos processos de contato, usando fogos de artifício (estes já se encontram em Manaus!), jogando no zumbido da noite tropical estilhaços luminosos com mil e uma cores que teriam como primeiro impacto emotivo o deslumbramento quimérico e o desejo de acatar o homem branco ao em vez de destruí-lo. Esta arma psicológica usada pela primeira vez na história, será de grande valia.[21]

E acrescenta ainda:

> Pretendíamos fazer o uso pacífico de granadas a gás lacrimogêneo porém não consegui obtê-las. Não sei se Tubal Vianna conseguiu, esse gás que seria empregado como último recurso como por exemplo para rechaçar um ataque executado com zarabatanas [...]. O gás lacrimogêneo pode

20 Carvalho, Flávio de Rezende, "Grande aventura nos confins da Amazônia", *Op. cit.*

21 *Ibidem.* Em entrevista ao *Diário de S. Paulo* em 1° de maio de 1958, Flávio já afirmara: "Há outro aspecto inédito em nossa expedição que ainda não foi comentado. Pela primeira vez na história da humanidade, serão utilizados fogos de artifício como arma psicológica contra os índios selvagens. Será uma verdadeira inovação na 'arte guerreira' àqueles que estão acostumados a guerrear somente com arco e flecha. Levaremos foguetes de três tipos. Um deles, será o 'Esputinique', que sobe à altura de 400 metros. Já imaginou, na imensidão amazônica, o espetáculo do espoucar do fogos de artifício coloridos, visto por um selvagem...?".

> ser explodido a oito ou a cem metros anulando o raio de ação da zarabatana.[22]

Neste mesmo artigo, Flávio de Carvalho faz um breve perfil da expedição e de seus membros:

> Dentro de alguns dias deverá zarpar de Manaus uma pequena esquadra fluvial contendo um punhado de pessoas, ao todo vinte e três que buscam na lendária Amazônia as emoções mais diversas. O grupo é heterogêneo e o interesse de cada um, o mais divergente, porém uma coisa funciona como laço de união entre todos e esta coisa: é o perigo. O percurso traçado pelo comando da expedição, o professor Tubal Vianna, alcança regiões habitadas por nações de índios que nunca tiveram contato com o homem branco e este conhecimento é de recente ciência.[23]

E não deixa de tecer elogios a Tubal Vianna:

> Tubal Vianna, o chefe experimentado sertanista e grande organizador, preza a vida dos seus comandados: ele é o cauteloso que quer alcançar a sua meta e que tem em vista as relações pacíficas entre o índio e o branco.[24]

Flávio de Carvalho carregava consigo ainda fitas com gravações de Mozart, Beethoven, Bach, Debussy, Ravel, Stravinsky, Villa-Lobos e Guarnieri. A ideia era estudar a reação psicológica dos índios à música ocidental.[25]

---

22 *Idem*, "Grande aventura nos confins da Amazônia", *Op. cit.*, p. 9.

23 *Ibidem*, p. 9.

24 *Idem*, "Grande aventura nos confins da Amazônia", *Op. cit.*, p. 9.

25 Cf. "Percorrerá...", *Op. cit...*

O primeiro a dar notícias de como estava se encaminhando a expedição é o próprio Flávio de Carvalho, em texto publicado pelo *Diário de S. Paulo*, em 7 de outubro de 1958. Nele, Flávio começa contando como eles encontraram os primeiros índios da temida tribo Waimiris:

> Em noite escura deixamos Manaus numa expedição do S. P. I., rumamos para o Camanau, um afluente do rio Negro com cerca de dez cachoeiras e duzentos e quarenta quilômetros de comprimento. Tubal Vian[n]a, o chefe da expedição, contava encontrar os povos Waimiris nas primeiras cachoeiras e assim foi. Uma vanguarda com o chefe Tubal, os sertanistas Ataide Cardoso, Gilberto Pinto e Raimundo Lima, após peripécias com as cachoeiras, as canoas e muito perigo de vida e muita vida dura, conseguiu espetacularmente no dia 13 de setembro encontrar alguns índios Waimiris na sexta cachoeira. Era, ao que parece, uma vanguarda do povo inflexivelmente cruel que estacionava na sentinela do reino primitivo.[26]

Flávio de Carvalho afirma, em seu texto, que passaram "dias inolvidáveis dentro de uma natureza maravilhosa e mal compreendida e sobretudo difamada" e relata ainda que Tubal Viana gravara "o extraordinário encontro com a vanguarda Waimiri, todo o palavrear cheio de risos sonoros, cheio da desconfiança característica do pequeno reino, usando um gravador minúsculo escondido no bolso e um microfone no botão da camisa".[27] Ressalta o artista a importância do fato: "Esta gravação passará para a história das conquistas brasileiras não somente pela sua importância etnográfica mas tam-

26 Carvalho, Flávio de Rezende, "Conquistadores sedentos de lucros levam moléstias para a Amazônia", *Diário de S. Paulo*, São Paulo, 7 out. 1958, p. 6, 1. seção.

27 *Ibidem*, p. 6.

bém pelo pitoresco e pelo humanismo que representa".[28] Em datiloscrito inédito, em que relata mais detalhadamente a aventura pela selva, comenta até mesmo a roupa especial usada pelos sertanistas na aproximação aos índios:

> A vanguarda se apresentará às selvas envergando camisas com largas listras horizontais vermelho e branco, usando chapéu de palha tipo caipira ornamentado com plumagens de cores vivas extraídas dos pássaros da floresta e tocando instrumentos diversos, gaitas, apitos, trombones... [...] Esta aproximação da vanguarda visa dar um tom de alegria e de festividade ao importante acontecimento do primeiro contato ao invés de apresentar uma solenidade agressiva e violenta.[29]

Em seguida, seguiram para o rio Demini, onde tiveram contato com os índios Paquidar. Flávio acreditava que as filmagens ali se intensificariam,[30] mas os primeiros atritos entre ele e o chefe da expedição começaram a surgir. É ali que, segundo Flávio, Tubal Vianna passa a sabotá-lo, proibindo-o de filmar. Quando atingem o rio Tototobi, caminham rumo aos índios Xirianã; e Flávio segue na briga com Tubal Vianna. Talvez nunca saibamos ao certo o que se passou – os relatos são sempre por demais pessoais e contraditórios. Sabe-se que a expedição percorreu, por 70 dias, 2.500 quilômetros de mata, cruzou o rio Negro e seus afluentes, e que tudo terminou em tiros. Flávio de Carvalho sacou as duas armas que tinha levado consigo e amotinou-se num barco, disparando contra Tubal Vianna. Este, por sua vez, depois de findas as balas, embarcou Flávio e sua equipe – Eva, Olga, Raymond e Norberto – rumo a Barcelos. De

---

28 *Ibidem*, p. 6.

29 *Idem*, "Na fronteira do perigo", p. 2, datiloscrito, acervo CEDAE.

30 *Idem*, "Conquistadores sedentos de lucros levaram moléstias para a Amazônia", *Op. cit.*

lá, Raymond, Olga e Norberto, que caíra doente, seguiram para Manaus e, de Manaus, de avião, para São Paulo. Flávio e Eva foram a Salvador, onde o artista era conhecido em função de seu *New Look*. O filme que pretendia fazer ficou apenas na vontade, mas, mesmo assim, ele chegou a gravar algumas passagens documentais quando estiveram junto aos índios.

Nas reportagens de Norberto Esteves, publicadas depois de encerrada a expedição, e no relato "Motim na Amazônia", que Flávio de Carvalho envia, em inglês, para ser publicado pela revista *Life*, percebe-se claramente os ódios que se criaram ao longo da viagem. Norberto Esteves explicita seu ressentimento para com o artista ao utilizar, para se referir a ele, qualificativos sempre colocados entre aspas: o "cineasta", o "homem das experiências", o "entendido nutricionista", o "saiote-boy", o "milionário" etc. Diz dele ainda que "de excêntrico pouco possui, mas sim muito de egocêntrico".[31] Em reportagem publicada no dia 7 de janeiro de 1959, Esteves conta que Flávio de Carvalho não se aplicava ao filme que deveria ter produzido e nem ajudava os outros nas tarefas diárias, estava apenas interessado em namorar a sua atriz: "Todos trabalhavam, todos faziam algo de proveitoso, menos a 'equipe', pois seu chefe não se sentia inspirado... a não ser, para o amor. Somente este sentimento fazia o 'cineasta' vibrar...".[32]

31 Esteves, Norberto, "Ouvindo o Missionário, Flávio sonhava com mais um filme seu", *Última Hora*, São Paulo, 7 jan. 1958, p. 5.

32 Conta ainda Esteves: "O primeiro dia de outubro já se encontrava findando e nada de útil tinha realizado o 'homem das experiências'. Imaginava cenas fantásticas!!! Cenas que poriam por terra tudo que a cinematografia mundial já fez... Cenas a que o mundo iria assistir boquiaberto: do 'rapto de Umbelina' a da 'fuga da maloca' dos xamataris e outros grandes momentos da sétima arte, que a imaginação, quase que supra-real, de Flávio de Carvalho conseguia conceber. Sem falarmos, é lógico, no ápice do 'suspense' que faria Hitchekok [*sic*] chorar de desilusão pelo pouco que fez até agora: a fabulosa e grandiloquente 'Cena do Cipó', que Flávio somente não iniciava por não encontrar o "decor" apropriado nas matas que circundavam o grande descampado". *Ibidem*, p. 5.

No relato de Flávio de Carvalho, a maior vítima de seus ataques é Tubal Vianna, aquele para quem só dirigia elogios no início da expedição. Logo no começo de seu depoimento, arruma uma maneira de salientar o apego de Tubal à bebida: "Por um momento hesitei quando, alguns dias antes de deixar Manaus, encontrei o chefe da expedição totalmente embriagado e, em consequência, exibindo um pouco de sua real natureza".[33] Em seguida, passa a descrever seu caráter: "Não era muito recomendável e até me enojava algumas vezes. Ele era um sádico com uma grande queda ditatorial".[34] E também a descrevê-lo fisicamente: "Ele era um homem minúsculo, com estúpidos olhos ferozes dos répteis da floresta, membros de um mundo que parecia ter encolhido à incapacidade e que olhavam fulgurantemente através dos grilhões da prisão de sua espécie".[35] Ademais, acusa-o de ignorante:

> Ele não gostava de responder perguntas sobre índios, porque nada sabia sobre eles, apesar de seus 25 anos de serviços governamentais junto a eles. Assim, ele proibiu respostas a perguntas. Por seu contato pessoal e privativo com os indígenas, ele tinha ciúme porque eram afeiçoados a nós, desgostando dele profundamente.[36]

Chega ao ponto de dizer que, quando depararam com uma tribo de canibais, "tinha muito mais a temer do chefe da expedição –

33 Relato de Flávio de Carvalho reproduzido por J. Toledo, *Flávio de Carvalho: o comedor de emoções*, *Op. cit.*, p. 577.

34 *Ibidem*, p. 577.

35 *Ibidem*, p. 577.

36 *Ibidem*, p. 579.

que era, na realidade a única besta selvagem que encontramos – que das tribos selvagens".[37]

Flávio não perde também oportunidade de lançar suas farpas contra Norberto Esteves, a quem chama "padre Esteves" e descreve como "um gordo jornalista, tão tolo quanto obeso",[38] e a Raymond Frajmund, que, segundo ele, embora possuísse "um bem definido complexo de inferioridade", mostrou-se "um sujeito ridiculamente convencido".[39]

Nos relatos oficiais da expedição, que fazem parte do acervo do S. P. I., guardado junto ao Museu do Índio, encontrei, até o momento, apenas uma menção a Flávio de Carvalho. Num telegrama de 5 de outubro de 1958, Tubal Vianna fala que legou a Flávio a honra de cortar a fita simbólica em comemoração à inauguração da estação de rádio no Posto Ajuricaba:

> Neste momento de vivo regozijo e profunda emoção para mim, na qualidade de chefe da inspetoria do Amazonas, Acre e Rio Branco e como brasileiro que há dedicado a sua vida à causa indígena e que ama ao Brasil, o S. P. I. entrega ao Ajuricaba sua estação rádio, cuja direção fica a cargo do rádio-operador Bernardino Conceição. Em justa homenagem à imprensa que acompanha a expedição do rio Negro, peço ao Dr. Flávio de Carvalho que, cortando a fita simbólica, declare inaugurada a estação PPI-34.[40]

Um comentário um pouco mais longo (e também bem mais ácido) à presença de Flávio de Carvalho na expedição, será dado por Tubal Vianna no depoimento que presta ao *Relatório Figueiredo*,

37 *Ibidem*, p. 581.

38 *Ibidem*, p. 582-583.

39 *Ibidem*, p. 578.

40 Vianna, Tubal Fialho, "Telegrama". 5 out. 1958, Ajuricaba, S. P. I., Manaus. Acervo S. P. I., Museu do Índio, Rio de Janeiro.

reproduzido no volume 23, em que apresenta defesa sobre processo por "mau comportamento" quando chefe da Primeira Inspetoria do S. P. I. Afirma ele:

> 13. No tocante ao que informara Gilberto Pinto de Figue[i] redo Costa, às folhas 4024, dos autos do processo, quero acreditar que houve equívoco ou desmemorização daquele funcionário que, diga-se de passagem, sempre se houve na minha gestão com dedicação e apreço pelo serviço. Referência é de que "Tubal Fialho Vianna respondeu a processo administrativo por embriaguez e por desentendimento havido numa viagem ao Posto Ajuricaba, quando o jornalista paulista e um industrial quiseram atirar em Tubal".
>
> [...]
>
> 17. A guisa de esclarecimento informo que na expedição ao alto Rio Negro, consenti que o jornalista e tropicalista Flávio de Carvalho nos acompanhasse exigindo dele a condição sine-qua-non de vir sozinho e obedecer às nossas instruções. Acontece que o autor do "saiote" veio acompanhado de um time misto, isto é, duas mulheres camufladas de artistas, um cinegrafista e um repórter fotográfico da "Última Hora". Inicialmente, fiz sentir-lhe o meu desagrado, salientando a importância, a seriedade, a objetividade e o perigo da nossa missão. Mas, atendendo às suas promessas de obediência à nossa orientação e ainda aos gastos por ele realizados,[41] acedi a que ele integrasse à nossa expedição. Entretanto a promessa foi quebrada e o tropicalista Flávio, em gestos desordenados e impulsos loucos, não mais quis seguir às nossas cautelosas recomendações. Diante disso fui obrigado a desembarcá-lo na cidade de Barcelos com o seu time e seus apetrechos, dizendo-lhe que não se tratava de um pic-nic e sim de uma turma de pacificação dos índios Waimiri. Aí foi que o homem do "saiote" conhecidamente

41 Flávio de Carvalho contribuíra com uma série de doações.

> até como psicopata, deu uns tiros para cima num gesto louco de revolta pelo seu fracasso. Foi isso unicamente, o que aconteceu. Não fui alvo de tiros.[42]

Experiência

A expedição à Amazônia ficou conhecida como a *Experiência n. 4*.[43] A maneira como os jornais e as revistas da época a nomeiam[44] faz menção a um termo caro ao artista - *experiência* -, que designa um modo de proceder que já era, em certa medida, afim a ele.

Em 1931, três meses depois de enfrentar uma procissão de *Corpus Christi* no centro de São Paulo, Flávio de Carvalho publicou um livro, chamado *Experiência n. 2*, em que nomeou o que fez - *experiência* - e a numerou - *número 2*. Ao numerá-la, sugeriu que esta experiência não seria a primeira e nem mesmo a última: há portanto uma indicação de serialidade e de continuidade.

Claro que, diante disso, surge a pergunta lógica: se esta experiência realizada na procissão de *Corpus Christi* era a número 2, qual teria sido a número 1? Há controvérsias - criadas e mantidas pelo próprio Flávio de Carvalho. O jornalista e escritor Sangirardi Jr. garante que perguntou ao próprio Flávio qual fora a sua primeira experiência, e este último teria lhe dito que consistira em, na fazenda de um parente, "fingir que estava se afogando e gritar desesperadamente por socorro". No entanto, sem ter conseguido chamar a

42 Defesa de Tubal Vianna. In: Correia, Jáder Figueiredo, *Relatório Op. cit.*, p. 4-6.

43 Cf. René, Gustavo, "Flávio de Carvalho realiza sua experiência nº 4". *Revista do Globo*, Porto Alegre, 20 set. 1958; Linguanotto, Daniel, "Falhou a Experiência nº 4 por causa da Deusa Branca". *Manchete*, Rio de Janeiro, 20 dez. 1958.

44 Não encontrei ainda menção do próprio Flávio de Carvalho a esta incursão pela floresta amazônica como *Experiência n. 4*.

atenção de alguém, a experiência resultou fracassada.[45] J. Toledo, autor da biografia de maior fôlego sobre o artista, contesta Sangirardi Jr. e assegura que Flávio de Carvalho lhe declarara "enfaticamente" – e afirmara também "a vários repórteres" – "não haver criado a "Experiência N° 1"" e ter iniciado logo pela número 2 "por um mero capricho de momento".[46] Para Luiz Carlos Daher, outro estudioso de Flávio de Carvalho, haverá sempre, quanto a esta questão "um resíduo de mistério, pois Quirino da Silva e o próprio Flávio deram outras versões: ora a nº 1 nunca existiu, ora Flávio 'não se lembrava' de qual teria sido, ora fora um estágio no Juqueri para estudar as expressões dos alienados, ora..."[47]

Capricho ou mistério, ao começar por uma segunda experiência – a de número 2 –, Flávio de Carvalho chama a atenção para o que há não apenas de serialidade, mas também de *processo* em sua ação. A luz é lançada sobre aquilo que está em andamento, sobre uma experiência que não começou naquele dado momento – no enfrentamento à procissão –, mas que, supostamente, já vem sendo desenvolvida e que, o tempo mostrará, continuará a sê-lo. Ao numerar suas experiências, Flávio de Carvalho nos faz pressupor que há duas questões em jogo: a recorrência (são e serão sempre *experiências*) e a singularidade (são experiências específicas: a número 2, 3, 4...). Quanto à recorrência, parecia existir uma necessidade, por parte de Flávio de Carvalho, de estar sempre realizando experiências. Em 1931, nas entrevistas que concedeu na delegacia, logo depois de ter sido "salvo" pelos policiais da ira dos crentes, que queriam linchá-lo, Flávio de Carvalho disse que, há tempos, vinha se dedicando a estudos sobre a psicologia das

---

45 Sangirardi Jr., *Flávio de Carvalho, o revolucionário romântico*. Rio de Janeiro: Philobiblion, 1985, p. 33.

46 J. Toledo, *Flávio de Carvalho: o comedor de emoções*, *Op. cit.*, p. 116.

47 Daher, Luiz Carlos, *Flávio de Carvalho e a volúpia da forma*. São Paulo: M. W. M Motores Diesel, 1984, p. 192.

multidões e que tinha até mesmo alguns trabalhos inéditos sobre o assunto.[48] No próprio livro *Experiência n. 2*, no trecho em que descreve o instante imediatamente anterior ao primeiro grito de "lincha", quando a multidão vai rapidamente ficando mais exaltada, Flávio faz menção, *en passant*, a outras experiências realizadas, sem, no entanto, relatar quais foram: "Naquele momento agitado me recordava com clareza do resultado categórico de algumas experiências que havia feito nesse sentido".[49] Em seu livro posterior, *Os ossos do mundo*, relativo a uma viagem que Flávio de Carvalho realizou entre final de 1934 e início de 1935 a vários países da Europa, e que foi publicado em 1936, o artista continuou a empreender uma série de experiências. Uma delas foi colecionar papéis higiênicos dos países por onde passou a fim de detectar como os diferentes povos tratam "um dos locais mais desprezados do corpo humano".[50]

Já em sua primeira experiência, a de número 2, realizada junto à procissão de *Corpus Christi*, fica patente que, para além da provocação – o que, aliás, em certa medida, aproxima Flávio de Carvalho das vanguardas históricas europeias –, há uma *busca por conhecimento* – uma busca que não se dá desvinculada da provocação inicial: a *Experiência n. 2* não se realizaria se o artista não provocasse os fiéis mantendo-se com a cabeça coberta ao andar no sentido contrário da procissão. Sua provocação, portanto, era o estopim para uma investigação de cunho pretensamente científico sobre um determinado fenômeno, no caso, a reação psicológica da

48 Carvalho, Flávio de Rezende, "Uma experiência sobre a psicologia das multidões da qual resultou sério distúrbio", *O Estado de S. Paulo*, São Paulo, 9 de junho de 1931.

49 *Idem*, *Experiência n. 2*, *Op. cit.*, p. 28.

50 Carvalho, Flávio de Rezende. *Os ossos do mundo*. Edição revista e ampliada. Organização de Rui Moreira Leite e Flávia Carneiro Leão. Campinas: UNICAMP, 2014, p. 60.

multidão a seu gesto, baseando sua pesquisa fundamentalmente em Freud e Frazer. Duas décadas depois, em outubro de 1956, naquela que ficou conhecida como *Experiência n. 3*, Flávio de Carvalho criou, vestiu e desfilou um traje concebido para o "homem dos trópicos", o *New Look*, composto de saiote, sandália e blusa de manga bufante. A concepção de seu traje estava associada a uma longa reflexão sobre a moda e a sua relação com o homem atual a que Flávio se dedicava mais profundamente desde o início daquele ano, mas sobre a qual já vinha pensando desde 1944.[51] Nesta reflexão, que resultou em 39 artigos publicados no *Diário de S. Paulo* entre 4 de março e 21 de outubro de 1956 em sua coluna "Casa, Homem, Paisagem", intitulados "A moda e o novo homem" (que, depois, se tornaram parte de seu livro inédito *A dialética da moda*[52]), o artista não apenas traçou o desenvolvimento dos modos de se vestir do homem e da mulher, desde a Antiguidade até o século XX, mas, principalmente, enveredou por um estudo investigativo sobre a moda, ressaltando a relação do vestuário com os diferentes contextos históricos e sociológicos, amparando-se, para tal, fundamentalmente na antropologia e na sociologia. Para além de toda essa pesquisa inicial, Flávio também queria se debruçar, outra vez, sobre a reação da massa. Disse ele à *Folha da Noite*:

> Estou preparando um ensaio intitulado "Experiência nº 3", que relatará a experiência em si do lançamento do traje, os benefícios para as gerações futuras e a análise psicológica e social do material obtido através da imprensa, que é o espe-

---

51 Cf. J. Toledo, *Flávio de Carvalho: o comedor de emoções, Op. cit...*

52 Em 1967, quando profere palestra no Seminário de Tropicologia, Flávio de Carvalho anuncia que já tem um volume de cerca de 1160 páginas sobre o tema, que partiram justamente de sua série de artigos (cf. Leite, Rui Moreira, *Flávio de Carvalho (1899-1973): entre a experiência e a experimentação, Op. cit.*, 1994, p. 124).

> lho da opinião pública do país. O material que colhi também é valioso para o conhecimento do homem brasileiro.

E acrescentou:

> Não sou um homem de gabinete; acho que para melhor conhecer o homem e o seu comportamento é necessário contato emotivo com as multidões. Há necessidade de obter reações vivas e diretas e inesperadas para melhor compreender o comportamento do homem.[53]

A expedição à Amazônia se enquadra perfeitamente nesta busca por conhecimento encetada por Flávio de Carvalho em suas experiências. Como mencionei no início desta fala, nesta viagem, Flávio buscava unir arte e investigação científica: por um lado, iria produzir um filme semidocumentário, por outro, se dedicaria a estudar os índios – algumas de suas anotações realizadas durante a expedição foram usadas, por exemplo, em seu ensaio derradeiro, *A origem animal de Deus*.[54]

Nesta experiência, Flávio de Carvalho parece ter levado ainda mais sério o seu lado investigador. Talvez por isso tenha declarado que essa "foi a epopeia mais importante da minha vida".[55] É como "etnólogo" que ele figura na lista dos integrantes da expedição, com carimbo e visto do S. P. I. Não por acaso, muitas vezes, refere-se a seu trabalho na expedição como "etnográfico".[56] Flávio de Carvalho

53 Carvalho, Flávio de Rezende, "Flávio de Carvalho exibiu o *New Look* para os intelectuais de Roma e de Paris", *Folha da Noite*, 4 fev. 1957, p. 10.

54 Cf. *Idem*, *A origem animal de Deus*, São Paulo: Difusão Europeia do Livro, 1973, p. 55.

55 *Idem*, "Flávio de Carvalho por ele mesmo", reproduzido em *Flávio de Carvalho*. Curadoria de Rui Moreira Leite São Paulo: MAM, 2010, p. 44.

56 Cf. Flávio de Carvalho, "Motim na Amazônia". Datiloscrito inédito,

nunca escondeu seu profundo interesse pela etnografia: "Sempre me interessei por etnografia, arte, antropologia e assuntos correlatos, como arqueologia".[57] Não surpreende que, em setembro de 1952, tenha se inscrito no curso A Origem do Homem, ministrado, na Universidade de São Paulo, por Paul Rivet, um dos criadores do Instituto de Etnologia, na França, ao lado de Lucien Lévy-Bruhl e Marcel Mauss[58] – justamente no mesmo ano em que se lançou em outra expedição; desta vez, à Ilha do Bananal, onde travou contato com os índios Carajá, acompanhando o produtor cinematográfico italiano Mario Civelli durante as filmagens do documentário *O grande desconhecido*. Em texto de 1936, "A única arte que presta é a arte anormal",[59] Flávio chegou a propor que se criasse uma nova ciência, a *psicoetnografia*:

> O problema estético hoje não é mais a abstração lírica cheia de impasses lógicos, mas pertence em grande parte aos domínios da psicopatologia e de uma ciência que ainda está por se criar e que poderia bem se chamar *psicoetnografia*.[60]

A ciência de Flávio de Carvalho uniria justamente a etnografia à psicanálise. Não esqueçamos que Flávio pretendia também

---

acervo CEDAE, UNICAMP.

57 *Idem*, "Flávio de Carvalho por ele mesmo", *Op. cit.*, p. 46.

58 J. Toledo, *Flávio de Carvalho: o comedor de emoções*, *Op. cit.*, p. 463.

59 Publicado no *Diário de S. Paulo* (Carvalho, Flávio de Rezende, "A única arte que presta é a arte anormal", *Diário de S. Paulo*, São Paulo, 24 set. 1936) e compilado em: *FLÁVIO de Carvalho. 100 anos de um revolucionário romântico*. Curadoria de Denise Mattar. Rio de Janeiro: CCBB/ MAB-FAAP, 1999, p. 71-73.

60 Carvalho, Flávio de Rezende, "A única arte que presta é a arte anormal", in: *Flávio de Carvalho: 100 anos de um revolucionário romântico*, *Op. cit.*, p. 72.

estudar a reação dos índios amazônicos aos fogos de artifício e à música ocidental.

Nisso, Flávio de Carvalho estava em sintonia com as ideias mais avançadas de seu tempo. Quando viajou pela Europa, entre o final de 1934 e o início de 1935, manteve contato e entrevistou alguns expoentes do surrealismo, como André Breton, Man Ray, Raymond Queneau e Roger Caillois, quem hospedou em sua casa quando este esteve em São Paulo em 1943,[61] além de ter-se tornado, nessa viagem, representante da revista *Minotaure*,[62] que circulou entre 1933 e 1939 e para a qual escreveram muitos dos colaboradores da *Documents*, editada por Bataille entre 1929 e 1931, como Michel Leiris. O segundo número da revista, diga-se de passagem, foi totalmente dedicado à Missão Dakar-Djibuti, expedição etnográfica da qual Leiris fez parte. Em entrevista concedida a Flávio, André Breton explicita a relação do surrealismo, isto é, da arte com a busca por um conhecimento: "O surrealismo no começo foi poético e artístico, e tornou-se depois psicológico. Nós achamos que o surrealismo é um processo de conhecimento".[63]

Como não lembrar, a propósito, da figura do "etnógrafo surrealista», descrita por James Clifford em "Sobre o surrealismo etnográfico"?[64] Neste ensaio, Clifford mostra como, nas décadas de

61 Cf. *Idem, Os ossos do mundo*, São Paulo: Antiqua, 2005, p. 61-62; Caillois, Roger. "Ciência e lirismo". *Diário de S. Paulo*, São Paulo, 10 set. 1935, Entrevista concedida a Flávio de Carvalho; J. Toledo, *Flávio de Carvalho: o comedor de emoções, Op. cit.*, p. 756.

62 Freitas, Valeska, "Flávio de Carvalho, leitor dos 'gráficos da cultura'". In: *FLÁVIO de Carvalho*. 100 anos de um revolucionário romântico, *Op. cit.*, p. 62.

63 Breton, André, "Surrealismo: entrevistando André Breton", *Cultura*, a. I, nº 5, São Paulo, fev.-mar. 1939, p. 9. Entrevista concedida a Flávio de Carvalho.

64 Clifford, James, "On Ethnographic Surrealism", In: *Idem*, *The Predica-*

1920 e 1930, a então incipiente etnografia apresenta certos interesses em comum com o surrealismo – entendido por ele num sentido expandido a fim de "circunscrever uma estética que valoriza os fragmentos, as coleções curiosas, as justaposições inesperadas –, que trabalha para provocar a manifestação de realidades extraordinárias a partir dos domínios do erótico, do exótico e do inconsciente".[65] Um dos pontos em comum entre a etnografia e o surrealismo estaria em que ambos se interessam pelo Outro, um Outro que, para a Paris das primeiras décadas do século XX, foi encontrado na África, na Oceania e na América, continentes que se apresentaram como "um reservatório de outras formas e outras crenças".[66] Segundo Clifford, o surrealismo etnográfico acredita que o Outro é um "objeto crucial para a pesquisa moderna"[67] – e aqui podemos lembrar as observações de Hal Foster em ensaio que, de certa maneira, dialoga com o livro de Clifford, quando Foster relaciona o interesse pelo Outro ao que ele denomina de "fantasia primitiva", isto é, a associação entre "primitivo" e um estágio anterior seja da civilização (uma espécie de pré-história) seja do próprio indivíduo (um "pré-Édipo") e, principalmente, quando problematiza a prática e a visão antropológica na arte contemporânea.[68] Clifford vai lembrar que, não por acaso, a revista surrealista *Documents* não só tinha como um de seus subtítulos a palavra "etnografia" – as outras eram "doutrinas", "arqueologia" e "belas-artes" – como trazia interpretações de textos e obras a par-

---

ment of Culture: Twentieth-Century Ethnography, Literature, and Art. Cambridge, Mass., and London: Harvard University Press, 2002.

65 *Ibidem*, p. 118.

66 *Ibidem*, p. 120.

67 *Ibidem*, p. 120.

68 Foster, Hal, "The Artist as Ethnographer". In: *Idem*, *The Return of the Real.* Cambridge, Mass.; London: The MIT Press, 1996, p. 175 e 180-203, respectivamente.

tir de perspectivas etnográficas. Analisando o uso que esse grupo de escritores ligado a Bataille e à *Documents* fazem do termo, chega à conclusão que "etnografia" denota, para eles, "um radical questionamento das normas":[69] "Examinando os usos da palavra em publicações como a *Documents*, vemos como a evidência etnográfica e uma atitude etnográfica poderiam estar a serviço de uma crítica cultural subversiva".[70] E acrescenta: "Etnografia, que compartilha com o surrealismo um abandono da distinção entre alta e baixa cultura, provê tanto um lastro de alternativas não-ocidentais quanto uma atitude eficaz de observação participante irônica entre as hierarquias e os sentidos da vida coletiva".[71] Além de fornecer também "um modo de nivelação cultural cientificamente válido".[72] Em suma, conclui: "Surrealismo etnográfico e etnografia surrealista são construções utópicas; elas zombam das e rearranjam as definições institucionais da arte e da ciência".[73]

Se, na Europa, a busca pelo Outro se deu fora de seu território – Leiris, por exemplo, vai à África –, no Brasil, esse Outro "pré-histórico" ou "pré-Édipo", para nos valermos dos termos de Foster já citados, foi encontrado em nossas próprias terras. "As Utopias", observa Oswald de Andrade, "são uma consequência da descoberta do Novo Mundo e sobretudo da descoberta do novo homem, do homem diferente encontrado nas terras da América".[74] É na figura do índio antropófago, habitante originário das Américas, que Oswald encon-

69 *Ibidem*, p. 129.

70 *Ibidem*, p. 130.

71 *Ibidem*, p. 130.

72 *Ibidem*, p. 131.

73 *Ibidem*, p. 147.

74 Andrade, Oswald de, "A marcha das utopias". In: *Idem, A utopia antropofágica*. São Paulo: Globo; Secretaria de Estado da Cultura, 1990, (Obras Completas de Oswald de Andrade), p. 163.

trou uma espécie de imagem prenunciadora do ser humano futuro, desde que este conseguisse se libertar das amarras morais, religiosas, políticas e econômicas das sociedades patriarcais. Não por acaso, foram também os índios que Flávio de Carvalho, que partilhava das convicções antropofágicas do amigo Oswald, se propôs estudar em sua expedição derradeira – índios, segundo ele, antropófagos.[75] É no índio, de certa maneira, que ele vê uma possibilidade de futuro, uma possibilidade de resistência e de sobrevivência do humano:

> O citadino não sabe mais ser suprido pela natureza e nem compreende as forças emanadas desse alimento telúrico. Na comunhão entre homem e natureza, aquilo que é rústico torna-se aquilo que é básico; é a loucura simples do começo que fornece ao homem as suas forças rejuvenescedoras e a possibilidade de se restabelecer e continuar existindo.[76]

75 Flávio de Carvalho declarou em conferência na Faculdade de Arquitetura e Urbanismo da USP, em 1963: "Dizem que não há antropófagos no alto Amazonas, mas existem antropófagos, e tivemos contato com diversas tribos que exercem a antropofagia no alto Amazonas. Os xirianãs são uma delas. Os waimiris do contato anterior também são antropófagos" (Carvalho, "Flávio de Carvalho por ele mesmo", *Op. cit.*, p. 43).

76 Carvalho, Flávio Rezende de, "Na fronteira do perigo", Datiloscrito inédito, acervo CEDAE, UNICAMP.

Outros encontros com o artista

Mãe, medusa[1]

Eliane Robert Moraes

> Em seu rosto ressequido, os olhos tinham ficado enormes; franzia-os, imobilizava-os; à custa de um esforço imenso, arrancava-se dos seus limbos para subir de novo à superfície desses lagos de luz negra; encarava-me com uma fixidez dramática: como se tivesse acabado de inventar o olhar.
>
> Simone de Beauvoir, *Une Mort Très Douce*

1.

O desejo de ver a mãe esconde, não raro, algo de escandaloso. No limiar do possível, esse desejo se recobre muitas vezes de uma aura transgressiva, como se denunciasse a violação de um território proibido, associado a conteúdos perigosos ou mesmo obscenos. Daí terem sido poucos os que realmente se lançaram a tal aventura, arriscando-se a olhar de frente o insondável enigma materno.

1 Este texto, aqui modificado, foi publicado pela primeira vez no *Caderno Videobrasil* do SESC: Moraes, Eliane, "Mãe, medusa: A *Série trágica* de Flávio de Carvalho". *Caderno Videobrasil*, São Paulo, v. 5, 2009, p. 6-22. [N.E.]

Devemos a Flávio de Carvalho um dos testemunhos mais radicais dessa experiência.

Quando, em 1947, Ophélia Crissiúma de Carvalho entra em agonia, o artista se propõe à improvável tarefa de registrar os últimos momentos de vida da mãe. Filho único, na época aos 48 anos de idade, ele realiza então uma série de esboços à caneta que logo depois viriam a ser ampliados, compondo um conjunto de nove desenhos a carvão.[2] Levados a público no mesmo ano, os retratos da velha mulher em seu leito de morte iriam escandalizar a recatada elite paulistana de meados do século XX, que enxergava neles um atentado contra a moral e a religião.

É de se perguntar, antes de tudo, por que razão os espíritos mais puritanos da provinciana capital se chocaram com esses desenhos. Afinal, acostumada às imagens do calvário de Cristo, ostensivamente expostas nos quatro cantos das igrejas da cidade, aquela elite parecia de alguma forma familiarizada com as representações da agonia. Como então explicar a reação hostil daquele grupo aos esboços de Flávio?

Francisco Luiz de Almeida Sales nos dá uma pista para responder a questão ao recordar o "halo sinistro" que envolveu a *Série trágica*, também conhecida como "Minha mãe morrendo", desde o primeiro momento de sua divulgação. De fato, continua o autor, tal ousadia "abalou o burgo piratininga, rico e burguês, mas submisso aos padrões da moral e do sentimentalismo herdados do reinado patriarcal de Dom Pedro II". Não por acaso, atribuía-se ao artista um certo desvio de caráter, falando-se de insensibilidade, de desrespeito aos valores da família, de frieza de sentimentos, de rebeldia irreverente e assim por diante.[3]

2 Conforme Rui Moreira Leite, *Flávio de Carvalho: O artista total.* São Paulo: SENAC, 2008, p. 69.

3 Almeida Sales, Francisco Luiz de, "A *Série trágica* de Flávio de Carvalho". In: Carvalho, Flávio de Rezende, *Flávio de Carvalho – 32 Desenhos.* São Paulo: Edart, 1967, encarte *Série trágica*, s.n.

Mais que tudo, porém, o grande motivo que incitava aquelas almas católicas a atacar a obra estava, como aponta com propriedade Almeida Sales, na inequívoca lucidez de Flávio diante do coma maternal. Lucidez sem a qual não teria sido possível transformar uma câmara mortuária em ateliê, já que esse ato radical desafiava de frente a severidade da apologética cristã, assentada no temor aos "santos terrores da morte". Reconhece-se na audácia do artista sua disposição decididamente ateia.

Não é difícil identificar, na atitude do autor da *Série trágica*, uma adesão irrestrita aos princípios do ateísmo. Vale lembrar que, desde os primórdios, o pensamento ateu empreende uma crítica radical da exploração do medo no momento da morte, com forte impacto nas representações fúnebres.

A concepção aparece, por exemplo, na célebre "Carta sobre os cegos", que Diderot escreve em 1749, quando o matemático inglês Nicholas Saunderson, prestes a morrer, opõe ao representante do cristianismo sua visão materialista do universo. A exemplo do que acontece com alguns de seus contemporâneos, ficcionais ou não, o personagem da "Carta" mantém-se fiel às suas convicções até no leito funéreo, passando os últimos instantes a argumentar com lucidez e calma, sem se render aos temores arcaicos.

Algumas décadas depois, seria o Marquês de Sade a reeditar, a seu modo, a apologia da morte serena dos "philosophes" ateus. Colocado diante da prova definitiva, o devasso do "Diálogo entre um padre e um Moribundo", de 1782, rechaça o ritual da extrema-unção e as demais "quimeras da religião" para conceber uma alcova lúbrica bem no centro de sua câmara mortuária.

Aos ensinamentos da fé cristã, o moribundo não cessa de opor a razão, justificando seu ponto de vista com uma densa argumentação filosófica fundada nas teses que refutam a existência de Deus: "Só me rendo à evidência que recebo dos sentidos; onde eles cessam, minha fé desfalece". Sem a ilusão de encontrar outro mundo depois de morto, o libertino ultraja a gravidade dos rituais fúnebres, transformando seu leito de morte em palco do prazer.[4]

Pois é precisamente a essa linhagem que se associa a obra ateia de Flávio de Carvalho, muito embora quase dois séculos a separem dos opúsculos setecentistas de Diderot e de Sade. Apesar do grande intervalo de tempo e da distância geográfica entre o artista brasileiro e os escritores franceses, uma incontestável aproximação entre eles se impõe: no que tange à representação da morte, todos refutam os imutáveis dogmas cristãos valendo-se de uma escandalosa lucidez.

A exemplo de seus antecessores, também no caso de Flávio, essa lucidez traduzia um ímpeto de coragem. Convém recordar que o país ainda era dominado pela elite católica, e que até mesmo um significativo número de intelectuais e artistas ligados à rebeldia modernista – como Murilo Mendes, Ismael Nery ou Jorge de Lima, entre outros– declarava a profissão de fé no cristianismo em alto e bom tom. *Avis rara* nesse ambiente, Flávio sempre fez questão de caminhar na contramão da consciência cristã, fosse qual fosse sua origem, abraçando um ateísmo do qual deu diversas provas públicas antes mesmo de criar a série "Minha mãe morrendo".[5]

Como não evocar aqui sua "experiência nº 2", de 1931, quando o artista decidiu atravessar uma procissão de Corpus Christi no centro de São Paulo, mantendo ostensivamente o boné na cabeça?

---

4 Desenvolvi o tema em "O gozo do ateu", in Moraes, Eliane Robert. *Lições de Sade*: Ensaios sobre a imaginação libertina. São Paulo: Iluminuras, 2006.

5 Não são poucos os documentos que dão a dimensão radical do ateísmo de Flávio de Carvalho, ao qual o artista se refere de forma recorrente em vários escritos e entrevistas. Remeto, entre diversos outros textos seus, aos livros: Carvalho, Flávio de Rezende, *A origem animal de Deus e O bailado do Deus morto*, São Paulo: Difusão Europeia do Livro, 1973; e *Idem, Experiência n. 2: realizada sobre uma procissão de Corpus Christi: Uma possível teoria e uma experiência*. Rio de Janeiro: Nau, 2001.

Como não lembrar que, por tal desrespeito ao culto católico, sua *performance* provocou de tal modo a ira dos fiéis que por pouco ele não foi linchado? Como não mencionar que, dois anos depois, ele ainda teve a coragem de criar o insolente "Bailado do Deus morto", cuja apresentação lhe rendeu uma intervenção da polícia de costumes e a interdição das atividades do seu Teatro da Experiência?

Antecedentes importantes, sem dúvida, que confirmam as posições resolutamente antirreligiosas do artista. Todavia, no capítulo do ateísmo, nada se compararia às imagens da *Série trágica*, não só por sua capacidade de recolocar em cena as concepções dos primeiros pensadores ateus, mas igualmente por tirar delas as consequências mais radicais: a "morte serena", aqui, não exclui o sentimento de horror suscitado pelo fim da vida, a justificar o apelo sombrio do título.

Como bem observou Luiz Camillo Osório ao analisar o conjunto: "as linhas, apesar da urgência da hora, dos rabiscos rápidos e ligeiros, transmitem serenidade. A vida parece estar se consumindo na boca entreaberta pelos suspiros de sofrimento. É como se, pelos olhos e boca da mãe morrendo, ele retratasse o próprio desaparecimento do mundo".[6]

2.

Ver a mãe e deparar o escândalo da morte. Ou quase, já que a morte nunca se oferece de frente à nossa visão. A rigor, o que vemos nos retratos de "Minha mãe morrendo" são flagrantes do mistério da passagem, quando a vida ainda pulsa, mas já em seus derradeiros suspiros.

A escolha do carvão é perfeita nesse caso, pois produz traços marcantes, vivos, ao mesmo tempo em que consegue criar o efeito esfumaçado, sem vida, também presente nos desenhos. Assim, a aposta na justaposição entre linhas e sombras concretiza com efi-

6 Osório, Luiz Camillo, *Flávio de Carvalho*. São Paulo: Cosac Naify, 2000, p. 40.

cácia a ideia de passagem, exprimindo a forte tensão entre vida e morte que marca os últimos instantes de agonia da velha senhora.

No limite, porém, o que predomina na composição é o procedimento do arabesco, com seus traços rápidos e sinuosos que superam o mero testemunho referencial, libertando o artista do intento puramente descritivo. Sendo expressão do movimento, o arabesco cria uma forma que excede a própria forma para insinuar o que está alhures, além da cena.

Ver a mãe e deparar a fenda por onde sai a vida que, paradoxalmente, condena todo ser à finitude. Como se fossem máscaras da morte, vestindo uma criatura ainda viva, os distintos ângulos da moribunda fixados no papel parecem evocar os contornos fugidios de uma Medusa.

Assim como acontece com a protagonista da *Série trágica*, a terrível força da Medusa está toda concentrada na cabeça, como se vê em quase toda a sua iconografia. Não surpreende, portanto, que Jean-Pierre Vernant também venha a associar esse pavoroso rosto a uma máscara. Nela, segundo o autor, o que se mostra é sempre a "face do Outro, nosso duplo, o Estranho, em reciprocidade com nosso rosto como uma imagem no espelho", mas compondo uma figura ambígua que seria simultaneamente menos e mais do que nós mesmos, simples reflexo e janela para o além. De tal ambiguidade resulta que, ao fitar o monstro – também reconhecido como Górgona mortal –, o homem "deixa de ser o que é, de ser vivo para tornar-se, como ela, Poder de morte".[7]

O confronto com a horrenda criatura termina, pois, por destituir o *voyeur* do próprio olhar, abrindo espaço para que ele seja invadido pelo terror da figura que encara. Arrancado de si mesmo, aquele que olha a sinistra cabeça perde sua identidade para assumir

7 Vernant, Jean-Pierre, *A morte nos olhos*. Tradução de Clóvis Marques. Rio de Janeiro: Zahar, 1988, p. 103.

uma inesperada posição de simetria em relação a ela, o que sugere uma forte identificação. Ora, como completa Vernant, para exprimir essa simetria tão estranhamente desigual, "o que a máscara de Gorgó nos permite ver, quando exerce sobre nós o seu fascínio, somos nós mesmos no além, esta cabeça vestida de noite, esta face mascarada de invisível que, no olho de Gorgó, revela a verdade de nosso próprio rosto".[8]

Essas palavras, por certo, só fazem reforçar a aproximação entre a mítica Medusa e a mãe agonizante do artista paulistano. Em ambos os casos, tem-se o desdobramento de um rosto em máscara, implicando a alteração radical da fisionomia do primeiro, até o ponto de torná-lo irreconhecível. Trata-se de um rosto que já não é mais um rosto.

Assim isolada, a cabeça se oferece como uma espécie de mortalha, a exibir sem rodeios seus traços desfigurados, como se anunciasse o inexorável processo de decomposição que ameaça toda forma viva. Ou, para colocar nos termos como Georges Bataille propõe a questão: "A máscara apresenta-se diante de mim como um semelhante, e este semelhante, que me desfigura, traz em si a figura da minha própria morte".[9] A face mascarada antecipa a coisa inanimada que está no horizonte de cada ser.

Desnecessário dizer que, por compor uma constelação fundamental de perguntas sobre a condição humana, os jogos simbólicos entre rosto e máscara aparecem com frequência em imaginários mitológicos, artísticos e literários de diversos períodos. Basta considerarmos a profusão de cabeças cortadas da iconografia renascentista dedicada às figuras bíblicas de Judith e Salomé, como testemunham diversos desenhos e pinturas da época. Contudo, é no modernismo que a tópica vai ganhar um caráter obsessivo, tornando-se recorren-

8 *Ibidem*, p. 106.

9 Bataille, Georges, "Le Masque". In: *Idem*, *Œuvres complètes*. Paris: Gallimard, 1970, tomo II, p. 403.

te nas artes plásticas europeias e mesmo ocidentais, durante quase meio século.[10]

Interessa aqui sublinhar que, das inúmeras representações do *fin-de-siècle* em torno da decapitação de São João Batista às incontáveis cabeças recortadas que compõem o imaginário surreal, para citarmos apenas dois exemplos, uma particularidade se impõe: na fabulação modernista, a pergunta sobre o rosto humano será invariavelmente relacionada ao feminino. Razão pela qual ela aparece de forma insistente nas imagens da mulher fatal.

Se considerarmos a *Série trágica* como uma possível herdeira da obsessão modernista pelo motivo capital, somos então convidados a avançar ainda mais na comparação entre seus retratos e as imagens da Górgona. Isso porque a cumplicidade entre ambas talvez se estenda muito além dos seus perturbadores rostos. É digno de nota, nesse sentido, que a face da criatura mitológica apresente, como sublinha Vernant, afinidades manifestas com a representação crua, brutal, do sexo: "Representação que, sendo equivalente sob certos aspectos à da face monstruosa, pode provocar igualmente o pavor de uma angústia sagrada e a gargalhada libertadora".[11]

Para esclarecer tal afinidade entre a Medusa e o sexo, o historiador examina diversas representações do mito, desde seu surgimento no século VII a. C., para concluir que todas suas variantes comportam uma característica fundamental: a facialidade. Ao contrário das convenções figurativas que regem o espaço pictórico grego na época arcaica, a Górgona é sempre representada por meio de um rosto, sem qualquer exceção. Mas essa face onipresente também traduz uma misteriosa ambiguidade.

---

10 Desenvolvi o tema em Moraes, Eliane Robert, *O corpo impossível – A decomposição da figura humana, de Lautréamont a Bataille*. São Paulo: Fapesp/Iluminuras, 2002.

11 Vernant, Jean Pierre, *Op. cit.*, p. 40.

Vernant interroga o tema recorrendo à figura de Baubó, personagem obscura da mitologia grega, que ora se apresenta como um espectro noturno ou uma espécie de ogra assemelhada às divindades infernais, ora na pele de uma velhinha bondosa e engraçada. É sob esta feição que ela surge para atenuar o sofrimento de Deméter, em luto pela perda da filha: os gracejos e gestos indecentes de Baubó conseguem romper o jejum da deusa, provocando nela uma explosão de riso. Vale observar que as representações plásticas do episódio mostram habitualmente um personagem feminino reduzido a um rosto, mas que é ao mesmo tempo um baixo ventre. Tal constante confere um significado inequívoco ao ato de Baubó, quando levanta o vestido para exibir sua intimidade: o que ela mostra a Deméter é "um sexo disfarçado de rosto, um rosto em forma de sexo; poderíamos dizer: o sexo feito máscara".[12]

Organizados de outra forma, embaralhando o enigma, é possível ver aí os elementos essenciais que estão presentes nos desenhos de *Minha mãe morrendo*: a velha, o rosto, o luto, o terror. Acrescente-se a isso a referência de que o nome de Baubó evoca o tema da maternidade, já que significa "ventre", confirmando o fato de ter sido ela a ama de leite de Deméter.[13] Esses elementos, assim reunidos, nos autorizam a indagar a facialidade da Górgona sob um novo prisma e, para além de suas ambivalências manifestas, compreendê-la como a mais sinistra representação do feminino, em sua incontestável matriz. Tal é, por sinal, a conclusão categórica de Camille Dumoulié, ao analisar o mito: "essa terrível mulher, para-

12 *Ibidem*, p. 41.

13 Conforme Rumen, Jean-Pierre, "Triskell". Tradução de Norberto Carlos Irusta. In: *Idem*, *Dicionário de psicanálise*. Salvador: Ágalma, 1994, tomo I, p. 202,.

digma de todas as mulheres, que o homem teme e busca ao mesmo tempo, para o qual a Medusa oferece a máscara, é a mãe".[14]

3.

A velha, o rosto, o luto, o terror. Ou, poderíamos dizer, a mãe, o sexo, a morte, o olhar. Seja como for, os temas que estão no centro das imagens aqui confrontadas, entrelaçados uns aos outros, compõem uma versão decididamente trágica do destino humano. As interpretações psicanalíticas dessa rede temática já insistiram o suficiente na aproximação entre a visão do sexo da mulher e o complexo de castração, sublinhando o papel fundamental que a pulsão escópica desempenha nessa relação. Vale lembrar que, na origem de tais estudos, encontram-se justamente dois conhecidos ensaios freudianos, um sobre a cabeça da Medusa e o outro sobre o episódio do encontro de Baubó com Deméter.[15] A tese central de Freud repousa na ideia de que o horror da castração tem sua principal motivação na visão dos genitais femininos, o que precipita as fantasias de despedaçamento do corpo – dentre as quais se destaca a decapitação.

O pavor da castração, contudo, pode ser considerado um atenuante diante de um terror primitivo, não motivado, ao qual Vernant alude como medo em estado puro, que traduz "o horror terrificante de uma alteridade radical".[16] É por essa razão que, do ponto de vista psicanalítico, as fantasias relacionadas à castração, por mais insólitas e assustadoras que sejam, tendem a ser interpretadas como

---

14 Dumoulié, Camille, "Medusa (a cabeça de)". In: Brunel, Pierre, *Dicionário de temas literários*. Tradução de Carlos Sussekind et. al.. Rio de Janeiro: José Olympio, 1997, p. 623.

15 São eles: "A cabeça da Medusa" e "Um paralelo mitológico com uma obsessão visual".

16 Vernant, Jean-Pierre, *Op. cit.*, p. 50; p. 155.

roteiros que têm a função de estruturar a ansiedade, revelando o esforço humano de organizar o horror através de uma forma legível. No horizonte das representações do sinistro, haveria um "pavor do informe, daquilo que abole todas as categorias, isto é, da homogeneidade absoluta da morte".[17]

A figura de Medusa toca esse medo primordial e daí resulta sua força. Ainda que seja um monstro "representável, mas nunca apresentável", como observa Dumoulié,[18] o fascínio que ela nos provoca por certo decorre do fato de deixar em descoberto o próprio limite da representação. Diante desse limite, não raro evidenciado pelas fantasias sobre o último combate contra a morte, o espectador se transforma num *voyeur* sombrio, fascinado pelo terror e pela repulsa que sempre suscitam as imagens fúnebres.

É o que ocorre com a visão da *Série Trágica*, somado ao fato de que, nesta, o artista se vê diante da morte da própria mãe e, investido de estranha lucidez, aceita encarar o enigma da origem e do fim. O olhar que preside os retratos de *Minha mãe morrendo*, como que tocado pela ambiguidade das antigas máscaras trágicas, revisita o segredo que une o rosto ao sexo, a vida à morte, o filho à mãe. Eis, pois, o escândalo maior desses desenhos: tal qual um Perseu moderno, vivendo na São Paulo de meados do século XX, Flávio de Carvalho descobre a Medusa ali mesmo, dentro de casa – no quarto ao lado, na cabeceira da mãe.

17 Mezan, Renato, "A medusa e o telescópio ou Vergasse 19". In: Novaes, Adauto (org.), *O olhar*. São Paulo: Companhia das Letras, 1988, p. 466.

18 Dumoulié, Camille, *Op. cit.*, p. 624.

Flávio de Carvalho e Gilberto Freyre: a memória, no limiar entre o sonambulismo histórico e a sugestibilidade iconográfica

Ana Luiza Andrade

> A sugestibilidade de todo o "abandonado" pela história e pelo homem tem a volúpia que tem um vulto atrás de uma cortina, atrás de uma grade ou dentro das sombras de uma folhagem ... excita a imaginação poética do observador... e o arqueólogo e o etnógrafo precisam encontrar no resíduo uma fonte de excitação poética e de sugestibilidade, precisam ver no resíduo a magia e a sedução que pertencem a uma mulher oculta. A parte sugestiva e o encanto do objeto visado, mesmo como pode acontecer com a mulher visada ao acaso, aumentam com as dificuldades que se opõem a um contato íntimo entre observador e objeto.
>
> Flávio de Carvalho, *Os ossos do mundo*

> O mapa da saudade nasce do movimento. É pois o movimento que abre caminho a novos horizontes mentais com um incremento da plasticidade do homem.
>
> Flávio de Carvalho, (Flávio de Carvalho, "De novo a paisagem sorridente. Emoção geográfica e o mapa da saudade")

A sugestibilidade na contramemória da história

Da convergência entre as correntes histórica, sociológica, psicológica, biológica e mitológica, no lugar de suas confrontações, e entre suas delimitações recíprocas, surgem criações que nos conduzem a questionamentos sobre as finalidades utilitárias dos racionalismos de nossa modernidade. Essas criações podem ser apenas sugeridas por uma poética de mimetismos apreendida em Flávio de Carvalho e em Gilberto Freyre, o que aqui se pretende desenvolver.

É, pois, dentro desse espírito interdisciplinar e poético que Flávio de Carvalho se refere à ideia de "sugestibilidade" com relação aos "abandonados" da história. Seu espírito inconforme à tradição de racionalidade moderna parece, inclusive, reportar-nos diretamente ao materialista histórico de Walter Benjamin como "aquele que faz de um determinado passado uma experiência única", permanecendo "senhor de suas forças, suficientemente forte para destruir o contínuo da história." O materialista histórico "arranca uma determinada vida à sua época."[1] O sabor de vida, ou precisamente essa "sugestibilidade" de que fala Flávio de Carvalho, seria, então, como "O fruto suculento do objeto historicamente compreendido [que] tem no seu interior o tempo, como uma semente preciosa mas

1 Benjamin, Walter, *O anjo da história*. 2. ed. Organização e tradução de João Barrento. Belo Horizonte: Autêntica, 2013, p. 19.

destituída de gosto."[2] Se a sugestibilidade vai atiçar a curiosidade do observador, o seu objeto só adquire gosto quando volta a ser reconhecido como tal. Um exemplo conhecido e muito citado, mas que felizmente nunca perde o sabor da leitura, é o da *madeleine* de Proust, cuja memória do gosto acaba, involuntariamente, trazendo de volta a de todo o seu tempo.

Ora, parece menos surpreendente, e tão semelhante ao materialista histórico apontado por Walter Benjamin, encontrar em Gilberto Freyre um mesmo sentido de sugestibilidade iconográfica "urbana", numa via inédita que parece ter sido aberta por Flávio de Carvalho, na forma de uma mulher-cidade: a de uma Recife recatada na visão de uma paisagem pouco reconhecida por outros, mas só pelos mencionados "observador", "arqueólogo" e "etnógrafo", esses que "precisam encontrar no resíduo uma fonte de inspiração poética e de sugestibilidade." Muito a propósito, diz Freyre da visita de Mestre Alfred Agache, urbanista francês, a quem empresta a alcunha de "Don Juan das cidades", em sua excursão pelo Capibaribe:

> O Recife é uma cidade que talvez tenha ficado viúva do Conde Maurício de Nassau, seu verdadeiro fundador e quase seu único prefeito até hoje. Pode namorar com outros homens. Mas de longe. Platonicamente. Também até hoje não apareceu ninguém à altura de desposá-la. De desposar uma viúva de príncipe.[3]

Freyre observa, então, que a fotogenia do Recife começa na vista única que se descortina do meio do rio, nos pátios de dentro das igrejas, referindo-se à cidade como "a mais moura das que

2 *Ibidem*, p. 20.

3 Freyre, Gilberto, "Mestre Agache no Recife". In: *Idem*, *Retalhos de jornais velhos*. 2. ed. revista e muito augmentada de *Artigos de Jornal*. Prefácio de Luis Jardim. Rio de Janeiro: José Olympio, 1964, p. 117.

os portugueses criaram no Brasil".[4] Contrasta-a a Olinda, ao Rio de Janeiro e a Salvador, por estas serem fotogênicas, no sentido cenográfico de se entregarem "aos primeiros fotógrafos e pintores que as cortejam".[5] Nesse aspecto inclusive, essas cidades-mulheres ou mulheres-cidades completariam a leitura alegórica benjaminiana atribuída ao olhar do historicista, ao se aproximarem muito do sentido da imagem mais comum em relatos repetitivos, relegados pelo materialista histórico, pois esse "deixa aos outros o papel de se entregarem, no bordel do historicismo, à prostituta chamada 'Era uma vez'."[6] Segundo Benjamin, coincidentemente à imagem "comum" da cidade de Freyre, uma história utilitária se prostituiria com os cenários mais repetitivos aos quais recorre continuamente o historicista.

Porém, a vista encantadora e cheia de "sugestibilidade", que conciliava o Recife com as águas dos rios, já era proibida em 1927 (assim como a "semente preciosa mas destituída de gosto", segundo Benjamin) por estar "a cidade separada do rio a ponto de tudo quanto é casa dar as costas para a água e os portões das rampas das casas velhas se conservarem sempre fechados. Inúteis. Arcaicos. Arqueológicos."[7] Essa separação, que muda a história dos habitantes da cidade, ou pelo menos os seus hábitos mais frequentes, mas que não consta nos livros de uma história progressista, deve-se ao reconhecimento de um momento de perigo, momento em que "as usinas, defecando à vontade nos rios, afastaram deles a gente boa outrora entusiasta dos banhos em Caxangá e no Monteiro, em Apipucos e Beberibe. Agora era isso que Agache via. Via e não compreendia bem."[8] Esse era o "observa-

---

4 *Ibidem*, p. 117.

5 *Ibidem*, p. 117.

6 Benjamin, Walter, *O anjo da história, Op. cit.*, p. 19.

7 Freyre, Gilberto, "Mestre Agache no Recife", *Op. cit.*, p. 119.

8 *Ibidem*, p. 117-119.

dor" a quem aquele cenário encantava, sem compreender, enchendo--o de sua sugestibilidade.

Há, em consequência, uma separação de tempos anacrônicos, ilustrada pela cena da casa que dá as costas ao rio com seus portões sempre fechados, "inúteis", "arcaicos", "arqueológicos", e essa separação enfoca, justamente, um limiar entre o fim do tempo de banhos de rio e o início da época mais urbana. No entanto, ela traz consigo um alerta para o "abandono" dos portões, posicionados nesse umbral que, de um lado, se fecha a um tempo "arcaico", coincidente ao tempo do fim do rio, relegado, então, à guarda inútil de portões "arqueológicos". De fato, esses portões em ruínas, ao serem enterrados num tempo "abandonado" da história, chegam a ficar invisíveis para os de fora, e, ao passarem imperceptíveis ao seu olhar consciente, permanecem em um estado de inconsciência coletiva, ou mesmo submersos num período coincidente ao de "sonambulismo histórico", como o intitula poética, e não menos benjaminianamente, Flávio de Carvalho.[9]

Muito a propósito, em "Construções em análise" Freud compara a tarefa do analista à do arqueólogo, percebendo, por exemplo, "a perfeita analogia entre o soterramento de Pompéia – que fez desaparecer, mas ao mesmo tempo preservou o passado – e a repressão", habilitando o analista, como o arqueólogo, a desenterrar tanto objetos quanto as fantasias "reprimidas", ou "abandonadas" por seus pacien-

9 Nossa leitura é compatível com a de "sonambulismo" feita por Larissa Costa da Mata na "Introdução" aos textos de Flávio de Carvalho ao referir-se a bifurcações no tempo: "Uma delas, o 'sonambulismo histórico', o reconhece como um todo irregular e coberto de fissuras, que se define no constante cruzamento com o espaço, rompendo-o com o estímulo que impulsiona a estética (em "Vila Júlia. Sonambulismo da história")". Mata, Larissa Costa da. "Introdução". In: Carvalho, Flávio de Rezende. *Os gatos de Roma / Notas para a reconstrução de um mundo perdido.* Organização, estabelecimento do texto, introdução e notas de Larissa Costa da Mata. Prefácio de Raúl Antelo e posfácio de Rui Moreira Leite. Florianópolis: UFSC, 2019, p. 17-63

tes. [10] Flávio de Carvalho parece confirmar o que disse Freud, ao escrever sobre a percepção do que considera como "resíduo" por um "arqueólogo mal comportado", ou seja, o que pode ser considerado como a força poética evocada no objeto: "Uma introspecção arqueológica privada de sentimento, isto é, de força penetrante da elaboração poética, nunca pode ressoar à plasticidade do resíduo e restabelecer o tumulto anímico colocado pelo homem na época examinada."[11]

Mapas de saudade

É menos surpreendente encontrar em Gilberto Freyre[12] essas analogias benjaminianas (e também freudianas) observadas por Flávio de Carvalho como "sugestibilidades", não só por ambos terem sido discípulos de Franz Boas,[13] mas, principalmente, por elas se destacarem nas bibliografias do professor alemão tanto quanto nas dos discípulos e de alguns da época: trata-se das leituras co-

---

10 Freud, Sigmund, "Construções em análise" (1937). In: *Idem*, *Obras psicológicas completas de Sigmund Freud.* Tradução de Waly Salomão. Rio de Janeiro: Imago, 1996, vol. 23, p. 275.

11 Carvalho, Flávio de Rezende, *Os ossos do mundo.* Edição revista e ampliada. Organização de Rui Moreira Leite e Flávia Carneiro Leão. Campinas: UNICAMP, 2014, p. 57.

12 Gilberto Freyre menciona Franz Boas em muitos de seus escritos, entre eles *Arte, ciência e trópico* (Freyre, Gilberto, *Arte, ciência e trópico,* Rio de Janeiro: Bertrand Brasil, 2002, p. 114) como também elogia o famoso trajo tropical utilizado por Flávio de Carvalho na procissão, em "antecipar-se aos outros povos [...] como se antecipou, de modo inesquecível, na solução do problema da dirigibilidade dos balões, e do próprio aeroplano. Mestre Flávio – pois foi incontestávelmente um mestre – poderia ter ido além dos arrojos individuais; e fundado em São Paulo um centro que se especializasse no estudo do problema sob vários aspectos – inclusive o da fibra mais conveniente para o tecido do trajo ideal para o trópico." (*Ibidem*, p. 93).

13 Boas, Franz, *A mente do ser humano primitivo.* 2. ed. Tradução de José Carlos Pereira. Petrópolis: Vozes, 2011.

muns de Freud,[14] Frazer,[15] Read,[16] Simmel[17] e Caillois,[18] entre muitas

14 Dentre os trabalhos de Freud, eu destacaria mais especificamente os que se referem ao inconsciente e os que se referem à memória: Freud, Sigmund, "O inconsciente". In: *Idem*, *Obras completas (1914-1916): Introdução ao narcisismo, ensaios de metapsicologia e outros textos*. São Paulo: Companhia das Letras, 2010; e *Idem*, "O mecanismo psíquico do esquecimento.". In: *Idem*, *Edição standard brasileira das obras psicológicas completas*. Rio de Janeiro: Imago, 2006, vol. 3. Ver também *Idem*, *O mal-estar na civilização*. Tradução de Paulo César de Souza. São Paulo, Penguin Classics, Companhia das Letras, 2011. Outros trabalhos são mencionados ao longo deste texto.

15 Frazer, James George. *O ramo de ouro*. Tradução de Waltensir Dutra, Rio de Janeiro: Zahar Editores, 1982.

16 Read, Herbert, *Art and Society* (1952). Freyre menciona esse livro em *Arte, ciência e trópico* (2002) e Flávio de Carvalho publica uma entrevista com Herbert Read no *Diário de S. Paulo*, em que Herbert Read declara considerar importante a arte negra, um interesse em comum entre ambos os escritores aqui tratados. Palavras de Read: "O artista moderno pode tirar as suas qualidades formais da arte negra e estas o ajudarão a construir o seu tipo de mentalidade superior". Read, Herbert, "A arte na Inglaterra". *Diário de S. Paulo*, São Paulo, 24 fev. 1935. Entrevista concedida a Flávio de Carvalho.

17 Simmel, Georg, *Filosofia da paisagem*. Tendo sido tomado como referência por Walter Benjamin no ensaio "A arte na era da reprodutibilidade técnica", esse ensaio de Simmel importa para a compreensão de ambos os tipos de plasticidade encontrados em Freyre e em Carvalho quando se considera os avanços da técnica invadindo a indústria do jornal e as artes. Por outro lado, Freyre se refere diretamente a Georg Simmel em *Arte, ciência e trópico*, ao mencionar "a dominação preferencial da mulher do seu espaço físico, que é um espaço restrito, do que o homem, o seu, por ser um espaço de fronteiras mais remotas, isto se projetando em manifestações de arte diferentes; dadas essas diferenças básicas ...." (Freyre, Gilberto, *Arte, ciência e trópico*, Rio de Janeiro: Bertrand, 2002, p. 49-50). Ver também sobre a moda e a mulher, interesse comum a ambos Carvalho e Freyre, em Simmel, Georg, *Cultura femenina y otros ensayos*. Traducción de Genoveva Dietrich. Madrid: Alba Editorial, 1999.

18 Caillois, Roger, "Mimetismo e psicastenia lendária". In: *Idem*, *O mito e o*

outras, em que se observam tanto a valorização de uma memória de afeto, que oscila entre a intimidade e o distanciamento, como também uma memória de plasticidade que, em ambos, teria a força de um "resíduo", ou a mesma força que faria colar o ser humano à paisagem, como se verá.

É possível detectar-se uma valorização da memória em ambos os autores, principalmente no que se desenharia em um "mapa da saudade",[19] expondo-se nos limiares[20] de ciclos de vida e morte, observados em resíduos que consideraríamos psíquico-morfológicos em Flávio de Carvalho[21] e, ao mesmo tempo, no enfoque ecológico

---

homem. Tradução de José Calisto dos Santos. Lisboa: Livraria Martins Fontes, 1980, p. 65-89.

19 Cito Flávio de Carvalho: "Isolado na montanha ele [o homem] constrói o seu primeiro mapa: o mapa da saudade. A arte decorativa é formada, simultaneamente, por elementos de que se compõe a visão da paisagem. Existe pois, uma necessidade de movimento por parte do homem da planície para que a paisagem possa ser criada e vista, para que a arte decorativa apareça e para que o homem comece a compreender as linhas de força da natureza". Carvalho, Flávio Rezende de, "III - De novo a paisagem sorridente. Emoção geográfica e o mapa da saudade." *Diário de S. Paulo*, São Paulo, 26 jan. 1956, transcrito no projeto de doutorado de Freitas, Valeska, *Flávio de Carvalho: leitor dos gráficos da cultura*, sob a orientação de Raúl Antelo, Florianópolis, Universidade Federal de Santa Catarina, nov. 1999, p. 178. Também em: Carvalho, Flávio de Rezende. "O mapa da saudade, o primeiro mapa do mundo". In: *Idem*, *Os ossos do mundo*, *Op. cit.*, p. 71-81.

20 Para esclarecimento sobre o conceito de limiar, ver Antelo, Raúl, "Limiar". In: Carvalho, Flávio de Rezende, *Os gatos de Roma / Notas para a reconstrução de um mundo perdido*, *Op. cit.* Ver também: Gagnebin, Jeanne Marie. *Limiar, aura e rememoração. Ensaios sobre Walter Benjamin*. São Paulo: 34, 2014. Ver, além disso: Otte, Georg, et alii, *Limiares e passagens em Walter Benjamin*. Belo Horizonte, UFMG, 2010.

21 Carvalho, Flávio de Rezende. *Os gatos de Roma / Notas para a reconstrução de um mundo perdido*, *Op. ci*. Transcrição de Larissa Costa da Mata. Também me utilizo da tese de doutorado de Larissa Costa da Mata, *Genealogia e primitivismo no mundo brasileiro: o mundo perdido de Flávio*

dado especificamente ao fim de um ciclo, o da cana, em Freyre.[22] Neste último há uma preocupação quase obsessiva com um mapa da saudade nordestino se abrindo a quase todos os estudos relacionados (interdisciplinares) ao se colocar no limiar da passagem a um tempo industrial moderno, ameaçando um "velho" Nordeste rural arcaico, como foi possível observar com respeito à morte dos rios da cidade com a chegada da indústria. Evidentemente, essa passagem causa um efeito de mudança inegável com o apagamento de hábitos e de uma singular visão cultural, que se acaba, em definitivo, com a vinda da bagaceira industrial da usina. Além disso, Flávio de Carvalho e Gilberto Freyre concentram-se na plasticidade de paisagens, de cidades, de caracteres e gestos humanos. Bem possivelmente oriundos da mente do ser humano primitivo, esses gestos se transformam com a passagem do tempo em direção à modernidade, quer seja ela vista como uma antecipação proto-histórica, como na cartografia imaginária dos afetos, no pré-humano ancestral em um "mundo perdido", quer seja ela vista como um efeito catastrófico de enfoques "progressistas" equivocados. Tanto um como o outro caso, ambos podendo ser considerados muito atuais, enfocam a proximidade ou a distância desses limiares "ameaçadores", em que as fases de início de um ciclo se misturam às do fim do outro, apagando a precisão de suas delimitações. Acima de tudo, ao procurarem salvar singularidades do esquecimento, por meio de "ritornelos",[23] ou

de Carvalho, defendida no Programa de Pós-Graduação em Literatura Brasileira da Universidade Federal de Santa Catarina (UFSC) em 2013.

22 Freyre, Gilberto, *Nordeste. Aspectos da influencia da canna sobre a vida e a paizagem do Nordeste do Brasil.* Rio de Janeiro: Livraria José Olympio Editora, 1937. Coleção Documentos Brasileiros dirigida por Gilberto Freyre.

23 O termo é de Félix Guattari, assemelhando-se à ideia de "voltas" residuais, no sentido proposto por Walter Benjamin de "salvar" objetos do esquecimento. In: Guattari, Félix, *As três ecosofias*. Tradução de Maria Cristina Bittencourt. Campinas: Papirus, 1990.

retornos de resíduos do passado a assombrar/desassombrar o presente, os autores colocam em jogo novas temporalidades culturais e, assim, apontam para configurações diversas de modernismos outros, divergentes do modernismo proposto pela maioria dos participantes da Semana de 1922 de São Paulo.

Benjamin e as sombras da história

Há uma semelhança dados os laços de afeto que os aproximam um do outro, denotando a melancolia com que Walter Benjamin também se refere às perdas de um fim de ciclo,[24] ou ao fim de uma era que se extingue. Justifica-se, então, a busca da sugestibilidade iconográfica, que traria a memória viva de um momento ou objeto único salvo, justamente, quando

> [...] surge como um clarão num momento de perigo. Ao materialismo histórico interessa-lhe fixar uma imagem do passado tal como ela surge, inesperadamente, ao sujeito histórico no momento de perigo. O perigo ameaça tanto o corpo da tradição como aqueles que a recebem. [...] Só terá o dom de atiçar no passado a centelha da esperança aquele historiador que tiver apreendido isto: nem os mortos estarão seguros se o inimigo vencer. E esse inimigo nunca deixou de vencer. [25]

Mais adiante, Benjamin acrescenta: "por isso o materialista histórico se afasta quanto pode desse processo de transmissão da

24 Ver a teoria benjaminiana da melancolia, ao ler alegoricamente as figuras emblemáticas e as características saturninas na gravura *Melancolia*, de Dürer, em *A origem do drama trágico alemão*. Edição, apresentação e tradução de João Barrento. Lisboa: Assírio & Alvim, 2004, Obras escolhidas de Walter Benjamin, vol. I.

25 Benjamin, Walter. *O anjo da história*, *Op. cit.*, p. 11-13.

tradição, atribuindo-se a missão de escovar a história a contrapelo".[26] Concentrando-se, então, nas formas residuais iconográficas de um século XIX patriarcal no seu limiar para um olhar feminino iniciado no século XX,[27] Flávio de Carvalho se detém, em "Madona e Bambino", no uso de barbas nas figuras do Cristo, como um Pai ao mostrar-se em uma imagem revolucionária e, com o passar do tempo, dentre muitas outras imagens, a mais dura, ao contrastar-se com a imagem do Cristo imberbe anterior, mais clássico, a qual vai inspirar a sobriedade inglesa. E não por acaso: essa trouxe consigo os cortes industriais.

Mas, ao mesmo tempo, Flávio de Carvalho recupera então a importância da mulher do século VIII como a responsável pela imagem do Cristo que conhecemos hoje e justifica, inclusive, a aparência do Cristo, em todas as idades históricas, como "produto da necessidade e do tumulto da alma da mulher" que "ainda sofria o jugo pesado de um ciclo patriarcal".[28] E mais adiante: "Não somente ela ajudou a firmar o cristianismo, mas foi ela quem sexuou definitivamente a religião católica, que se transformou consequentemente na primeira grande força dos tempos modernos".[29] Se já essa afirmação, por si mesma, iria a contrapelo de toda uma tradição patriarcal histórica do recato feminino da virgem cristã, Flávio de Carvalho, não contente, traz à tona o que ele detecta como um "culto à vagina",

---

26 *Ibidem*, p. 113.

27 Gilberto Freyre antecipa o importante papel de uma cultura feminina no século XX citando, entre suas fontes de viajantes, as mulheres Martha Graham, Ida Pfeiffer e Adèle Toussaint-Samson. Ver Andrade, Ana Luiza, *Outros perfis de Gilberto Freyre: voltas duras/dóceis ao cotidiano dos brasileiros*. São Paulo: Nankin, 2007. E sobre a importância da linha materna e matriarcal, Flávio de Carvalho em "Madona e Bambino" em *Os ossos do mundo*, *Op. cit.*, p. 123-158.

28 *Ibidem*, p. 134.

29 *Ibidem*, p. 132.

ao vê-lo como um dos "desejos da história" que teria sido ocultado. Como um "arqueólogo malcomportado", aponta, então, uma lua fálica debaixo das saias de Nossa Senhora da Conceição como evidência desse culto, mostrando um "exame da iconografia da Virgem desde os primeiros séculos da era cristã" como

> [...] apenas uma representação simples do seu sexo à espera do coito, e escutando as imprecações sonoras e movimentadas do pretendente a uma noite de núpcias – essa era a mulher do banquete eucarístico da missa privada a dois, na pintura da catacumba de S. Calixto, era ela o futuro símbolo da igreja cristã. [30]

No entanto, se a questão em pauta sobre as transgressivas "(porno)iconografias" cristãs vai bem mais longe do que pretende este artigo, suficiente é apenas apontar a sua leitura sexual que teria sido "reprimida", e que voltaria, então, como um dos vários "sonambulismos" ou apagamentos históricos ressurgidos de uma nova leitura irreverente de Flávio de Carvalho.

Assim também, poder-se-ia dizer que Gilberto Freyre vai considerar a sugestibilidade iconográfica nos resíduos que sugerem uma dialética de "(des)assombrados" do século XIX. Como "assombramentos" orientais na modernidade urbana ocidental, os limiares transicionais de assombreamentos da casa, da rua e do corpo se podem observar quando esses, protegidos tradicionalmente seja por – telhas, abas, panos ou cabelos –, ora projetam sombras, ora são guarnecidos delas. Portanto contraditoriamente, não só se protegem delas, como também a elas acabam por se abrir. Daí que o "assombramento" se explicaria quando o rosto barbado do homem se transforma à sombra novecentista da casa grande na rua que, através de um telhado, se estende sobre ela com as bordas orientais vira-

30 *Ibidem*, p. 148.

das para o alto como as abas de um chapéu, e projetam a sua sombra (o seu fantasma) no chão, agindo de modo análogo aos pelos no rosto e aos panos no corpo. Por outro lado, os "desassombramentos" equivaleriam, então, aos cortes ingleses, com a vinda da indústria e da urbanidade, que acabam com as sombras, tanto as do rosto, quanto as da casa.[31] Ora, esses (des)assombramentos não significariam menos do que momentâneos esquecimentos da história, que, como clarões e obscurecimentos na memória, ora se deixam ver, ora se escondem: um jogo *chiaroscuro* de um limiar poético entre a casa e a rua, entre o privado e o público na passagem para a urbanização.

31 "Desassombramento através do vidro inglês nas casas e nas carruagens ainda orientalmente revestidas de gelosias e cortinas: as casas de 'grades de xadrez' que a Walsh recordaram as dos turcos. Desassombramentos nas cidades, através de ruas largas como as do Ocidente que as dos becos orientalmente estreitos do Rio de Janeiro, de Salvador, do Recife, de São Luis do Maranhão, de São Paulo, de Olinda, de todos os burgos do País. Desassombramento nas igrejas, através da substituição, pelas senhoras, de capas, mantos, mantilhas ou xales orientalmente espessos, por transparentes véus franceses que não escondessem os encantos do rosto e do peito das iaiás. Desassombramento no rosto dos homens, por meio do corte, com as tesouras e navalhas inglesas de que se encheram as lojas brasileiras na segunda metade do século XIX, dos excessos das barbas chamadas de 'mouros', de 'turcos', de 'nazarenos' barbas ao mesmo tempo orientais e ortodoxalmente patriarcais, que seriam aos poucos substituídas por suíças, peras e *cavaignacs* burgueses ou semi-burgueses. Desassombramentos através de poderosos sistemas de iluminação das ruas, das praças, das casas que substituíssem o azeite de peixe, a vela de sebo, a lanterna oriental de papel, a chamada 'cabeça de alcatrão', pelo lampião de querosene, pelo candeeiro inglês, ou belga, também de querosene, pelo bico de gás. Desassombramentos nos costumes, nas maneiras, nos hábitos, nos gestos, nas relações entre homem e mulher e entre pai e filho." Freyre, Gilberto, *Sobrados e mocambos. Decadência do patriarcado rural e desenvolvimento urbano*, Rio de Janeiro: José Olympio, 1981, p. 430. Citado também em Andrade, Ana Luiza, *Outros perfis de Gilberto Freyre: voltas duras e doces do cotiano do brasileiro*, *Op. cit.*, p. 166.

Acima de tudo, trata-se de um jogo simbólico cuja plasticidade poética de formas relaciona-se ao que Flávio de Carvalho chama de "resíduos de mundos perdidos", "daqueles que só o fundo da alma e uma imensa elaboração poética da natureza podem recordar".[32] Mesmo porque ele declara que a sugestibilidade do resíduo é "sentir a força psicológica acumulada e emanada do resíduo, e com o auxílio do raciocínio compreender a emoção sentida", o que só pode se dar com um tipo de esburacamento da memória: essa ora se apaga e ora se deixa perceber, nas lembranças sempre vazadas por esquecimentos que, como num "sonambulismo histórico", ou na coincidência do momento à sombra das luzes da razão, seria um momento "inconsciente", como o de "todo 'abandonado' pela história e pelo homem [...] excita a imaginação poética do observador..."[33] como na epígrafe deste texto. Pode-se perceber, então, a sugestibilidade poética dos resíduos ou das ruínas em *Os ossos do mundo*, de Flávio de Carvalho, sobrevivendo em Gilberto Freyre tanto na preocupação de ambos com a memória nos "(des)assombramentos" e do corte das barbas como nas "gelosias" descritas por este último, dos conventos e das casas velhas, e o encanto mouro dos "entre-lugares" que elas suscitavam. Hoje, teriam equivalência nos modernos *cobogós*:[34] elementos vazados de construção arquitetônica, de inspiração moura.

---

32 Carvalho, Flávio, "As ruínas do mundo", In: *Idem*, *Os ossos do mundo*, *Op. cit.*, p. 57.

33 *Ibidem*, p. 58.

34 Originalmente de concreto ou cerâmica, hoje em dia também de vidro, o cobogó segue o mesmo princípio dos modernos *brises* de aço ou antigos elementos de madeira da arquitetura moura: solução para o fechamento de estruturas que, por serem vazados, permitem passagem de luz e ventilação. A palavra é inventada no nordeste e composta das iniciais dos sobrenomes Coimbra, Boeckmann e Góis (nomes dos engenheiros que iniciaram o uso desse tipo de elemento vazado, em Pernambuco, nos anos 1930. Ver: "Combogó". *Dicionário Caldas Aulete* (*online*). Disponível em: http://www.aulete.com.br/.

No entanto, o sonambulismo histórico de Flávio de Carvalho vai bem mais longe no pensamento pré-lógico[35] do ser humano primitivo, alcançando tempos remotos e até míticos da genealogia humana. Assim como os vestígios de um "sorriso romano", por exemplo, que se desperta no visitante à Vila Júlia, cuja "qualidade arquitetônica" e "expressão estética" seriam "sentidas por um processo de associação de ideias" em uma "encruzilhada filogênica", ou seja, advinda das "camadas filogenéticas do inconsciente coletivo", Flávio de Carvalho busca retraçar os rastros humanos ancestrais e detectar momentos que se marcam por gestos proto-históricos, hoje considerados triviais, mas que seriam enfocados como determinantes de passagens em *Os gatos de Roma/ Notas para a reconstrução de um mundo perdido*. Aí ele se refere àquilo "que desapareceu sem traços e que não surge no sonambulismo, deixou de fazer parte essencial do organismo da História, não oferecendo a estrutura de uma encruzilhada".[36] Assim, vai-se desenhando uma cartografia imaginária, que lembra a de um inconsciente proto-histórico ou uma proto-história *in absentia*, aquela que nunca chegou a ser escrita, e que ressurge agora, dividida em "fases" que, contraditoriamente análogas às fases das idades históricas conhecidas, vão à sua contracorrente; fases em que, nos "limiares" entre uma e outra, apresentam, de certa maneira, alguma semelhança aos "assombreados" de Freyre...

Marcas poéticas liminares

Nessa cartografia, inusitada não só pela sua concepção poética, mas por imaginária e sensível, e de firmes bases em leituras

35 Boas, Franz, "As associações emocionais dos primitivos". In: *Idem*, *Mente do ser humano primitivo*, Tradução de Gentil A. Titton. São Paulo: Vozes, 2010, p. 97.

36 Carvalho, Flávio de Rezende, *Os gatos de Roma / Notas para a reconstrução de um mundo perdido*, *Op. cit.*

da época, detecta-se, por exemplo, no primeiro gaguejo a primeira dissimulação, gênese do teatro humano. Antes disso, porém, nesse primeiro momento, a *grosso modo*, destacam-se, bem antes de caracterizar os temperamentos "ciclotímico" e "esquizotímico" do pré-humano em função das paisagens respectivas, o limiar do Gótico, correspondendo esse ao tipo nórdico alto, e o do Barroco,[37] ao tipo mediterrâneo mais baixo. Flávio de Carvalho encontraria, nas profundezas dessa espécie de "involução humana", por entre as camadas filogênicas perdidas do inconsciente coletivo, sentimentos deflagradores de novas fases "liminares", tais como quando o pré-homem se despertaria para o ódio e o medo. Em outra fase, rastros "indefinidos", que apenas esboçam um rosto pré-humano, e portanto ainda em sua infância, se nomeiam poeticamente, por títulos em maiúscula, como o do Soluço como gênese da Grande Tristeza,[38] o do Bailado do Silêncio e o do Sorriso. Assim, a floresta seria o berço das primeiras forças afetivas do homem, como se poderia ler

37 Similarmente Gilberto Freyre observa, citando Konrad Guenther, que as "Técnicas europeias de ordenação da natureza experimentadas e algumas bem-sucedidas nos espaços boreais ou temperados, caracterizados por florestas – 'góticas', enquanto as tropicais apresentam-se como 'barrocas': monumentais, em estrutura e, ao mesmo tempo com uma distribuição de detalhes, da base ao cimo, semelhante a mosaicos, vária, diversa, desigual. Variedade em vez de simetria." Freyre, Gilberto, "Selva e cultura: o método luso-católico da civilização da América tropical contrastado com o nórdico protestante e aproximado do espanhol". In: *Idem*, *O brasileiro entre outros hispanos. Afinidades, contrastes e possíveis futuros nas suas inter-relações*. Rio de Janeiro: INML; Brasília: MEC, 1975, p. 27-28.

38 Carvalho, Flávio de Rezende. *Os gatos de Roma / Notas para a reconstrução de um mundo perdido*, *Op. cit.* Seria bom lembrar aqui que em "Limiar", prefácio desse livro, Raúl Antelo menciona o possível ensaio para novas formas de percepção corporal. Antelo, Raúl. "Limiar". In: *Ibidem*, p. 13-16.

com Frazer,[39] e nelas estariam as raízes telúricas do temperamento, formadores dos biotipos como o pré-homem gótico e o barroco, fazendo-se, assim, a ligação entre o tipo humano e a paisagem.[40]

Gilberto Freyre, por sua vez, em texto mencionado por Antonio Cândido[41] ao qual inclusive caberia o título de "texto-colagem" formado de palavras - em *Perfil de Euclides e outros perfis* - muito semelhantemente aos biotipos de Carvalho, encontra nas figuras, tipos contrastantes com uma paisagem do sertão: ao destacar a "falta de carnes" das figuras magras nesse ambiente árido, mostra, ao invés de rebaixá-las, a sua tendência ao alongamento engrandecedor do monumento. Assim, nelas descobre que a ossatura do sertanejo vulgar e até a do caboclo desconhecido, em "linhas terrivelmente esculturais" faz com que "a resistência ao sol, à coragem, à dor, à doença ou simplesmente à fome os alongue em figuras de grandes de Espanha".[42] Do mesmo modo, a secura geometrizante da

39 Cito Larissa Costa da Mata em seu estudo preliminar: "A floresta do mundo perdido consiste no momento arcaico de nascimento do culto mas também na instância em que as formas vegetais, vivas, se ramificam e se transformam em templos, construídos por troncos, que ressurgem nas cidades com o apelo telúrico das estéticas do gótico e do barroco". Mata, Larissa Costa da, "Introdução". In: Carvalho, Flávio de Rezende. *Os gatos de Roma / Notas para a reconstrução de um mundo perdido, Op. cit.* Em "A floresta e o Gótico", parte da mesma série, Carvalho define o gótico como uma "reversão filogênica dos antigos santuários". Consultar: Frazer, James, *O ramo de ouro*. Rio de Janeiro: Zahar Editores, 1982.

40 Esse também é ponto comum entre Flávio de Carvalho e Gilberto Freyre. Freyre, em *Perfil de Euclides e outros perfis* (Rio de Janeiro: José Olympio, 1944) participa da angulosidade geométrica do perfil de Euclides traçado por Portinari.

41 Candido, Antonio, "Um crítico fortuito mas válido". In: *Idem*, *Recortes*. São Paulo: Companhia das Letras, 1993, p. 85.

42 Andrade, Ana Luiza. *Outros perfis de Gilberto Freyre: voltas duras e dóceis ao cotidiano dos brasileiros*, *Op. cit.*, p. 72-73.

paisagem sertaneja acompanha o perfil de Euclides, como se fora o de um homem colado à paisagem. Aqui me parece a propósito destacar que, ao contrário de Flávio de Carvalho, que busca os "desejos inconscientes" históricos numa iconografia cristã sexualizada, Gilberto Freyre complementa ou estende as figuras que desenha em seu texto com seu desejo próprio de engrandecê-las. De outro modo, acrescenta-se aqui que em *Nordeste*, Gilberto Freyre chega, analogamente a Flávio de Carvalho, a sexualizar a paisagem nordestina, associando o fértil do massapê e do agreste, patriarcalmente, à "doçura do massapê", ao feminino fértil da terra, despertando um "efêmero prazer" no "gordo, o arredondado, o farto, o satisfeito, o mole das formas; seus macios como que de carne; o pegajento da terra" e, ao contrário, identificando o duro do agreste correspondente à secura masculina. Crítico da situação colonial, Freyre associa essas disparidades, estendendo-as ao choque violento entre culturas: a do litoral modernizado, urbanizado, europeizado, e a arcaica e parada dos sertões.[43]

Mas também é preciso mencionar que, à irreverência de Flávio de Carvalho, ao se referir às iconografias cristãs virginais, corresponderia, analogamente, a de Gilberto Freyre, tanto ao tratar da iniciação sexual dos meninos de engenho da casa grande[44] como ao mencionar as imagens de santos nus e, inclusive, a de um Cristo negro.[45] E, ainda, para além disso, assim como Flávio de Carvalho

43 *Ibidem*, p. 73.

44 Ventura, Roberto. "Gilberto: sexo na senzala". Conferência disponível em: http://www. euclidesdacunha/org/Ventura/2000.htlm. Acesso em: 15 maio 2017.

45 Freyre descreve então o que chama de "nu casto" ao se referir às imagens dos santos da Igreja: "são –sebastiões ou são-cristóvãos quase nus, ou das Nossas Senhoras, mães nuas da cintura para cima, com o menino-jesus e às vezes com o próprio Jesus adulto, inteiramente ou quase inteiramente nú, dentro da tendência de cada povo para recriar Jesus [...] segundo o

antecipa o importante papel de uma cultura feminina no século XX e XXI fazendo ressurgir o "desejo feminino" na iconografia cristã, Gilberto Freyre cita como fontes de seus ensaios o ponto de vista feminino de muitas mulheres viajantes, sem mencionar a questão das transformações das modas femininas às quais ambos deram muito espaço nos livros e jornais em que escreveram.[46]

No entanto, volta-se, ainda uma vez mais, com Benjamin, à série de Flávio de Carvalho "reconstrutiva" das notas, em seu inédito caminho a contrapelo da história, e não somente de uma história progressista, mas também e principalmente, a contrapelo da história enquanto registro do passado. Esse movimento o faz inusitadamente retroceder do presente ao passado pré-lógico, nesse mergulho da memória cada vez mais para dentro de um inconsciente coletivo, ou do que ele mesmo chama de "sonambulismo da História". Retrocedendo com ele, inclusive, em passos "perdidos", paradoxalmente, num mundo que se quer reencontrar, lê-se as divisões em "fases" que parecem, inclusive, submergir num mapa saudoso de uma ancestralidade primitiva abandonada. Nessa cartografia ancestral e singularmente poética, há títulos que reaparecem depois de mencioná-los uma primeira vez, como que assinalando o momento ou a fase da memória anterior ao "perigo" que a ameaçava: antes da fase detonadora do Primeiro Soluço, há a ruptura do Bailado do Silêncio, uma fase pré-natal do ser humano que se torna "tão importante para o seu futuro quanto a Descida da Árvore". Percebe-se que,

tipo étnico de cada povo neo-cristão". Freyre, Gilberto, *Arte, ciência e trópico*, *Op. cit.*, p. 117. Menciona então a imagem do Cristo negro na peça de teatro de Ariano Suassuna em *O auto da Compadecida*.

46 Ver em Freyre, Gilberto, *Modos de homem & modas de mulher* Apresentação Mary del Priore Biobibliografia de Edson Nery da Fonseca (São Paulo: Global, 2009) e em Carvalho, Flávio de Rezende, artigo "A Moda e o Novo Homem: a grande imaginação do limite, vagando pela rua", publicado no *Diário de S. Paulo*, São Paulo, 4 de mar. 1956.

através dessas marcas poéticas, o narrador encontra memórias "de afeto" as quais, evidentemente, seriam completamente desconsideradas pelos registros racionais de uma historiografia caracterizada pelos eventos, pelas datas precisas, e pelas ações humanas. Mas nem por isso se trata de um mapa menos rigoroso, muito pelo contrário. Só que seu rigor tem mais a ver com um modo de dar lugar aos afetos e de fazer uso deles. Em "Inibição, sintoma e angústia", Freud mostra a sua dívida para com Darwin ao recordar que esse lhe ensinara que a expressão das emoções "consiste em ações que originalmente possuíam um significado e serviam a uma finalidade".[47] As palavras de Freud sobre os estados afetivos pressupõem a atuação de repressões primitivas mais antigas e se ligam a esse contexto:

> Os estados afetivos têm-se incorporado na mente como precipitados de experiências traumáticas primevas, e quando ocorre uma situação semelhante são revividos como símbolos mnêmicos. [...] No homem e nos animais superiores pareceria que o ato do nascimento, como a primeira experiência de ansiedade no indivíduo, imprimiu ao afeto de ansiedade certas formas características de expressão. Mas embora reconhecendo esta situação não devemos dar-lhe ênfase indevida nem desprezar o fato de que a necessidade biológica exige que uma situação de perigo deva ter um símbolo afetivo, de modo que um símbolo desta espécie teria em qualquer caso de ser criado.[48]

Inclusive, Freud já havia afirmado que "todo afeto... é apenas uma reminiscência de um fato". Sobretudo, a ligação com Darwin é

---

47 Freud, Sigmund, "Inibições, sintomas e ansiedade" (1926[1925]). In: *Idem*, *Edição standard brasileira das obras psicológicas completas.* Com os comentários e notas de James Strachey. Direção Jayme Salomão. Rio de Janeiro: Imago, 1969, p. 81-169, vol. XX.

48 *Ibidem*, p. 97.

significativa quando se pensa que uma "descida da árvore" seria a referência ao momento em que o homem primevo se torna bípede, ou *homo erectus*, de acordo com a evolução darwiniana. Em *O mal-estar na civilização* Freud vai se referir a isso:

> No começo do decisivo processo de civilização estaria, portanto, a adoção da postura ereta pelo homem. O encadeamento parte daí, através da depreciação dos estímulos olfativos e do isolamento da menstruação, até a preponderância dos estímulos visuais, a visibilidade que obtêm os órgãos genitais, chegando à continuidade da excitação sexual, à fundação da família, e com isso ao limiar da cultura humana. [49]

Esse limiar da cultura humana é coincidente ao de Flávio de Carvalho, principalmente ao se referir ao *homo erectus*. Não surpreende, pois, encontrar, em contraposição a essa postura do *homo erectus* à qual se refere Flávio de Carvalho, os questionamentos sobre os hábitos de uma civilização moderna de "homens sentados" em Gilberto Freyre... Em *Sociologia da medicina*, Gilberto Freyre mostra essa postura dos humanos em todos os âmbitos e na maior parte de sua vida cotidiana: em estudos, em trabalhos de escritório,

> [...] de oficina, de fábrica, de banco, de estabelecimentos comerciais e industriais. Sentados em tratores nos campos. Sentados na direção de arados, de caterpillars, de outras máquinas agrárias e de várias, urbanas. Sentados na direção de automóveis, de aviões, de lanchas, de caminhões, bem como de locomotivas. [50]

49 *Idem*, *O mal-estar na civilização*. Tradução de Paulo César de Souza. São Paulo: Penguin Classics; Companhia das Letras, 2011, nota 14, p. 44.

50 Freyre, Gilberto, *Sociologia da medicina*. Brasília: Universidade de Brasília, 2004, p. 222-223.

A lista é longa, ocupando uma página inteira, e terminando em: "Sentados na cadeira do dentista, na cadeira do barbeiro, na do cabelereiro, na de engraxate, no banco dos réus e até – não é frequente mas acontece – em cadeira elétrica para cumprir sentença de morte."[51] Freyre tem aí uma justificativa prática para a urgente mudança de hábitos do *homo sapiens* deste século.

Freud reitera sintomaticamente sobre a postura ereta, anterior ao *homo sapiens* ao qual se refere Flávio de Carvalho: a "adoção de uma postura ereta; isso tornou seus órgãos genitais, anteriormente ocultos, visíveis e necessitados de proteção, provocando deste modo sentimentos de vergonha nele."[52] Portanto, assim como a vergonha seria uma reação à falta de proteção do corpo, também os outros afetos mencionados por Flávio de Carvalho se relacionam, numa sequência de acontecimentos: o momento de choro pré-natal, anterior ao do sentimento do medo, já se insinua num outro, o do Ódio, em que o pré-humano busca libertar-se de uma situação constrangedora e caótica para, em seguida, entrar numa outra, em que a dança se define por outro ritmo. O pré-homem de Flávio de Carvalho parece ser esboçado por gestos preparatórios do *homo erectus* cujo singular e poético bailado, antes do nascimento do *homo sapiens*, momento em que forças interiores se debateriam com as exteriores, deflagra um drama em sua própria defesa que se faz como a de seu rival, um momento de confronto consigo mesmo em que a máscara (des) protege, como se pode deduzir de sua descrição:

> O antepassado, em estado crepuscular, exibia a sua dignidade de imbecil e o seu atraso mental em circunvoluções estereotipadas, trágicas pelo seu silêncio e angustiosas pela

---

51 *Ibidem*, p. 223.

52 Freud, Sigmund, *O mal-estar na civilização*, *Op. cit.*, p. 44-45.

> ausência de destino e pelo caráter local, sem futuro. Era uma atitude que continha toda a burrice do nacionalismo.
>
> Podemos visualizar um momento de transição no qual o antepassado chorava, soluçando com o derrame de lágrimas, e esperneava como uma criança para sair do movimento circular que o prendia, magicamente, antes de penetrar no soluço rítmico e na marcha. O Bailado do Silêncio só poderia ter sido executado antes do advento do soluço e antes do homem se tornar lacrimejante. Parece que o soluço está ligado ao derrame de lágrimas, e esta ligação se processa em virtude de ser o soluço uma simulação para a defesa, uma máscara que descobre uma timidez e, em tese, o derramamento de lágrimas tem como finalidade antiga conservar limpo o globo ocular durante uma fase de luta e desespero, também para fins de defesa.[53]

Flávio de Carvalho liga, então, o momento antepassado do Bailado do Silêncio a uma transição temporal ou a um limiar espacial de um dramático nascimento, e esse estado liminar do ser humano primitivo, liga-se ao Soluço antes do "derramamento de lágrimas", que seria equivalente ao estado pré-cultural. Esse derramamento se torna, então, a causa de uma emoção muito forte, que tem também a utilidade de "conservar limpo o globo ocular", um fato que parece ter uma finalidade precisa, uma explicação evolucionista darwiniana dentro das reminiscências carvalhianas.

Flávio de Carvalho divisa "novas" encruzilhadas de fases filogenéticas, em que a memória ressurge "em virtude da força estereotipada do arranjo rítmico" como uma reminiscência desses fatos, tanto no homem como nos animais, o que se faz notar nas marcas dos animais. Ele traz analogias entre as marcas dos animais, tais

53 Carvalho, Flávio de Rezende. *Os gatos de Roma / Notas para a reconstrução de um mundo perdido*, *Op. cit.*, p. 97-98.

como as listas das zebras, as onças pintadas e as manchas dos tigres, e a falta delas nos homens ancestrais, ao detectá-las como residuais de um ritmo, de crimes e de uma camuflagem natural. Portanto, esses vestígios também são advindos da reminiscência dos fatos, "memórias que ressurgem em virtude da força estereotipada do arranjo rítmico", e acabariam por servir ao "homem nu" como uma coberta de simulação, como uma primeira roupagem de que se utilizava para proteger-se em defesa dos outros animais na sua luta disfarçada contra a natureza.

Esses mimetismos do pré-homem de Flávio de Carvalho evocam os de Roger Caillois, que não por acaso era seu amigo, e com quem trocava muitas ideias.[54] Quando Caillois alude às *homocromias* defensivas e ofensivas de insetos e de outros animais, ele traz, também, a possibilidade de uma mimetização espacial paisagística, que atuaria em conjunto com o modo de mascaramento dos animais na natureza.[55] É, no mínimo interessante que Flávio de Carvalho, ao mostrar essa fase de simulação do pré-homem na luta contra a natureza, em que ele como que veste a camuflagem da natureza para dela se defender, a faça coincidente à fase do gaguejo,[56] antes da lin-

54 Cito: "Já o intelectual francês Roger Caillois, em *O mito e o homem* (1938), concentra-se no mimetismo dos insetos em uma perspectiva não-evolucionista, que admite o fenômeno da mescla entre o corpo e o meio como um dos sintomas da esquizofrenia. O autor percebe na existência de cada ser vivo a ampliação dos limites corporais por meio das lembranças e do raciocínio, de modo que o ser que imagina se situe para além do espaço. Ao aniquilar margens supostamente tão definidas quanto as que delineiam o orgânico e o inorgânico, o mimetismo cruza, igualmente, os domínios da realidade e da imaginação, tornando flexível a definição do objeto literário". Mata, Larissa Costa da, "Introdução". In: Carvalho, Flávio de Rezende. *Os gatos de Roma / Notas para a reconstrução de um mundo perdido*, *Op. cit.*, p. 22.

55 Caillois, Roger, "Mimetismo e psicastenia lendária", *Op. cit.*

56 Interessante acrescentar que as "blocagens clônicas do gaguejo, que nos

guagem, e, principalmente, faz com que ela seja apontada como a que daria origem à fase de dissimulação do ser humano, a qual traz a gênese do teatro humano. Isso porque essa gênese parece carregar consigo uma aprendizagem dramática que, na geração da linguagem cultural, implica uma poética preparatória para o próprio nascimento das artes cenográficas, plásticas, musicais etc. Por outro lado, ela não deixa de evocar, de certo modo, a memória poética das formas plásticas de Gilberto Freyre ao "geometrizar" suas figuras euclidianas, como mencionado, em perfis alongados, como que explicitando o desejo de uma marca que os tornasse monumentos na memória, ou mesmo quando evoca as formas sexualizadas da paisagem nordestina.

Neste primeiro esboço de leitura que busca comparar dois escritores tão diferentes, com perfis tão dessemelhantes, de regiões e contextos culturais diametralmente opostos, parece até surpreendente encontrar traços poéticos análogos, ressurgentes de apenas alguns recortes advindos de seus escritos. Seria, então, importante destacar entre as diferenças mais óbvias, que Flávio de Carvalho vai questionar as sombras inconscientes de um "sonambulismo histórico" anterior ao homem como o conhecemos, enquanto Gilberto Freyre se concentra num período histórico específico, o do fim do século XIX. Percebe-se, no entanto, que a padronização industrial, que traz tanto o corte da palavra pela imprensa como a exigência da informação reduzida (a restrição a datas, nomes, fatos), se torna um claro indicador de uma repressão do modo antigo de narrar.[57]

persuadem de que é por essa via que o homem tem acesso à cultura." Explicação de Raúl Antelo no seu "Limiar", que aclara a função do gaguejo como pré-linguagem. Antelo, Raúl, "Limiar". In: Carvalho, Flávio de Rezende, *Os gatos de Roma / Notas para a reconstrução de um mundo perdido*, *Op. cit.*

57 Benjamin, Walter. "O narrador oral. Considerações sobre Nikolai Leskov". In: *Idem*, *Magia e técnica. Arte e política*. Tradução de Sérgio

Essa repressão se impõe modernamente, em função da tradição racionalista que se marca, cada vez mais, com as tendências científicas nas disciplinas humanísticas, já apontada no início deste texto. Se ambos os escritores aqui contemplados escreveram muitas crônicas de jornal, nisso eles também se contradizem quanto àquilo que lhes é muito consciente, ao exercerem a crítica a uma tendência industrial que padroniza, que reduz tudo em todos os âmbitos da vida a modismos e confecções mercadológicas. E esse é um fato que apenas vem confirmar-se através de uma poética do não-acabado que em ambos ressurge nas suas claras tendências memorialistas ao registrar a sugestibilidade residual que aqui se procurou delinear, e que se proliferaria tanto em um quanto no outro, na riqueza poética de seus sonambulismos intermináveis. Daí Flávio Carvalho deixar sempre, como Gilberto Freyre certamente o faria, a pergunta:

> Por que enfim, a memória angustiosa retém somente as passagens inacabadas da vida jogando sobre o campo dos mortos os episódios vencidos, conquistados e dominados? Por que, nos momentos de sonho e da vigia melancólica, vemos no caleidoscópio que passa objetos e seres que nunca apalpamos e cujas existências só foram sentidas num relance longínquo; uma vela, uma mulher com vestido de gala, uma flor, uma saia atrás de uma grade, uma cortina que abre, e tanto mais que passa e desaparece e deixa no meditador a sensação de que ele realmente perdeu alguma coisa e que esta coisa jamais cruzará o seu caminho.[58]

Paulo Rouanet. Prefácio de Jeanne Marie Gagnebin. São Paulo: Brasiliense, 1994, p. 197-221, Obras escolhidas, vol. I.

58 Carvalho, Flávio de Rezende. *Os ossos do mundo*, *Op. cit.*, p. 69.

Arquitetura, performance e totemismo

José Tavares Correia de Lira

Figura inquieta na história do modernismo brasileiro, Flávio de Carvalho (1899-1973) vem sendo objeto de um número razoável de leituras ao longo dos anos.[1] Mas se tais esforços vêm de fato contribuindo para o conhecimento de aspectos centrais de sua obra, eles têm frequentemente se deixado enredar pelas armadilhas biográficas expressas nas alcunhas recorrentes do personagem, esse "artista total", "performático precoce", "comedor de emoções" ou "revolucionário romântico". Se, por outro lado, a leva mais recente

1 Daher, Luiz Carlos, *Arquitetura e expressionismo: notas sobre a estética do projeto expressionista, o modernismo e Flávio de Carvalho*. Dissertação (mestrado) - Faculdade de Arquitetura e Urbanismo - Universidade de São Paulo, São Paulo, 1979; *Idem*, *Flávio de Carvalho e a volúpia da forma*. São Paulo: Ed. K, 1984; Leite, Rui Moreira e Walter Zanini, *FLÁVIO de Carvalho*. Curadoria de Walter Zanini e Rui Moreira Leite. 17. Bienal de São Paulo. São Paulo: Maria Otília Bocchini, 1983; Sangirardi Jr, *Flávio de Carvalho, o revolucionário romântico*. Rio de Janeiro: Philobiblion, 1985; Moraes, Antonio Carlos Robert, *Flávio de Carvalho: o performático precoce*. São Paulo: Brasiliense, 1986; Toledo, J., *Flávio de Carvalho: o comedor de emoções*. São Paulo: Brasiliense; Campinas: UNICAMP, 1994.

de trabalhos monográficos a seu respeito vem de certo modo permitindo distinguir sua vida de sua obra, não é de espantar que, no mais das vezes, eles não o tenham feito senão pelo isolamento de tal ou qual universo de sua produção, artes visuais, teatro, moda, arquitetura ou outros,[2] o que, salvo engano, parece-me um dos maiores obstáculos à compreensão de aspectos centrais em seu trabalho, entre os quais a imbricação das linguagens em uma prática peculiar de elaboração – ou sacrifício – de si por meio da arte.

Algumas das leituras mais promissoras a respeito de Flávio de Carvalho, a meu ver, vem brotando do foco em um dos aspectos especialmente reveladores de sua complexa atividade: as experiências performáticas, e especialmente a "Experiência número 2", de 1931, e a "Experiência número 3", empreendida pela primeira vez em 1956.[3] Rapidamente: em 7 de junho de 1931, Flávio marchara

2 Leite, Rui Moreira, *Flávio de Carvalho (1899-1973): entre a experiência e a experimentação*. Tese (doutorado). Escola de Comunicação e Artes, Universidade de São Paulo, 1994. 2 v.; Ishida, Américo, *Desenho, desejo e desígnio na arquitetura de Flávio de Carvalho*. Dissertação (mestrado). – Faculdade de Arquitetura e Urbanismo – Universidade de São Paulo, São Paulo, 1995; Freitas, Valeska, *A dialética da moda: a máquina experimental de Flávio de Carvalho*. Dissertação (mestrado) – Centro de Comunicação e Expressão – Universidade Federal de Santa Catarina, Florianópolis, 1997; Osório, Luiz Camillo, *Flávio de Carvalho*. São Paulo, Cosac & Naify, 2000; Golino, William, *História d'"O bailado do deus Morto": uma radical modernização do teatro no Brasil*. Dissertação (mestrado) – Faculdade de Letras – Universidade Federal de Minas Gerais, Belo Horizonte, 2002; Rossetti, Carolina Pierotti, *Flávio de Carvalho: questões de arquitetura e urbanismo*. Dissertação (mestrado). Escola de Engenharia de São Carlos / Faculdade de Arquitetura e Urbanismo, Universidade de São Paulo, São Carlos, 2007; Vasques, Marco Anselmo, *Ideias e práticas teatrais de Flávio de Carvalho*. Dissertação (mestrado). Centro de Artes – Universidade do Estado de Santa Catarina. Florianópolis, 2014.

3 Oliveira, Simone Aparecida de, *A poética radical no modernismo brasileiro: a "Experiência nº 2" de Flávio de Carvalho*. Dissertação (mestra-

na contramão e com boné na cabeça em uma procissão de *Corpus Christi* no centro de São Paulo, em atitude deliberada de provocação dos limites morais e emocionais da massa católica de fiéis a seu redor; em 18 de outubro de 1956, por outro lado, ele mais uma vez desfilara pelas ruas do centro paulistano, agora vestindo inusual traje masculino, que ele chamou de "*New Look* de Verão". Ambas as experiências foram fortemente midiatizadas e geraram escândalo. A primeira, à qual ele se engajara de supetão, indignou as autoridades policiais e a imprensa local, sendo incorporada, três meses depois, como parte de um trabalho maior de reflexão acerca da psicologia das massas, no livro *Experiência n. 2, realizada sobre uma procissão de Corpus-Christi; uma possível teoria e uma experiência*.[4] A segunda experiência mereceu, por sua vez, uma preparação cuidadosa por parte do artista, que organizou entrevistas e notas prévias na imprensa, produziu *sketches* descritivos, panfletos e provas públicas de figurino, e mobilizou o apoio de intelectuais, jornalistas e atrizes, assegurando-lhe gigantesca cobertura do evento, inclusive na televisão, que acabara de se implantar no país.

Apesar de aparentemente circunscritas a uma área de atuação do artista, tais experiências me parecem iluminar uma das práticas mais emblemáticas dos procedimentos que ele viria a adotar em boa parte de sua obra. Não apenas nessas e em outras "*performances*"

---

do). Departamento de História - Pontifícia Universidade Católica de São Paulo (PUC-SP), São Paulo, 2008; Maia, Ana Maria, *Da contemporaneidade de Flávio de Carvalho: revisão bibliográfica dos principais estudos sobre o artista de 1979 a 2010*. Dissertação (mestrado). Faculdades Santa Marcelina, São Paulo, 2012; Jacques, Paola Berenstein, *Elogio aos errantes*. 2. ed. Salvador: UFBA, 2014; Stigger, Veronica, "Flávio de Carvalho: arqueologia e contemporaneidade". *Celeuma*, São Paulo, nº 4, maio 2014, p. 44-56.

4 Carvalho, Flávio Rezende de, *Experiência n. 2, realizada sobre uma procissão de Corpus-Christi; uma possível teoria e uma experiência*. São Paulo: Irmãos Ferraz, 1931.

avant-la-lettre, ou em outras artes performáticas como a dança, o teatro, a cenografia e o figurino, mas de modo ao mesmo tempo sutil e contundente em sua produção de arquitetura, urbanismo, desenho, pintura, escultura, escrito, para não falar da produção de sua própria personalidade e biografia, de seu corpo e vida privada, em sentido transgressivo. Prática e procedimentos que atualizam uma tensão recorrente em seu trabalho entre o planejado e o imponderável, o corpo e o dispositivo, o evento e sua propagação.

A casa como dispositivo performático

É sugestiva a este respeito a imagem que ilustra a capa de um pequeno portfólio pessoal de seus projetos arquitetônicos realizados entre 1927 e 1929. Nela, o artista incluiu a imagem em perspectiva de uma robusta viga de aço amarela, sustentando uma laje de concreto branca, na qual se apoiam como que dois braços mecânicos de coloração esverdeada. Um deles, uma espécie de chave-de-fenda, produz uma torção na armadura metálica da laje; o outro, como que um busto em pedra ou uma luva de pugilista, reclina-se sobre um livro, talvez um manual de arquitetura, tendo um compasso espetado em sua base. O conjunto repousa sobre um escalímetro e uma pilha de plantas, e apresenta a seu lado a inscrição: "A matéria obedece ao raciocínio". A imagem, uma espécie de dissecação da atividade projetual, toda ela fala de tensões, entre o intelectual e o material, o gráfico e o construtivo, a tradição erudita e a força mecânica, a construção lógica e as operações da mão, o próprio lema acentuando uma aposta ali no primado da intervenção subjetiva na realidade.

Ainda que costumasse apresentar-se como arquiteto, Flávio de Carvalho não foi dos arquitetos mais prolíficos, raros tendo sido seus projetos que viriam a ser edificados. Em quase todos eles, porém, construídos ou não, uma dimensão performática se sobressai, como se para além de sua materialização estivessem em jogo os efeitos políticos e estéticos que projetavam em seu tempo. Não por acaso, a participação recorrente em concursos, como do Palácio do Governo de São Paulo, da Embaixada Argentina no Rio de Janeiro, do Farol de Colombo em São Domingos, da Universidade de Minas Gerais, do Palácio do Congresso e do Paço Municipal ambos em São Paulo, todos amplamente publicizados e comentados.

A casa que projetou e construiu para si na fazenda Capuava, em Valinhos, próximo a Campinas, nos anos 1930, é efetivamente dos projetos mais eloquentes a este respeito.[5] Frequentemente descrita nas observações, crônicas e mitos que a cercam como domínio livre de convenções, uma região de excessos e práticas desviantes, a casa desse solteirão convicto pode, efetivamente, ser compreendida como arena ideal ao exercício de certas formas de domesticidade pouco usuais, avessas à família nuclear, monogâmica, estável e moralizada, ou antes, como espécie de laboratório, senão uma máquina totêmica pensada para promover o erotismo coletivo. Não por acaso, no começo dos anos 1930, enquanto construía sua casa, Flávio de Carvalho se dedicou a escrever um livro acerca do *Mecanismo da emoção amorosa*.[6] Nele, tratava de investigar precisamente o mundo dos desejos, sentimentos e instintos humanos, especialmente aqueles tidos como imorais, de tabus como o incesto e o adultério, das ansiedades sexuais e amorosas, assim como das lutas cíclicas entre homens e mulheres, seja no matriarcado, seja no patriarcado, nas estruturas de clã e de família, monogâmicas ou poligâmicas. Não deixa de ser interessante perceber que apesar de reconhecer o ca-

5 Lira, José Tavares Correia de, "Modernismo, erotismo e domesticidade masculina: a casa Capuava de Flávio de Carvalho". In: *Idem*, *et. all.* (Orgs.). *Domesticidade, gênero e cultura material*. São Paulo, USP/ CPC, 2017, p. 283-312.

6 Carvalho, Flávio de Rezende, *Mecanismo da emoção amorosa*. Dadiloscrito inédito (1934-c 1952).

ráter tumultuoso das emoções, recusando suas formas pacificadas pela moralidade cristã, Flávio de Carvalho postularia a existência de um mecanismo, ao mesmo tempo capaz de governá-las e de ser psicológica e antropologicamente estabelecido.

Inaugurada em 1938, a casa logo se tornou a residência principal do arquiteto, e sua plataforma de encenação sócio-erótica: "suntuosa, lúbrica e dramática", "misto de templo e aeronave", apesar de ser uma casa de fazenda que de modo algum poderia ser descrita como um refúgio onde se lamentar "a simplicidade e ingenuidade perdidas".[7] Concebida, habitada e animada por um artista de vanguarda cuja atividade foi permeada por forte engajamento modernista, especialmente antropofágico, e um elevado princípio de prazer, a casa seria inteiramente devotada à arte de viver, à sensibilidade, ao banquete e à festa. O próprio Flávio de Carvalho enfatizou essa virtude poética do projeto: "A concepção de toda a casa é um produto puro da imaginação, tentando criar uma maneira ideal de viver."[8]

O partido básico da casa, apesar de fortemente iconográfico e perfeitamente simétrico como de praxe em seus projetos, não se adequa facilmente às classificações disponíveis – modernista, clássica, funcional ou expressionista etc. Não tanto devido a suas evidentes referências a distintas épocas, imaginários ou civilizações, mas pela maneira como o faz sem se render a estilizações, mas combinando alusões arcaicas a soluções correntes, incomuns, excêntricas.

De fato, a casa inteira é marcada pelos generosos espaços de hospitalidade e convívio: além do salão principal, amplos terraços e pátios laterais, seis quartos nas alas que se desenvolvem nos fun-

7 Daher, Luiz Carlos, *Flávio de Carvalho e a volúpia da forma*, *Op. cit.*, p. 153; Osório, Luiz Camillo, *Flávio de Carvalho*, *Op. cit.*, p. 29; Ishida, Américo, *Desenho, desejo e desígnio na arquitetura de Flávio de Carvalho*, *Op. cit.*, p. 6.

8 Carneiro, Dulce, "A casa de Flávio de Carvalho", *Casa & Jardim*, São Paulo, nº 40, jan.-fev. 1958.

dos, e outras três salas em suas extremidades, entre as quais uma biblioteca, que logo se tornaria seu ateliê, e uma idiossincrática "sala ancestral", espécie de sacristia edipiana, cenicamente decorada com a solene mobília da família, objetos pessoais de sua mãe e retratos de ancestrais nas paredes. Salas e quartos interconectam-se por corredores e desvãos labirínticos, típicos dos interiores libertinos, propícios às encenações e surpresas, permitindo variadas configurações e atmosferas dramáticas e, claro, fuga direta para o exterior.

A peça mais espaçosa e animada é sem dúvida o imenso salão trapezoidal, com seus dezesseis metros e meio de profundidade, sete e meio de largura e oito de altura. Sem quaisquer partições internas e decorado de maneira a acentuar um clima de descontração, o ambiente funciona ao mesmo tempo como sala de estar e de jantar, além de um espaço para apresentações no mezanino suspenso sobre a mesa de refeições. No teto, um rasgo longitudinal de cerca de um metro de largura, revestido de alumínio, era iluminado por lâmpadas de tons diversos que acendiam em grupos, produzindo reflexos sobre a superfície radiante e a cortina em faixas de tecido que recobria a imensa porta principal, segundo Flávio de Carvalho, dançando "para dentro e para fora com o vento e o ritmo eventual da música."[9]

A ambientação interna naturalmente modificou-se ao longo dos anos, mas o tratamento geral, ao que parece, foi sempre marcado pelo recurso a elementos de forte significado cenográfico, de ressonâncias ao mesmo tempo simbólicas e emocionais. Subvertendo os padrões vitorianos de domesticidade, assim como a inclinação modernista à assepsia, à economia e à racionalidade, em toda parte os interiores parecem exagerar a componente ornamental. No salão principal, por sua vez, as paredes foram recobertas com ripas de madeira a meia altura, contrapondo-se às cores vivas das cortinas e estofados que alegravam o ambiente. Um de seus episódios mais

9 *Ibidem*, p. 40.

notáveis era certamente a lareira, reunindo os quatro elementos da natureza: encaixada em uma das paredes laterais, a lenha queimava sobre a cesta semicircular em ferro que pendia da parede. Sobre ela, uma grande coifa em cone de alumínio era banhada por um véu de água e iluminada por lâmpadas multicoloridas. Com o fogo, o alumínio aquecia e a água corrente evaporava, produzindo uma névoa adensada e colorida pelos raios de luz.

A mesa de jantar também mereceu destaque: localizada sob o mezanino, configurava-se como uma espécie de coro ou um altar aos fundos da grande nave do salão. Também projetada pelo próprio Flávio de Carvalho, com a base tubular de metal cromado e o tampo em cristal belga de uma polegada de espessura, a mesa acomodava quatorze poltronas do mesmo material. Refletores adaptados em seus pés irradiavam reflexos dos cristais, da prataria, da porcelana nas superfícies ao redor e mesmo sobre os corpos dos comensais, por vezes obscurecendo o alimento que comiam, ainda que permitindo visão perfeita de seus estômagos. A estratégia flertava com os investimentos surrealistas nas técnicas de *trompe l'œil*, inclusive em interiores domésticos: a ênfase visual do lugar dos repastos coletivos – um tema antropofágico de primeira grandeza, a propósito – parecia igualmente evocar o manifesto de Aragon pela "reforma das habitações" com suas "mesas radiantes para o amor".[10]

Sobre a mobília e nas paredes, dispunha-se um pequeno museu imaginário, que intensificava os estímulos visuais e tácteis: um *bric--à-brac* de amuletos, armas e outros artefatos indígenas, cerâmica andina, amazônica e nordestina, imagens sagradas, jogos de porcelana refinados, uma carranca do rio São Francisco, uma máscara chinesa, uma cabeça de jacaré empalhada. Misturando o popular e o industrial, o bizarro e o cotidiano, o ritual e o utilitário, os objetos pareciam

10 Wood, Ghislaine, "The Illusory Interior", In: *Idem*, (Ed.). *Surreal Things: Surrealism and Design*. London: Victoria and Albert Museum, 2007.

interagir uns com os outros para engendrar uma atmosfera de burburinho, deslocamento e sensualidade. Tudo se passa como se ali se convertessem nos "ossos do mundo", que Flávio de Carvalho fixara em seu livro de 1936: alguns deles herdados, outros inteiramente novos ou encontrados ao longo da vida, arranjados como que em um acervo a sugerir comparações e contrastes possíveis, a sustentar, qual fetiches, vínculos enigmáticos com os indivíduos, talvez porque pertencentes à morfologia de resíduos de mundos perdidos e outros mundos.[11]

Cuidadosamente planejada para acomodar não somente imaginários conflitantes, mas um número razoável de pessoas e atividades ora de modo informal, ora ritualizado, a casa claramente manifesta não apenas um embate com os modelos burgueses de vida familiar, pacificada, inviolável, austera e civilizada, mas uma grande máquina de emoções, a fabricar performances e personas desviantes. Longe de se afirmar como um lugar de reclusão, ela seria assim marcada por uma enorme atividade social. É significativo que Flávio de Carvalho tenha zelosamente mantido um "álbum dos comensais", no qual ao longo dos anos viria a acumular uma infinidade de mensagens de seus hóspedes e fotografias das reuniões, visitas e eventos ali realizados. No álbum pode-se ler do escritor Murilo Mendes que "a casa de Flavio foi construída sob o signo da razão e da imaginação"; ou de Oswald de Andrade: "sem óculos, só posso ver com os olhos da alma – e os olhos da alma eu tenho sempre voltados para o antropófago Flávio de Carvalho." Ambos o visitaram em 4 de setembro de 1949. O poeta haitiano René Depestre, por sua vez, ali anotaria pouco depois: "Uma lembrança de um dia na sua casa, onde o gosto pela vida, o gosto delicioso de se estar no mundo [...] inspiram a emoção de um beijo longo e desordenado".

11 Carvalho, Flávio de Rezende, *Os ossos do mundo*. São Paulo: Ariel, 1936, p. 42-49.

A casa costumava abrigar grupos consideráveis e mesmo pequenas multidões de visitantes, incluindo artistas, poetas, intelectuais, atrizes, políticos, arquitetos, compositores, cantores: Jean Lurçat, Aran Khachaturian, Henry Moore, Bruno Giorgi, Nicolás Guillén, Giuseppe Ungaretti, Vinicius de Moraes, Roger Caillois, Gregori Warchavchik, Lasar Segall, Gilberto Freyre, Alberto Cavalcanti, André Chamson, Sérgio Buarque de Holanda, Caio Prado Jr., Georgia Gomide, Ruth de Souza, Maria Della Costa, Noêmia Mourão, Maria Leontina, Darcy Penteado, Yara Bernette, Anselmo Duarte, Paulo Mendes de Almeida, Geraldo Ferraz, Paulo Duarte, entre centenas de outros hóspedes ao longo dos anos.[12] Recepções festivas regadas a muito vinho e repastos abundantes, temporadas mais longas de permanência e fins-de-semana intensivos, animadas por uma população de anônimos, de várias gerações, nacionalidades, etnias e classes sociais, estudantes e modelos, homens e mulheres, algumas em *topless* que por vezes alongava-se na prática coletiva do nudismo.

Não se tratava evidentemente de um Oikema privado - ainda que sua planta, tal como no projeto de Ledoux, aludisse à forma fálica - nem de uma Mansão Playboy de vanguarda, como a de Hugh Hefner[13] - ainda que a mulher pelada viesse a desempenhar também ali um papel importante na experiência e no décor da casa. Mas o fato é que não se tratava de um espaço habitual de residência, nem de padrões comuns de sociabilidade. Havia inclusive aqueles dias em que, ao redor da imensa piscina em frente à casa, uma bandeira vermelha era hasteada em um mastro metálico elevadiço, para avisar aos trabalhadores da fazenda que não permitissem o ingresso de qualquer

12 *LIVRO dos Comensais*, Fundo Flávio de Carvalho, Arquivo 2. Campinas, Centro de Documentação Cultural Alexandre Eulálio (CEDAE/ UNICAMP).

13 Preciado, Beatriz, *Pornotopia: an Essay on Playboy's Architecture and Biopolitics*. New York: Zone Books, 2014, p. 110-111.

novo visitante, pois uma festa especial estava em curso com todos os participantes em pelo. A piscina, templo de tantas práticas lúdicas, eróticas e corporais, em torno da qual condessavam-se os intercâmbios sociais e festivos, encontrava no nudismo seu ritual maior.

Coerentemente com o investimento do anfitrião nas artes da "*performance*" *avant-la-lettre*, a casa Capuava não se adequaria facilmente ao conceito de família. Ao contrário, abraçava a alteridade, o estranho, o extravagante em um grande laboratório de encontros, experimentos e representações corporais. Deslizando assim do privado ao público, do individual ao coletivo, o aspecto performático de sua arquitetura é emblemático de uma atitude recorrente em toda a obra de Flávio de Carvalho: a oscilação entre um princípio construtivo e um imaginário disruptivo; entre valores de objetividade e fetiche; entre uma crença na técnica, na lógica e na ciência e uma aposta radical no inconsciente, no emocional, no desviante, no obsceno, e mesmo no perverso.

A experiência da horda

Não há registros de uma tal "Experiência número 1", mas não podemos esquecer de sua atuação inicial fundamentalmente no campo da arquitetura. E que, formado engenheiro na Inglaterra, Flávio de Carvalho viria a destacar-se, alguns anos após o seu regresso, como o mais radical e visionário dos arquitetos brasileiros. Após uma passagem de três anos no Escritório Técnico Ramos de Azevedo, o mais prestigioso e estabelecido escritório de arquitetura e construção em São Paulo, logo ele viria a se afirmar no mercado liberal de talentos que se alargava na cidade. Senão por suas realizações construtivas, certamente por meio de suas inusitadas proposições em concursos de arquitetura. De fato, os projetos por ele apresentados em variados concursos a partir de 1927, apesar de jamais virem a ser construídos e poucas vezes premiados, renderiam ao arquiteto grande destaque nos meios de imprensa e arte locais. Aliás, alguns aspectos das propostas elas mesmas parecem bastante reveladoras de certa vocação, senão de uma pretensão de impacto público: em primeiro lugar, todas elas sugerem um elo importante com as vanguardas, o futurismo, o expressionismo, a antropofagia, ou o surrealismo, ainda que nenhuma delas possa ser compreendida como alinhando-se a quaisquer vertente modernista *sctrictu-sensu*; em segundo lugar, a maioria desses projetos, inclusive os mais tardios, contêm forte apelo simbólico, materializado tanto no recurso a iconografias elementares (de matrizes abstratas ou figurativas, contemporâneas ou arcaicas) como exercícios de analogia ou paródia em torno de programas, funções, costumes, valores e normas; enquanto tal, em terceiro lugar, eles frequentemente se associam a proposições a respeito das inclinações, compleições, gestos e comportamentos humanos; finalmente, todos esses projetos parecem almejar algum efeito de choque, admiração ou escândalo, não por acaso suscitando estratégias midiáticas e muita discussão pública. Aliás, a própria ênfase na mídia como arena propícia à ação já foi observada como ela mesma uma estratégia artística, frequentemente empregada como dispositivo performativo.[14]

Poderíamos imaginar uma tal "Experiência número 1" como talvez sua proposta para o concurso do Palácio do Governo de 1927, acima mencionado. Além de fortemente midiatizado por meio de seus magníficos desenhos expostos e debatidos publicamente, alguns de seus detalhes mais extravagantes – florestas suspensas, enormes elevadores, o hall cívico pensado como salão de baile e adornado com imenso painel de dançarinas nuas, para não falar de toda uma parafernália de guerra instalada no edifício, canhões, catapultas, refletores e pistas de pouso na cobertura – parecem claramente aspirar ao

14 Leite, Rui Moreira, "Flávio de Carvalho: Media Artist *Avant la Lettre*". *Leonardo*, Cambridge, vol. 37, nº 2, 2004, 150-57.

exagero de certo etos bandeirante. Mas essa sua primeira experiência também poderia ter sido a tese oralmente apresentada quando do IV Congresso Pan-americano de Arquitetos no Rio de Janeiro, em 1930, "A cidade do homem nu". Nela, um novo modelo urbano fora ali apresentado como um centro de "sublimação natural dos desejos humanos" e de sua libertação em relação aos mecanismos repetitivos da filosofia escolástica, aos dogmas clássicos e cristãos e a outros tabus ultrapassados. Mesmo antes de sua apresentação no evento, a imprensa já alardeava o tema inusitado. O próprio Flávio de Carvalho circulara pelas redações de jornais no Rio dias antes da conferência para espalhar suas ideias mirabolantes. No dia da conferência, o auditório estava lotado e mesmo antes do início da conferência já havia um clima de ultraje e estupor no ar. Quando ele começou a leitura, o público explodiu em protestos e interrupções; grupos inteiros deixaram a sala; e face às ameaças de agressão, a polícia foi chamada; afinal o discurso tinha em vista a "exaltação do homem biológico de Nietzsche" tal como ele surgia na natureza, nu, selvagem, com todos os seus desejos intactos, toda a sua curiosidade, convocando a audiência a retirar "suas máscaras de civilizados" e a admitir suas tendências canibais, reprimidas por seu passado colonial e acadêmico.[15]

Não há dúvidas de que tanto o Palácio do Governo como a Cidade do Homem Nu, cada um à sua maneira, tinham em mira a impermeabilidade estética, epistêmica e cosmológica do público. Oscilando entre o espacial e o simbólico, o racional e o erótico, o funcional e o crítico, o fato é que ambos os projetos operam nos limites da disciplina. Mais do que isso, na medida em que suas proposições arquitetônicas necessariamente se articulam a situações públicas em que efeitos de surpresa, provocação, deslocamento ou ruptura são testados nas dobras e convenções social e moralmente

15 Carvalho, Flávio de Rezende, "Uma These Curiosa". *Diário da Noite*, São Paulo, 1 jul. 1930.

partilhadas, elas sugerem uma passagem precoce para a ideia de *performance* como gênero artístico.

É importante ter em mente que Flávio de Carvalho já estava então (ou logo estaria) em contato com um conjunto de ideias de vanguarda na arte e no pensamento. Desde os anos na Inglaterra, entrara em contato com o *Zaratustra* de Nietzsche, o *Ramo de ouro* de Frazer, que se tornara aliás um *best seller* depois de sua edição condensada, assim como com alguns dos livros de Freud, como *Totem e tabu* e *Psicologia das massas.* Por meio de seu engajamento com o movimento antropofágico em São Paulo no final da década de 1920 entrara também em contato com alguns dos mais recentes movimentos artísticos europeus, especialmente com o expressionismo, o dadaísmo e o surrealismo. Na realidade, desde 1929, quando Benjamin Péret fugiu da França para estabelecer no Rio de Janeiro uma seção brasileira da Liga Comunista Internacional, Flávio abriu uma conexão em primeira mão com o surrealismo francês e, em 1934, viria a publicar em São Paulo as primeiras entrevistas brasileiras com artistas como Tristan Tzara, Andre Breton, Man Ray e Roger Caillois, realizadas em Paris. O elo com as vanguardas ganhou um braço institucional quando, em 1932, ele liderou a fundação do Clube dos Artistas Modernos, o CAM, do qual se tornara o primeiro presidente, abrindo a instituição a um leque variado de atividades, *soirées*, palestras, exposições, jantares, festas, concertos, apresentações, recitais, sempre marcadas por um claro componente de militância, irreverência, alegria e informalidade. Em seu programa, a primeira mostra de gravuras de Käthe Kollwitz no Brasil, exposições de cartazes russos e de arte infantil e dos loucos, conferências de Osório Cesar sobre psiquiatria e arte, de Tarsila do Amaral sobre arte proletária, de David Siqueiros sobre muralismo e política, de Mário Pedrosa sobre arte e marxismo, de Caio Prado Junior sobre a União Soviética, de Oswald de Andrade sobre sua peça *O homem e o cavalo*. Em 1933, o CAM tornou-se também a sede do Teatro da

Experiência, concebido e dirigido pelo próprio Flávio de Carvalho, no qual ele estreou o seu *Bailado do Deus morto*, uma espécie de musical dadaísta, que recorria a rituais afro-brasileiros e a intérpretes negros, e que tinha como tema as emoções humanas relativas ao divino, desde as suas figurações míticas até o monoteísmo, e, finalmente, o assassinato de Deus pelos homens. Não por acaso, a peça foi censurada e o teatro fechado pela polícia três dias após a estreia. O Clube não sobreviveria muito tempo à onda conservadora que tomou conta da cena cultural paulistana naqueles anos.[16]

Há um evidente compromisso vanguardista em sua "Experiência número 2", de 1931. Difícil não evocarmos o Processo Barres, de 1921, em Paris, do qual o jovem Péret tomou parte como o Soldado Desconhecido alemão. Essas grandes e virulentas *performances* dadaístas e surrealistas da década de 1920 em Paris claramente destinavam-se a promover o tumulto e mesmo reações de fúria entre as massas populares. Algumas delas, não por acaso, miravam tópicos políticos sensíveis, como o patriotismo, a moral cristã, os valores burgueses e tabus sociais,[17] tendo como suporte fundamental os corpos dos artistas, imóveis ou em movimento, solitários ou em grupo, silenciosos ou verbais, semi-nus, disfarçados, mascarados, fantasiados, travestidos ou trajados de modo ordinário. Em suma, nelas havia muito em comum com a marcha de Flávio de Carvalho em São Paulo.

> Era dia de Corpus Christi; um sol agradável banhava a cidade, havia um ar festivo por toda parte; mulheres, homens e crianças moviam cores berrantes de tecido ordinário; negras velhas de óculos e batina ou qualquer coisa de pareci-

---

16 Almeida, Paulo Mendes de. *De Anita ao museu*. São Paulo: Perspectiva, 1976, p. 76-78

17 Bédouin, Jean-Louis, *Benjamin Péret*. Paris: Ed. Pierre Seghers, 1973, p. 24-5; Goutier, Jean-Michel. *Benjamin Péret*. Paris: Ed. Henry Veyrier, 1982, p. 82.

> do; grupos de homens de cor segurando estandartes, velas; anjinhos sujos enfeitados com estrelas de papel dourado mal pregadas [...].[18]

É com estas palavras que o artista abre a descrição de sua Experiência. A cena é inteiramente descrita na referência aos corpos humanos, sua postura, compleição física, étnica, de gênero, idade etc, sua fisionomia e gestuário, seu arranjo coletivo e atributos. É impressionante o foco na maneira como as pessoas estavam vestidas durante a procissão, nas cores, tecidos, adereços, assim como nos objetos rituais que portavam: batas, asas, crucifixos, velas, rosários, fitas, tochas, bandeiras, que ele adiante viria a caracterizar de uma perspectiva herética (ou simétrica) como "objetos-fetiche". Herético face à simbologia cristã e transgressivo em relação à obsessão moderna por encontrar tais *objets-fées/objets-faits* em toda parte a não ser em seu próprio mundo de crenças.[19]

Ele próprio deveria estar usando terno e gravata como qualquer homem adulto das classes altas no Brasil àquela época, mas ao se deparar com o evento dera-se conta da ausência de uma peça a seu ver fundamental na indumentária: um boné de veludo verde. De modo que ele estava vestido de uma maneira absolutamente convencional à exceção de sua atitude infiel de manter na cabeça o boné. Curioso perceber que ele não se deteria em momento algum na paisagem urbana ao seu redor, a não ser que toda a cena desenrolara-se nas ruas do velho centro da cidade, por ele caracterizado como extremamente denso. Seu assunto era efetivamente um outro tipo de paisagem, a paisagem psicológica e antropológica da massa,

18 Carvalho, Flávio de Rezende, *Experiência n. 2*, *Op. cit.*, p. 15.

19 Latour, Bruno, *Reflexão sobre o culto moderno dos deuses fe(i)tiches*. Tradução de Sandra Moreira. Bauru-SP: Edusc, 2002.

a começar pelo pitoresco cenário humano dos participantes da procissão. Afinal, em suas próprias palavras, o experimento almejava

> [...] desvendar a alma dos crentes por meio de um reagente qualquer, que permitisse estudar a reação nas fisionomias, nos gestos, no passo, no olhar, sentir enfim o pulso do ambiente, palpar psiquicamente a emoção tempestuosa da alma coletiva, registrar o escoamento dessa emoção, provocar a revolta para ver alguma coisa do inconsciente. [20]

Contra o cortejo religioso, portanto, emerge o discurso científico para traduzir a experiência em certo tipo de experimento químico no interior de uma *performance* social prévia, o que o situava claramente na fronteira entre o dramático e o intelectual, entre uma prática artística e um ato político. O apelo à ciência não é de modo algum estranho ao tipo de psicologia e antropologia que Flávio tinha em mente. Aliás, como ele bem havia apontado um ano antes, a própria antropofagia

> [...] responde ao grito do inconsciente. Oferece ao homem um mecanismo maravilhoso, pelo qual ele pode progredir livremente, sem nenhum empecilho. A antropofagia deseja estudar cientificamente a alma do homem, conhecer as suas inclinações biológicas. E criar para essas inclinações um mecanismo de máximo rendimento, de máxima eficiência.[21]

Apoiando-se na crença de Freud de que, ao se tornar um membro da multidão, o indivíduo passava por um processo concomitante de deslocamento do superego e desbloqueio do inconsciente, Flávio de Carvalho desafiaria o investimento das massas no corpo de cristo

---

20 Carvalho, Flávio de Rezende, *Experiência n. 2*, *Op. cit.*, p. 16.

21 *ESTADO de Minas*, "O ideal anthropophagico no IV Congresso de Architectos". *O Estado de Minas*, Belo Horizonte, 9 jul. 1930.

– o *corpus Christi* – como suporte de carisma. Tendo isso em vista, o performer introduziria seu próprio corpo como contrafoco do fluxo público de corpos, e no contrafluxo da procissão, enquanto tal assumindo voluntariamente os riscos e tentações da empreitada em nome de um conhecimento empírico profundamente desejado.

Segundo ele, a experiência visava a tomar o pulso do ambiente e das emoções coletivas; e nesse sentido, marchar em sentido contrário à procissão oferecia-lhe a oportunidade de surpreender e exasperar as massas e, ao mesmo tempo, observar melhor suas reações. A experiência é assim, ao longo da primeira parte do livro, cuidadosamente descrita em todo o seu desenvolvimento, passo a passo, cena a cena, por meio das ações de Carvalho (a marcha, ela mesma, seus gestos corporais, conexões visuais com os fiéis, o flerte, o *vamping*, as expressões verbais e de afronta ao final) e dos diferentes tipos de efeitos (de indiferença, dúvida, desejo, repulsa, hesitação, ira) produzidos sobre o cortejo. Ele estava expressamente em busca de algum tipo de conexão violenta com o inconsciente coletivo e, a princípio, o experimento parecia não ter obtido os resultados esperados. Mas, a certa altura, em face da "massa de gente levada ao extremo do ódio desejando me devorar", a experiência começou a se tornar extremamente perigosa, evoluindo em verdadeira tentativa de linchamento do artista:

> Um imenso rumor enchia o espaço, uma multidão de braços com os pulsos cerrados ameaçava e agitava, bocas enormes berravam raivosamente "lincha", crucifixos, estandartes coloridos estremeciam em cadência com a diretriz de ódio. A vontade era unânime, pega... mata... lincha... padres, velhos, moças, jovens todos vibravam de raiva, o ruído ecoava por toda parte, tudo era ressonador, eu sentia um volume imenso de som invadir os meus ouvidos, me lembro muito bem que não tinha medo nenhum, parecia

> azombado mas consciente do que se passava, meus músculos estavam rígidos.[22]

É impressionante que em tal estado de vulnerabilidade o artista pudesse registrar tantos detalhes do que se sucedeu. Não deixa de ser revelador, todavia, que nessas circunstâncias, o foco de atenção tenha se deslocado das reações da multidão para suas próprias reações emocionais, mentais, sensíveis, musculares, motoras: "todo o meu organismo estava alerta"; "nunca me senti tão bem humorado e alerta. [...] nunca fui tão otimista" quanto à possibilidade de escapar à sanha sangrenta das massas; "tinha a impressão de possuir por todo o corpo milhares de detectores que me mostravam com minúcia o que se passava." Como se de um psicólogo das multidões houvesse ingressado em um estado de autoanálise: "um conjunto único observador-aventura e psicanalisado ao mesmo tempo". Antes, porém, era preciso "pescar" as emoções no passado, "muito do mesmo modo como o são os peixes. Um grande número escapa ao meu método de pescar e as que são colecionadas formam um conjunto enigmático desconexo, mas aparentemente inteiro." Método de pescaria, ou antes de arqueologia das emoções, das quais era sempre difícil saber com exatidão o que havia se passado, o que era presente e o que era exato. Seja como for, o fato é que do foco nas interações o relato desliza para uma paisagem interior, o impacto no artista das atitudes e expressões da multidão, as ameaças de linchamento tais quais ele as sentia, o desgaste de energias físicas e emocionais que logo evoluiria para um grande pânico quando de sua perseguição pela massa enfurecida.

Uma segunda parte, mais longa, do livro propõe uma análise totêmica da experiência. Tratava-se de analisar todo um conjunto de mecanismos religiosos: o sistema de reverência a um líder invisível,

22 Carvalho, Flávio de Rezende, *Experiência n. 2*, *Op. cit.*, p. 35.

um deus morto, o monopólio do sexo por Cristo, o papel submisso e os mecanismos de autopreservação das mulheres em tal estrutura de fé, na estrutura gregária da horda cristã, o comportamento narcísico do catolicismo contemporâneo e seus mecanismos emocionais em relação a outras organizações totêmicas. É importante ter em mente que, apesar de sua referência a Frazer, assim como a Spencer e Gillén, Flávio de Carvalho não estava aqui interessado no totemismo como categoria de explicação antropológica de grupos primitivos. É verdade que ele parece se inspirar diretamente no livro de Freud, leitor atento de Frazer. Nascido entre certas tribos australianas, o totem associava-se a um animal, comestível, inofensivo, perigoso ou temido, ou, mais raramente, a uma planta ou força da natureza (a chuva, a água), que possui uma relação peculiar com toda a linhagem: ele é seu pai genealógico e em seguida seu espírito protetor e benfeitor; em troca, seus companheiros totêmicos submetem-se a obrigação sagrada de não matar o seu totem – isto é, todos os indivíduos de sua espécie – e de se abster de sua carne. Hereditário, ele é mais forte que o laço sanguíneo e está na base do próprio pertencimento do indivíduo à tribo, o que não implica um vínculo direto do totem com a terra ou o lugar. Talvez por isso mesmo, companheiros totêmicos vivem separados uns dos outros e coabitam pacificamente com os adeptos de outros totens.[23]

Pois bem, não é exatamente isso o que interessa a Flávio de Carvalho no sistema totêmico, que aliás era um leitor muito propenso a discordar de suas fontes, especialmente de Freud: "*I don't think so*" ["Não concordo"], "*I don't see that it proves...*" ["Não vejo que isso prove"], "*all wrong*" ["tudo errado"], "não é verdade" espalham-se na marginália de seus livros. O fato é que para ele, ainda que interessasse a tradução psicanalítica do sistema totêmico como forma de acesso às neuroses ocidentais, cristãs, modernas; o que estava em

23 Freud, Sigmund, *Totem and Taboo*. New York: Moffat, Yard and Co, 1918.

jogo era a relação continuada entre indivíduo e clã, ou antes entre indivíduo e multidão, no que o totem, enquanto objeto simbólico, poderia funcionar não como anulação de suas aquisições individuais mas como suporte do *self*, isto é, como suporte erótico dos comportamentos narcísicos ou sadomasoquistas.[24]

> O totem é o igual do indivíduo. O indivíduo transporta a sua personalidade para o objeto ou animal totem. [...] O Cristo da procissão é precisamente o canguru do selvagem, isto é, o ponto de repouso final do Eu das massas crentes. Cristo e canguru preenchem as mesmas funções, servem de estrutura para receber o Eu deslocado de apoio erótico para a atuação narcisista. Ambos são objetos simbólicos, intimamente ligados ao velho chefe, o homem-deus.[25]

Tais deslizamentos conceituais parecem permitir a redefinição do totem como uma espécie de maquinaria, um dispositivo poderoso e em plena atividade, capaz de conduzir as *performances* e emoções humanas em certas direções através do intercâmbio de energias com o ambiente e os corpos ao seu redor.

New Look como totem

25 anos depois, em 1956, o assunto de sua "Experiência número 3" não parece ter qualquer vínculo com religião. Ou talvez tivesse, afinal de contas havia um outro tabu social a ser publicamente enfrentado: o tabu secular da vestimenta masculina. Flávio de Carvalho é então um artista de 57 anos, de cabelos grisalhos e muito atuante; consagrara-se como pioneiro do modernismo no Brasil, ao mesmo

24 *Idem*, *Psicologia de las masas y analisis del yo*. Traducción de Luis López-Ballesteros y de Torres. Madrid: Biblioteca Nueva, 1924.

25 Carvalho, Flávio de Rezende, *Experiência n. 2*, *Op. cit.*, p. 56.

tempo que um fomentador, um crítico, um polemista muito influente nos meios de cultura e imprensa. Ele havia pessoalmente organizado, de 1937 a 1939, os famosos "Salões de Maio", vistos com frequência como embriões da Bienal de Arte de São Paulo. A quantidade de exposições individuais também havia aumentado, incluindo no Museu de Arte e no Museu de Arte Moderna de São Paulo, em 1948 e 1952, respectivamente, assim como participações nas duas primeiras edições da Bienal, em 1951 e 1953. Ele era, portanto, um artista já estabelecido naquele momento, vinculado a um espectro bem mais amplo de interesses, atividades e instituições que em 1931.

O tema das roupas havia, na verdade, se tornado algo muito presente em sua obra ao longo dos anos à medida que sua vinculação ao teatro, à dança, à cenografia e ao figurino se expandia. Com efeito, em 1944, ele começara uma ampla pesquisa sobre a história da moda, que o levaria a publicar no *Diário de S. Paulo*, sete meses antes da *performance* de 1956, uma série de 39 artigos, intitulada "A moda e o novo homem", que ele ilustraria com 109 desenhos. A série não visava um uso enciclopédico, nem profissional; não era nada acadêmica,[26] nem muito pedagógica. Baseada no que ele chamara de um método psico-etnográfico e utilizando fontes e iconografias variadas, retiradas à história da arte, à antropologia, à mitologia, à literatura, ao cinema e à imprensa, tratava-se de uma tentativa de pensar a moda através de distintas épocas e culturas como em constante evolução, mudança e

26 Em 1950, por exemplo, Gilda de Mello e Souza defendera sua Tese de Doutorado na Universidade de São Paulo, acerca da "Moda no século dezenove", na qual ela encarara a moda, e particularmente a roupa feminine, como um sistema de signos, baseada em classe, gênero e funções psicológicas, a ser lido como uma forma de arte, na fronteira entre as artes visuais e as artes menores, como as artes do corpo e do ritmo. Ao que parece, Carvalho não teve contato com o trabalho. Cf. Souza, Gilda de Mello e, *O espírito das roupas: a moda no século dezenove*. São Paulo: Companhia das Letras, 1987.

variação, e referindo-se em arquétipos, sonhos, convenções e dilemas, social, biológica e sexualmente alicerçados.

Desde o começo daquele ano de 1956, Flávio começara a desenvolver o projeto de um novo traje masculino *pret-à-porter*. Ele deveria corresponder ao clima quente e húmido local. Alguns esboços revelam o esforço de produzir um protótipo com fios de arame na cintura e nos ombros, de forma a impedir o contato do corpo com o tecido e assim facilitar a ventilação e a evaporação internas. O modelo poderia inclusive conter tubos a serem soprados para aperfeiçoar o desempenho. Confortável e higiênico, ele deveria também ser racional em termos de custos, lavagem e secagem rápidas e a possibilidade de variação das cores. Afinal, de acordo com Flávio, a alegria produzida pelas cores, sua praticidade e a liberdade de movimento corporal iria afetar positivamente a saúde e a psique dos homens e, como tal, prevenir as guerras.

O projeto logo se tornaria uma verdadeira campanha publicitária. Entrevistas seriam concedidas e múltiplos seguidores logo se apresentariam para o desfile, entre os quais reputados artistas, intelectuais, jornalistas, arquitetos, empresários e políticos. Ao fim de março, uma das mais prestigiosas revistas masculinas do país, *Visão*, publicou um desenho básico de um homem vestindo *shorts* e uma blusa bufante. Para a revista, o traje lembrava o figurino de Flash Gordon, ainda que concebido para a vida urbana contemporânea; o "Dior brasileiro", segundo o periódico, também iria desenvolver modelos para a praia, para o campo, para a noite e para outras estações do ano.[27] De fato, a referência ao *New Look* fora comicamente tomada de empréstimo aos revolucionários tailleurs femininos criados por Christian Dior no pós-segunda guerra.

27 *VISÃO*, "Um novo figurino: os homens usarão saiote". *Visão*, São Paulo, 30 mar. 1956.

Àquela altura, a ideia de uma parada coletiva de homens usando seu novo modelo já havia se disseminado. Em algumas entrevistas, Flávio, inclusive, se referiria a uma certa coreografia: o cortejo seria aberto por dois vagabundos em farrapos; eles recitariam monólogos *nonsense* compilados pelo diretor de um asilo.[28] Afinal, aqueles moradores de rua, "falando para um público imaginário e exuberantemente trajados com fitas, flores e tecidos variados", esses "criadores supremos da moda" dominavam "a grande imaginação".[29] Pois, se a moda era "perfeitamente capaz de conter, acalmar e substituir as primeiras manifestações de desequilíbrio mental", o homem "ornamenta o corpo para se restabelecer" em momentos de desequilíbrio. De fato, para além de sua aparente futilidade, o ornar-se funcionava como uma forma de "válvula de escapamento, regulando a pressão da psique".[30]

A campanha não cessaria, envolvendo revistas de variedades as mais influentes como *O Cruzeiro* e *Manchete* e, em junho, a edição latino-americana da *Time* propagandeava o tal "*Brave New Look*":

> Agora Carvalho se ocupou de desenhar um traje de verão masculino para substituir as modas tradicionais "anti-funcionais, anti-estéticas e anti-humanas", que ele responsabiliza pela "falta de imaginação das gerações mais jovens e pela neurose geral". [...] Os audaciosos figurinos de verão de Carvalho, de cores vivas, consistem em uma blusa, meias longas, sandálias e *shorts* ou saia. Mesmo um homem ousado o bastante para se mostrar em público vestindo saia

28 *A TRIBUNA da Imprensa*, "Saiote e blusão". *A Tribuna da Imprensa*, Rio de Janeiro, 21 maio 1956.

29 Carvalho, Flávio de Rezende, "A moda e o novo homem". *Diário de S. Paulo*, São Paulo, 31 mar. 1956.

30 *MANCHETE*, "Flávio de Carvalho, arquiteto, pintor, escritor, lança: A nova moda para o novo homem". *Manchete*, Rio de Janeiro, 31 mar. 1956.

> pode muito bem hesitar diante da blusa de Carvalho, um vestuário bufante, mantido afastado da pele graças à uma estrutura ajustável de fios de cobre. [31]

A certa altura da campanha, Flávio contrataria o ateliê de uma importante figurinista italiana, Maria Ferrara, que, desde o 4º. Centenário de São Paulo, transferira-se para a cidade, tornando-se bastante requisitada nos meios de teatro e dança locais. Após vários ajustes no desenho original, no tipo de tecido empregado, na estrutura, nas mangas e na gola, o protótipo estava terminado: o "*New look* de verão" seria composto de uma saia plissada de algodão, na verdade uma minissaia para os padrões da época, uma blusa vaporosa com gola drapeada removível em *nylon* cristalizado, um tecido recentemente desenvolvido nos EUA, um chapéu bordado no mesmo material, longas meias arrastão e sandálias de couro. A estrutura em arame da blusa havia sido substituída por talas plásticas de modo a evitar a ferrugem.

Após algumas provas do traje, intensamente midiatizadas, por vezes acompanhado de atrizes usando o próprio *New Look* de Dior, Flávio faria sua estreia pública na tarde do dia 18 de outubro de 1956. Todos os seus seguidores haviam sumido na última hora, surpresos – como alguns declararam – pelo fato de que a piada havia se tornado um acontecimento real. Os relatos sobre o desfile nas ruas de São Paulo são muito variados entre si, mas todos observam a enorme excitação junto à imprensa e à população em geral, todos ansiosos pela exibição do *New Look*. Um de seus biógrafos resumiu as múltiplas imagens projetadas pela mídia e por seu biografado. Nas vizinhanças de seu ateliê, na rua Barão de Itapetininga, no centro da cidade,

31 *TIME*, "Brave New Look". *Time*, New York, 25 jun. 1956, p. 30.

> Havia caminhões de reportagem da incipiente televisão, do cinema, do rádio e de quase todos os poderosos jornais da capital e até alguns correspondentes dos Estados Unidos (Time-Life), da Argentina e da Itália. [...] Entre as sóbrias paredes do edifício nº 297, onde o artista tinha seu ateliê, havia uma situação virtualmente caótica: fotógrafos e cinegrafistas se acotovelavam histéricos, repórteres lívidos e desgrenhados vociferavam e subiam pela escada e pelos elevadores, parafernálias de iluminação de cinema e TV eram montadas em clima de afobação e um imenso público de curiosos se apinhava murmurante nas calçadas à procura de uma brecha para se acomodar e reportar o pitoresco episódio prestes a acontecer.[32]

Em contraste com o clima de frenesi à sua porta, o itinerário escolhido pelo artista seria razoavelmente previsível. Vestido com o traje experimental, e seguido pela multidão de curiosos, Flávio começou o desfile na própria rua Barão de Itapetininga e caminhou até um bar nas proximidades, onde tomou uma xicara de café; e dali percorreu o quadrilátero cultural entre a Biblioteca Municipal, o Teatro Municipal, a avenida São João e a avenida Ipiranga. À altura do Cine Marrocos, incentivado pelo público, a par da proibição habitual de acesso a homens que não estivessem vestidos adequadamente, ele entrou na sala em que estava sendo exibido o *western Audácia é minha lei* (*Tennessee's Partner*, de 1955, com John Payne, Rhonda Fleming e Ronald Reagan). Ao final, na rua 7 de Abril, à sede dos *Diários Associados*, que também abrigava o Museu de Arte de São Paulo (MASP) e o Museu de Arte Moderna (MAM-SP), ele subiu em um balcão no hall de entrada, fez algumas piruetas e poses para fotografias, respondeu a perguntas e emitiu vagas considerações filosóficas. Dentro do edifício, ele mudou de modelo da saia verde e blusa amarela originais, para um outro em branco e verme-

32 Toledo, J., *Flávio de Carvalho: o comedor de emoções*, *Op. cit.*, p. 516.

lho, e mais uma vez voltou às ruas para um desfile triunfal em carro aberto. Em toda parte, uma multidão de populares e repórteres, *flashes* e burburinho, acompanhava o artista, que marchava solenemente, hirto, aparentemente indiferente à toda sorte de provocações e gracejos, como se aspirasse aparentar um homem comum em um trajeto rotineiro pelo bairro.

No dia seguinte, os jornais publicaram inúmeras expressões de espanto, indignação e apoio com relação à *performance*, e Flávio fez uma palestra a seu respeito no Clube dos Artistas e Amigos da Arte, que sediaria um "baile do traje do futuro" uma semana depois, no qual alguns outros homens improvisariam figurinos similares. A experiência permaneceria em foco durante meses a fio; novas exibições seriam organizadas, inclusive em outros estados e fora do Brasil; e mesmo dois anos depois, o jornal *Última Hora*, de São Paulo, publicaria uma pequena nota sobre um artigo divulgado na revista *Nature* por três cientistas suecos: conforme o artigo, o uso de saias no lugar de calças compridas seria capaz de prevenir algumas mutações genéticas e doenças reprodutivas entre os homens.[33] O artigo não mencionava a Experiência número 3, mas Flávio o incluiu em seu álbum pessoal de recortes de jornal, afinal o *New Look* parecia poder ser endossado também pela ciência em benefício da espécie e dos testículos.

Não deixa de ser importante observar que, a despeito de suas alusões e conotações futuristas, o novo traje inclinava-se claramente a certo arcaísmo estético. O próprio Flávio não parecia lá tão à vontade ao portá-lo, à vontade que está provavelmente na essência da elegância. Talvez em função da situação de excentricidade; ou da reação da multidão como em face de um lunático. Mas o fato é que o princípio de liberação dos braços e pernas, em busca de melhor ventilação interna, só lograra ser atingido graças ao isolamento, tanto

33 ÚLTIMA *Hora*, Sem título, *Última Hora*, São Paulo, 20 out. 1958.

quanto possível, entre corpo e pano. Seu "*New Look* de verão" efetivamente evoca imagens nada modernas, mas ancestrais: uma saia de egípcio antigo, o traje de um centurião romano, com sua armadura, o saiote em pteruges, as suas sandálias, ou ainda as saias de um escocês à moda tradicional. Seu aspecto rígido e severo, evitando qualquer adequação ou compromisso com as formas e volumes do corpo masculino é, na realidade, bem tradicional[34]. Nada mais distante das criações contemporâneas de Christian Dior, inclusive do seu *New Look*. É que, talvez, tanto os aspectos formais da roupa – seu eixo, cores, tecidos e mobilidade – como seus antecedentes tradicionais só teriam como ser compreendidos se fosse levado em conta o papel do objeto como dispositivo performático, e mesmo, totêmico, ainda que um totem individual na contramão das normas sociais.

Em outras palavras, operando como sistema de signos e gestos, o *New Look* seria capaz de afirmar-se como símbolo alternativo a uma moda altamente dogmática socialmente, que tinha no modo de apresentação pública do homem um dos elementos básicos de suporte ao sistema patriarcal de crenças. Incidindo contra suas firmações universalistas, combinando uma ênfase explícita no presente com uma inatualidade voluntária,[35] fundindo ação e reflexão sobre a ação, e lançando o foco do objeto ele mesmo para suas implicações e variações de ruptura, ideológicas, psicológicas e rituais, a experiência do *New Look*, incorporando o inesperado, o paradoxal, o cômico e o político, afirmava-se como uma espécie de ritual performático.

---

34 Souza, Gilda de Mello e, *O espírito das roupas: a moda no século dezenove*, *Op. cit.*

35 Stigger, Veronica. "Flávio de Carvalho: arqueologia e contemporaneidade", *Op. cit.*

Arquitetura encenada

A Experiência número 3 foi concebida mais ou menos em paralelo ao projeto de Flávio de Carvalho da Universidade Internacional da Música, no interior de São Paulo. Projeto dedicado à Juventude Musical Brasileira, organização fundada em 1952 por seu amigo Eleazar de Carvalho, regente da Orquestra Sinfônica Brasileiro. Inspirado em Tanglewood, nos Estados Unidos, onde ele estudara em 1946, a proposta para a sua Universidade supunha uma infraestrutura parecida ao do Berkshire Music Center, incluindo um teatro de estádio monumental com um palco giratório, um anfiteatro para 30 mil pessoas, um auditório de 5 mil lugares, blocos de aulas, dormitórios, restaurantes, um museu etc.[36] Composto de 18 prédios diferentes, a instituição fora, na verdade, concebida para incluir sete departamentos distintos: música, ópera, dança, teatro, humanidades, música eletrônica e artes visuais. Basicamente dedicada, assim, às artes performáticas, seu caráter performático também se estenderia à sua arquitetura peculiar, arrojada, ultramoderna, remetendo à era espacial, em estilo *googie*,[37] através de uma variedade de estruturas, paraboloides, geodésicas, pórticos, cúpulas, coberturas inclinadas, estruturas suspensas em aço, concreto e muito vidro.

Como de costume, o projeto de Flávio de Carvalho não seria executado; toda a ideia, na verdade, foi abortada durante o mandato presidencial de Juscelino Kubitschek. Seja como for, é provavelmente ainda mais intrigante encontrar uma tal dimensão performativa, ainda que de outro nível, em um projeto menos extravagante

---

36 Cf. Menon, Fernando, *Jeunesses Musicales e sua representação civil no Paraná: Juventude Musical Brasileira, 8a. Região PR/SC, setor do Paraná*, Dissertação (mestrado). Setor de Ciências Humanas, Letras e Artes - Universidade Federal do Paraná, Curitiba, 2008, p. 57.

37 Hess, Alan. *Googie Redux: Ultramodern Roadside Architecture*. San Francisco-CA: Chronicle Books, 2004.

do arquiteto. Refiro-me ao grupo de 17 casas de classe média que ele projetou e construiu – dos raros que construiu ao longo da vida – como investimento pessoal, entre 1933 e 1938, em São Paulo. O conjunto por certo não é tão impressionante quanto àqueles projetados, alguns anos antes, por Robert Mallet-Stevens ou André Lurçat em Paris, ou Johannes Oud em Rotterdam. Em certo sentido, aliás, ele é até convencional, por exemplo, no recurso dominante à alvenaria de tijolos; no modo como resolve a escala urbana em termos de lotes individuais e casas unifamiliares; ou em sua atitude em face do programa doméstico, com a típica casa de classe média alta brasileira de 4 quartos, um dos quais para a empregada. A meu ver, os aspectos mais inovadores do projeto estão efetivamente ligados a seus efeitos cênicos.

De um lado, é claro o tratamento do edifício como dispositivo de incitação, na contramão do ascetismo funcionalista. Vide a animação volumétrica de todas as fachadas públicas através da variação de planos, volumes, alturas, silhuetas e aberturas; ou a inclusão de episódios quase cenográficos como pequenas escadas externas rumo aos tetos-jardins, alguns dos quais, por sua vez, protegidos por sombrinhas de concreto, os vários tipos de argamassas e empregadas nas superfícies verticais e, finalmente, a solução animista de algumas das fachadas residenciais, como rostos ou máscaras. Os interiores não são menos relevantes em termos cênicos com suas salas em pé-direito duplo, as longas galerias superiores ao seu redor ou o uso de cortinas como vedações.

De outro lado, a atitude discursiva que o projeto supõe, corporificada em sua propaganda ou em seu peculiaríssimo manual de uso, que deveria instruir os locatários em "como usar" suas casas. Ela anuncia, por exemplo, os "novos modelos para 1938 e 1939", como de uma coleção de moda ou um certo tipo de automóvel, tirando partido, inclusive, da celebridade do arquiteto para apresentar ao público as suas "últimas criações". O panfleto "Modo de usar" precisa ser pensado como parte da obra, e não exatamente como guia ou regulamento normativo a seu respeito. Não é apenas um rol de instruções, como de praxe entre outros experimentos modernistas, mas constitui um gesto performático ele mesmo, despertando um sistema de ações e representações. Seu conteúdo é certamente útil em termos práticos e estéticos, mesmo quando não soa lá tão utilitarista, a exemplo das indicações sobre o modo de instalar "cortinas coloridas de lona" no solário, "inclinadas em forma de tenda" e variando as cores dos tecidos de acordo com o humor do inquilino; ou quando sugere o uso de trilhos para "pendurar gaiolas com pássaros ou vasos com flores" no terraço. Mas o gesto mesmo de prover os eventuais moradores com tais "orientações de uso cuidadosamente especificadas"[38] sugere um roteiro no limiar entre o funcional e o emotivo, ou mesmo uma espécie de paródia ao próprio morar moderno, frequentemente tão distante da vida cotidiana. Em toda parte, assim, o espaço arquitetônico é pensado de um ponto de vista cenográfico, uma versão realizada do expressionismo, plena de "signos do mundo como espetáculo".[39]

O que está em jogo, portanto, não é um cenário específico, nem uma cena em particular, nem exatamente uma certa *mis-en-scène* no sentido tradicional da representação teatral. O centro é, ainda, o corpo em seu funcionamento orgânico, motor, mental e emocional, enquanto um lugar de morada no tempo e no espaço. E nesse processo, novamente, é seu próprio corpo o verdadeiro campo de batalha; no caso, em prol de uma nova organização espacial que apenas se completaria com o desenvolvimento de novas técnicas do

38 Martins, Luis, "Ar condicionado". *O Estado de S. Paulo*, São Paulo, 13 abr. 1961, *apud* Leite, Rui Moreira, "Flávio de Carvalho: Modernism and The Avant-Garde in São Paulo, 1927-1939". *The Journal of Decorative and Propaganda Arts*, Brazil Theme Issue, vol. 21, 1995, p. 208.

39 Daher, Luiz Carlos, *Flávio de Carvalho e a volúpia da forma*, *Op. cit.*, p. 61.

corpo, isto é, novas maneiras de ritualizar alguns gestos cotidianos, algumas práticas, reações e movimentos, certos recursos corporais e materiais, certas circunstâncias ambientais, certas sensações, sentimentos e experiências básicas. Em suma, o que está em jogo é uma outra técnica do corpo, como Mauss talvez a descrevesse, uma técnica do corpo adaptada às condições da sociedade urbano-industrial contemporânea; a certas disposições fisio-psico-sociológicas de uma série ou séries de atos[40] relativos ao morar; a uma nova tradição de fazer uso do próprio corpo em casa.

Flávio de Carvalho sabia que um dos valores essenciais do mundo mecanizado era a possibilidade de emancipação dos corpos humanos para novos gestos sociais. Desde pelo menos 1937, ele vinha insistindo em vários artigos e palestras radiofônicas no tema da "Casa do homem do século XX". Inteiramente permeada pela máquina, ela deveria ser redefinida como mero "ponto de passagem, um local de repouso na rotina da sua vida diária", crescentemente vivenciada nos "compartimentos da cidade". A casa em geral e a casa do trabalhador em particular precisavam ser redefinidas à luz das conquistas legítimas do "mentalismo" sobre os poderes ancestrais das emoções.[41] A despeito de sua natureza grotesca, sempre em atrito umas com as outras, essas emoções ancestrais não cessavam de operar, exigindo o tempo todo a intervenção da ciência, instruída pelo instinto e pela intuição, em prol de uma ação eficaz sobre o mundo. Irredutível ao conceito funcionalista, essa máquina de morar deveria operar também como uma espécie de totem. Oferecido ao sagrado, sua razão de ser passava pela celebração das tensões entre a potência construtiva e as pulsões inconscientes no homem.

40 Mauss, Marcel, "Les Techniques du Corps". In: *Idem. Technique, technologie et civilisation*. Paris: PUF, 2012, p. 365-394.

41 Carvalho, Flávio de Rezende, "A Casa do Homem do Século XX". *Diário de S. Paulo*, São Paulo, 27 fev. 1938.

Isto parece bastante evidente em um texto de 1940, no qual Flávio advogava em favor da recusa da ideia senhorial de casa como espaço defensivo, como espaço de medo e resguardo. Para ele, uma nova cosmogonia doméstica deveria ser criada em íntima conexão com a vida urbana ao seu redor. Tal seria, ao mesmo tempo, sua força e fragilidade: ao permitir a expansão do "tempo de ação" dos homens, a "internacionalização de seu modo de perceber a vida", o gozo coletivo de "uma nova emotividade" e a ocupação livre das ruas.[42]

É verdade que o conjunto de casas na Alameda Lorena não materializa inteiramente essas ideias. Nem os múltiplos artigos de jornal publicados quando de sua inauguração, frequentemente resultantes das próprias estratégias publicitárias do artista, dão-se conta de tais dimensões, interessados demais em suas proposições funcionalistas ou futuristas, para se aperceber de seus verdadeiros sentidos experimentais. Uma das únicas exceções é talvez um pequeno artigo, muito singular, despretensiosamente intitulado "Novos modelos da casa de aluguel", no qual o autor encena um diálogo com o arquiteto. Ali nos deparamos, por exemplo, com o reconhecimento, por parte do próprio Flávio, de que tais modelos de casa inseriam-se na linhagem de experiências que ele vinha explorando ao longo de cerca de uma década: "– Desejaria uma explicação minuciosa das tais casas de aluguel", pergunta o repórter; "– A ideia não é minha. É de Julio Verne. Não me enfeito com penas de pavão", responde o arquiteto; " Flavio, meu Flavio, por que tanta modéstia?"; ao que ele retruca "– Isso não é modéstia. Não quero que me chamem de maluco. Eu fiz essas casas, também, como experiência. É minha 5ª. ou 6ª. experiência. Se der certo, é minha a ideia; se não der, é de Julio Verne." Claramente, enfim, um papel mais amplo é atribuído à arquitetura,

42 *Idem*, "Onde irá o medo: tese para o V Congresso Pan-Americano de Arquitetos reunido em Montevideo em março de 1940". *Dom Casmurro*, Rio de Janeiro, 2 mar. 1940.

bem mais próximo do experimento e da experiência do que da simples operação mecânica. Mais ao final da entrevista, ele nos brinda com um achado precioso, que só reforça o caráter experimental, e performático, do empreendimento: "No dia em que eu alugar uma dessas casas ou eu ou o inquilino estará de miolo mole."[43]

43 *ÚLTIMA HORA*, "Novos modelos da casa de aluguel". *Última Hora*, São Paulo, 10 jun. 1938.

Observações de um psicólogo voador: história e sobrevivências em "Rumo ao Paraguai" de Flávio de Carvalho

María Florencia Donadi

Este artigo reflete sobre o poder explicativo de dois conceitos utilizados por Flávio de Carvalho, os de história (interdependente do de força) e supervivência na série "Rumo ao Paraguai" (*Diário de S. Paulo*, 1943-1944). Esses conceitos se originam em preocupações e expressam tons geopolíticos que merecem destaque. Com essa intenção, serão explicitadas e analisadas algumas fontes históricas e literárias desses textos no tocante a personagens destacadas na formação das nações do sul do continente americano – com foco na Argentina e a Guerra do Paraguai.

Esses conceitos recebem ressonâncias da vontade de poder e do método da procura genealógica nietzschianos. É igualmente possível filiá-los especulativamente à recepção e à leitura de algumas teorizações sobre a história da autoria de Jacob Burckhardt e àquelas de Edward Tylor. Sustentado nessa biblioteca, o autor desenvolve suas reflexões em torno dos ditadores americanos, se aprofundando especialmente no caso de Juan Manuel de Rosas.

Algumas das fontes históricas e literárias que Flávio de Carvalho lê para desenvolver as suas ideias são *Facundo* (1845), de Domingo

Faustino Sarmiento, e *O tirano Rosas* (1943), de Ángel Bassi, fazendo, ainda, algumas referências ao "cordobês" Ramón J. Cárcano.

Imagens e viagens

A série "Rumo ao Paraguai" de Flávio de Carvalho invoca, tal como *Os ossos do mundo*, a viagem de avião, experiência que traz à tona uma figuração comum: a visão desde o ar. Esse olhar "panorâmico" permite ao homem enxergar as coisas e o mundo "como se enxergasse através de um organismo transparente" e, portanto, "o seu ponto de vista percorre o presente, o passado e o futuro desse personagem" que vê. Enquanto a dimensão do habitante da superfície se delineia no *rumo*, na linha reta, "*A visão em voo dispensa da condição 'em linha reta', concede ao observador uma espécie de 'transparência' das coisas*"; "A sua superioridade está em compreender melhor e mais rapidamente os valores da vida; *ele sai de um buraco e eleva-se sobre a terra; ele sai de dentro da terra, cresce sobre a superfície e abandona esta*".[1] Essa reflexão do autor se estabelece como ponto de partida, ao mesmo tempo em que dá sustento às teorizações e análises, conforme se verá. O olhar panorâmico lhe interessa na medida em que constrói relações até então inexistentes ou não visíveis e modifica o conceito estabelecido de *viagem*, evitando que ela seja só pensada em termos horizontais (como deslocamento no espaço) ao aderir-lhe a linha vertical, que alinhava o tempo (o passado no presente e a convivência de temporalidades diferentes). Se "rumo" conota a direção linear e o "ir para" uma direção horizontal, num sentido de finalidade ou de teleologia, na série, paradoxalmente intitulada "Rumo ao Paraguai", Carvalho irá – episódio a episódio, texto a texto – desconstruindo a linha reta, o *rumo* – num pon-

1 Carvalho, Flávio de Rezende, *Os ossos do mundo*. São Paulo: Antiqua, 2005, p. 15. Grifo nosso.

to estritamente historiográfico – para chegar a uma formulação da emergência, do acontecimento que emerge ("sai de um buraco, sai de dentro da terra") numa metáfora geológica de irrupção, de força, que deriva da imagem da "transparência das coisas", quer dizer, das sobrevivências para além ou por trás da presença das coisas.[2] Além do deslocamento horizontal, requerer-se-á a verticalidade da abstração, de uma imagem cartográfica, de uma ficção-teórica.[3]

Seguindo a rota perscrutada por Martin Jay (2003), poderíamos dizer que Flávio de Carvalho propõe um "regime escópico", que subverte a perspectiva cartesiana e racional ao mesmo tempo em que rejeita a mera descrição entendida como regime plano que o filósofo identifica na pintura holandesa.[4] A proposta carvalheana se distancia da perspectiva não só pela visão desde o ar, mas pela ideia de transparência, que faz com que ideias, objetos, vestígios invisíveis – numa única mirada – e díspares se ponham em contato, revelando

2 Diversas expressões reforçam a ocultação e a procura de recompor o escondido atrás da história, como reconstrução da transparência perdida. Alguns exemplos encontram-se no começo da série: *Idem*, "I - Rumo ao Paraguai. Moscas e paisagem. São Paulo, um jardim. Bauru. A miragem. Observações de um psicólogo voador". *Diário de S. Paulo*, São Paulo, 1 set. 1943. A insistência de Carvalho na ação de voar, que confere determinadas sensações e possibilidades merece destaque por se tratar de uma inovação técnica que estava conduzindo os destinos da Segunda Guerra, na concorrência pelo exercício de poder e domínio, e, além disso, porque lhe serve para pensar, refletir, conceber de outra maneira as relações entre tempos e espaços, entre imagem e escrita; "voar" é metáfora do próprio teor criativo e teórico de seus escritos.

3 Antelo, Raúl, "Mas, onde fica a viagem?", Palestras NUER 25 anos. Florianópolis, NUER/UFSC, 2011.

4 O próprio Flávio faz referência a essas tradições picturais quando contrasta, em "Madona e Bambino", capítulo de *Os ossos do mundo*, "a pintura naturalista e realista" (Carvalho, Flávio de Rezende, *Os ossos do mundo*, *Op. cit.*, p. 107) com a arte primitiva, focada nas emoções e na expressividade, sem entorpecentes como a primeira (*Ibidem*).

relações que não as de limite ou colimitação, mas as de umbral e indistinção, posto que por trás de uma coisa sobrevive outra, deixando nela seus traços e ressonâncias. Nesse sentido, não é uma visão ocularcêntrica, mas certamente háptica enquanto envolve certo contato entre essas ideias, objetos, pensamentos, vestígios, que serão postos em jogo e que implicam temporalidades diferentes. A condição háptica dessa visão - que se traduz numa elaboração teórica de um sentido muito particular - exprime-se na noção de força que o autor vê emergir desde as subjacências das imagens sobre as quais coloca a sua atenção.[5] A imagem, vista então, revela-se muito mais do que um plano, uma visão estática ou uma percepção, pois dela aparecem e emanam as forças da "animosidade da história" que nela sobrevivem. A visão de uma imagem não é apenas reconhecimento ou fixação e não é representação, mas condensação de forças originárias atuando nessas imagens como vestígios. O artista vai agir, em consequência, como arqueólogo que recupera e mexe com esses vestígios, com o que o háptico da visão torna-se tato na escavação e na especulação teórica que com eles trabalha.

5 Um exemplo do regime escópico carvalhiano pode ser reconhecido em "Madona e Bambino". Nesse capítulo o autor estuda duas imagens, a partir das suas visitas à Itália: os quadros da Virgem, de um lado, e as representações do Cristo, de outro, que se conectam. Mas essas imagens não são analisadas ou descritas enquanto reflexos de uma época ou um mero conflito histórico, mas como imagens "confeccionada[s] pela animosidade da história" (*Ibidem*, p. 110), quer dizer, como produtos de forças tumultuosas ("desejos") que as fizeram irromper e que condensam nelas capas de vestígios, formados durante longos períodos. Todas as sobrevivências, que o autor traz na revisão de uma longa e exaustiva listagem de imagens (de Cristo, da Virgem, da Igreja, dos papas), ficam geralmente perdidas "atrás da história", como resíduos de forças tumultuosas e forças do começo ("emoções do começo", *Ibidem*, p. 118) ou um "desejo profundo" (*Ibidem*, p. 120).

A viagem que origina a série "Rumo ao Paraguai" é apresentada, no começo, como respondendo a propósitos explicitamente geopolíticos, enquadrando-se no panorama diplomático das relações bilaterais levadas adiante pelo governo de Getúlio Vargas na década de 1940, mas foge da mera tentativa de descrição ou de crônica narrativa de quem acompanha uma delegação diplomática para imiscuir-se em teorizações sobre diferentes assuntos (geralmente conectados), como é o caso da Nação Guarani, da interpretação de processos históricos e eventos particulares, concedendo uma "escuta atenta" às "pervivências ou sobrevivências", conforme se desenvolverá mais adiante, que discutem um conceito de História, a partir das fontes e documentos citados por Carvalho, e inscrevem um método particular de "arqueologia" dos resíduos, muito próximo das buscas de Aby Warburg, no qual o *pathos* e o patológico têm forte presença.

Miragens rumo ao Paraguai

Em agosto de 1943, Flávio de Carvalho, a convite de Assis Chateaubriand, viaja – em companhia de Ary Barroso – à cidade de Assunção, no Paraguai. Dessa viagem resultará a série "Rumo ao Paraguai", publicada de setembro do mesmo ano e até março de 1944 no *Diário de São Paulo*.

Na série "Rumo ao Paraguai" convergem o interesse de Carvalho pelo conhecimento dos processos psicológicos e emotivos do ser, dos fenômenos históricos, dos comportamentos de massas etc. com análises de caráter geopolítico a partir, especialmente, do desenvolvimento apurado de categorias centrais no pensamento do artista.

A década de 1940 é de uma complexidade ímpar no Cone Sul: além de ser um período de definições em relação às potências em disputa na Segunda Guerra, às querelas de fronteiras e às relações econômicas e político-diplomáticas entre as nações do Sul, todas ainda à flor da pele. Lembre-se que a Guerra do Chaco tinha finalizado apenas em 1936. A viagem de Carvalho ao Paraguai dá-se, portanto, em uma época em que o Brasil se propunha o estreitamento de relações políticas no continente e, especialmente no Sul, à procura de ocupar um espaço de domínio que correspondesse ao seu imenso território. Entre 1939 e 1945, segundo Doratioto,

> [...] as relações brasileiro-paraguaias se aprofundariam, como resultado do interesse comum em que o comércio exterior do Paraguai se desviasse para o Brasil e da identidade política entre os regimes de Getúlio Vargas e os de Estigarribia e de Higinio Morínigo. Durante esse período, houve notável aproximação política e cultural entre os dois países, bem como iniciativas para se criar uma infraestrutura de transporte entre ambos, para viabilizar as relações comerciais.[6]

Em 1941, Vargas tinha visitado Assunção, sendo essa a primeira viagem de um chefe de Estado do Brasil ao Paraguai. Essa visita deixava bem claro o objetivo geopolítico brasileiro: "alcançar um equilíbrio regional com a Argentina, principalmente na área estratégica do coração do continente, composta por Bolívia e Paraguai".[7] Chateaubriand, proprietário da empresa jornalística de *Diários Associados* já tinha também visitado o Paraguai com antecedência, junto a outros empresários da pecuária e ministros como Negrão de Lima. "Eram viagens de homens de negócios, demonstrando que o Paraguai passara a atrair o interesse de empresários brasileiros".[8]

---

6 Doratioto, Francisco, *Relações Brasil-Paraguai. Afastamento, tensões e reaproximação* (1889-1954). Brasília: FUNAG, 2012, p. 441. Consta, entre os facilitadores desses laços e intercâmbios, a rota aérea estabelecida entre os dois países que, na prática, se concretiza no voo semanal entre Assunção e Rio de Janeiro, passando por Ponta Porá, no Mato Grosso (e que foi o que levou Flávio de Carvalho ao país vizinho).

7 *Ibidem*, p. 449.

8 *Ibidem*, p. 444.

Nessa linha geopolítica, é possível rastrear vários comentários do viajante. Alguns deles abordam a temática territorial e, particularmente, das fronteiras, seguidas de acuadas sugestões em torno da necessidade de vias de comunicação, intervenção para o favorecimento do comércio e o desenvolvimento, bem como a proteção das nações e seus bens, em casos de agressão externa:

> Devido à má configuração geográfica das fronteiras do sul, o Estado de Mato Grosso, completamente exposto às forças econômicas e estratégicas dessas fronteiras, não se encontra em posição defensiva capaz de proteger os nossos interesses, capaz de resguardar a grande rota para o nosso maior parque industrial.[9]

Seguindo a hipótese de uma possível agressão externa, Flávio de Carvalho se preocupa com o problema do "aproveitamento de matérias primas da bacia Amazônica no abastecimento dos mercados de São Paulo". No caso,

> O percurso pelo rio Paraguai, não somente encurtaria de [*sic*] muito a distância, mas oferece a vantagem de ser naturalmente protegido de incursões inimigas em caso de agressão externa ao continente. Tem também uma outra vantagem, e esta muito séria: a via fluvial não pode ser destruída e interrompida por bombardeio como o é a via férrea.[10]

Finalmente, o autor conclui, refletivamente que:

> Enquanto não houver uma ligação ferroviária entre Campo Grande e Ponta Porá e Ponta Porá e Assunción [*sic*], a nave-

9 Carvalho, Flávio de Rezende, "III - Rumo ao Paraguai". *Diário de S. Paulo*, São Paulo, 15 set. 1943.

10 *Ibidem*.

> gação do rio Paraguai é um dos termos de uma importante equação geopolítica, pois que coloca o porto de Santos e as riquezas do Estado de São Paulo em contato imediato com Assuncion [*sic*] e a bacia do Amazonas.[11]

Carvalho se preocupa com o que será, segundo as suas palavras, a base econômico-estratégica de Paraguai, o sul do Mato Grosso e oeste de Paraná, aos que nomeia "o coração de uma região que pode ser hoje chamada 'os Balkans da América'", expressão sintomática dos conflitos persistentes.[12]

Esses apontamentos, muito mais próximos do esperado de uma "missão geopolítica", não se mantêm durante muitas páginas adiante, ou pelo menos não serão do mesmo teor. No texto VII da série, de 13 de outubro de 1943, dá-se uma viragem e as questões estritamente geopolíticas vão ficando atrás ao mesmo tempo em que observamos o incremento da presença do que o mesmo autor chama de "captação, pela sensibilidade [...] das forças do ambiente [...] e da sua relação com as forças ancestrais e com a História e com o Porvir". Isto é possível, graças à própria teoria da visão desde o ar, porque entre miragens, mapas e paisagens, a série de Flávio de Carvalho se inicia com objetivos específicos à sua "missão" para,

11 *Ibidem*.

12 Essas reflexões, profundamente geopolíticas, de Flávio de Carvalho evocam um contraponto muito interessante e o aproximam das reflexões que escrevera Euclides da Cunha durante a expedição binacional entre Brasil e Peru ao Alto Purus. Nessa expedição, Da Cunha escreveu diversos artigos, que formariam depois *À margem da história*. Para o engenheiro escritor, os rios amazônicos adquirem muitíssima importância na hora de conduzir os "destinos" da nação. A Amazônia, em *À margem da história*, se institui como uma imagem que reúne simultaneamente passado e presente, novidade e ruína. O espaço amazônico é uma *miragem*, é uma imagem distorcida, e o seu real persiste na distância e nas falhas (geo)semânticas que escapam da vontade de ordenação desse território.

logo após, elevar-se e, numa visão "panorâmica", desenhar outra cartografia. Nela, Carvalho se movimenta entre a missão geopolítica, a biografia de personagens históricos, numa escrita ensaística que desconhece limites disciplinares e propõe um cenário em que pensamento teórico e ficção não se opõem, pelo contrário, convivem num campo de saber não-compartimentado,[13] produzindo uma escritura não autonômica.[14]

Na composição dessa cartografia, a miragem, que o viajante menciona em várias ocasiões, é fundamental. Desde o avião, vê-se o "fenômeno de refração" e os seus efeitos. A miragem produz a confusão entre a paisagem e o firmamento no horizonte, gera efeitos sensitivos e comparações, estados hipnóticos.[15] O fenômeno visual tem resultados nos processos psicológicos, revela emoções, faz irromper desejos ou, ainda, provoca estados limiares da consciência; não se trata apenas de um fenômeno físico, mas das suas consequências para a criação de um conceito do pensamento e para a elaboração de uma teoria e de uma genealogia, partindo de expressões específicas, de situações empíricas e de observações de fatos, mas indo além delas.

Se o homem em voo, como repete Carvalho em "As ruínas do mundo",[16] enxerga simultaneamente toda a vida de um mundo, e é semelhante nisso ao arqueólogo, é, então, como ele, "capaz de julgar

---

13 Freitas, Valeska, "Flávio de Carvalho, leitor dos gráficos da cultura". In: *Flávio de Carvalho. 100 anos de um revolucionário romântico*. Curadoria de Denise Mattar. Rio de Janeiro: CCBB/MAB-FAAP, 1999, p. 60-65.

14 Mata, Larissa Costa da, "A biblioteca, a sobrevivência e o sonambulismo da história". *Organon*, Porto Alegre, vol. 31, nº 61, jul/dez, 2016, p. 211-228.

15 Carvalho, Flávio de Rezende, "IV – Rumo ao Paraguai". *Diário de S. Paulo*, São Paulo, 22 set. 1943.

16 *Idem*, "As ruínas do mundo". In: *Idem*, *Os ossos do mundo*, *Op. cit.*

porque enxerga ao mesmo tempo um grande número de acontecimentos". Porém,

> *a visibilidade aumenta com a decalagem*, quanto maior é a simultaneidade menor é a percepção recíproca dos acontecimentos, mas sendo o acontecimento bastante afastado o observador, em busca de uma visão, encontrará talvez no acaso das coisas os resíduos que iluminará [*sic*] o seu pensamento[,][17]

acrescenta logo adiante. Esse julgamento poderá re-sensibilizar o indivíduo e, portanto, estabelecer uma *conexão anímica* maior com o objeto. É precisa essa sensibilidade não só para o objeto, mas, sobretudo, para as forças que ele exerce ou que nele se expressam. O arqueólogo é um "arqueólogo malcomportado", posto que não só enxerga, mas mexe com os resíduos a partir da sugestibilidade que eles lhe comunicam. A decalagem ou não-coincidência, a dissidência, é, então, favorável para perceber os "resíduos sobreviventes",[18] os quais carregam assim tempos diferentes, perdidos, "recordações" da história que eles sugerem e que requerem da "intuição poética", de uma *poiesis* criadora que ressoe do e no próprio inconsciente (e que remeta a um desejo tumultuoso profundo), de uma ficção teórica. A miragem reforça as ideias expostas sobre a visão desde o ar, entendida não como visão que cria o efeito de real, representacional, mas como dissonância que pode conectar diferentes tempos e categorias: a miragem não é irreal, favorece a decalagem e com ela a sintonização, a possibilidade de traçar (com a escrita) na superfície (do papel) os sismos imperceptíveis, os movimentos invisíveis, mas sensíveis à força poética, que se sustenta no inconsciente e no instintivo (como saída do ocularcentrismo).

---

17 *Ibidem*, p. 42. Grifo nosso

18 *Ibidem*, p. 43.

Dir-se-á também, então, que a aproximação geopolítica é, em Flávio de Carvalho, uma miragem, pois ele atravessará essas imagens e preocupações geográficas, territoriais, populacionais, de segurança... para chegar ao que lhe interessa: a Guerra do Paraguai (1864-1870). No entanto, não só enquanto acontecimento histórico singular, o que o levaria a indagar as causas e consequências do conflito, mas como fenômeno que se expressa na emergência de forças específicas e no aparecimento de imagens que dão a ver supervivências que, no detalhe, poderiam se perder ou não serem advertidas, por se tratarem de rastos.

"No Paraguai encontramos ainda o vivo ressentimento da guerra de setenta".[19] Esse ressentimento é qualificado por Flávio de Carvalho como "resíduo" que ainda atua no Paraguai, assim como na arquitetura pervivem os resíduos do delírio de grandeza de López (filho).[20] A miragem inicial de "povos irmãos em luta" é, nesse ponto do texto, explicada como sobrevivência da inimizade, do caráter de inimigo do Brasil respeito do Paraguai. A luta segue ainda viva, sobrevive, embora a guerra tenha acabado no século anterior, ao mesmo tempo em que a "irmandade" parece necessária para a segurança tanto do Paraguai quanto, especialmente, do Brasil do presente. Teoria das sobrevivências e missão geopolítica intersectam-se constantemente para explicar não só o presente pelo passado, mas o que do passado se mantém no presente e no referente à condução das ações futuras.

19 *Idem*, São Paulo, 20 out. 1943.

20 Para o autor, as sobrevivências e os resíduos, que darão forma a sua teoria, existem não só no nível da história ou de fatos assim chamados "históricos", mas também em elementos visíveis, perceptíveis na arquitetura e na conformação espacial das cidades até em aspectos mais dificilmente observáveis e que, por isso, requerem a ressonância inconsciente e a emoção do artista.

Dois corolários podem se enunciar a partir dos casos de sobrevivências que serão analisados por Carvalho – e que retomaremos na próxima seção. Por um lado, uma concepção de história particular, que não a concebe como estritamente linear, mas como convivência de tempos. Essa noção discute com uma corrente da historiografia que, nos anos 1940, estava justamente se estabilizando e elaborando os próprios modelos pedagógicos de seu ensino.[21] Por outro lado, valendo-se de textos que se inscrevem ou se constroem como pertencentes à disciplina histórica, Carvalho realiza uma operação completamente anárquica ou antiautonômica ao pôr esses textos em contato com a teoria das sobrevivências, elaborada por ele num sentido muito próximo ao de *Nachleben*, de Aby Warburg, que o autor alemão desenvolve com base na teoria da cultura de Edward Tylor.

Mentalidade jesuítica e ditadores americanos

A tese fundamental que Flávio de Carvalho desenvolve nas páginas que integram "Rumo ao Paraguai" afirma que a mentalidade jesuítica – formada a partir da forte interação entre os jesuítas e os índios – teve papel preponderante na conformação do continente americano e sobrevive nos seus ditadores.

Em 1935, Flávio de Carvalho já tinha escrito um artigo respeito dessa temática. Em "Os ditadores, a fecundidade, a guerra", publicado na revista *Vanitas*,[22] o autor se concentra na questão do número e da população. Num sentido muito próximo daquele que Foucault irá propor quase trinta anos depois, Flávio de Carvalho as-

21 Um exemplo é o livro *Ciência histórica e filosofia da história. Espírito e método de ensino* (1936), de Ángel Bassi, autor a que Flávio de Carvalho refere na série "Rumo ao Paraguai", embora focalize em outro livro dele, *O tirano Rosas.*

22 Carvalho, Flávio de Rezende, "Os ditadores, a fecundidade e a guerra". *Vanitas*, São Paulo, nº 52, out. 1935, p. 20-21. Agradeço a Larissa Costa da Mata a referência do artigo e o envio do seu conteúdo.

socia a política do rebanho, quer dizer, a estratégia da multiplicação do número, da população, ao controle nas sociedades "pastorais" – as quais se guiam por uma série de instituições que se encarregam desse manejo, favorecendo determinados processos – e não só coercitivamente (o que Foucault definirá como biopoder).[23] A tríade que Flávio de Carvalho associa, no título do artigo, faz referência ao fato de os ditadores se colocarem à cabeça das nações para compensar o grau de inferioridade em que elas podem se encontrar. Isso se dá através da fecundidade, da produção de filhos, os quais serão população, número, importantíssimos para a guerra que, por sua vez, se sustenta na necessidade de subsistência racial.

O ditador encarna o semeador que com sua virilidade fecunda a terra, o povo, numa associação que é feita na seguinte imagem: Mussolini espargindo grãos, símile da procriação de "carne para canhão",[24] em guerras planificadas para consumir o material bélico excedente da Grande Guerra, que produzem ganâncias exorbitantes para personagens como Zaharoff, quem, curiosamente, esteve envolvido na venda de armamento bélico na Guerra do Chaco (entre o Paraguai e a Bolívia). A imagem de Mussolini, no topo da página, é colocada sobre uma multidão de punhos ao ar numa montagem,

---

23 Foucault, Michel, *Seguridad, territorio, población. Curso en el Collège de France (1977-1978)*. Traducción de Horacio Pons. Buenos Aires: Fondo de Cultura Económica, 2006.

24 Didi-Huberman, no livro *Povos expostos, povos figurantes*, propõe que, no tocante ao retrato de grupos, em épocas de forte militarismo, o grupo geralmente se apresenta como rebanho – nem como matilha informe, nem com singularidades finas demais. Coincidentemente, uma das imagens que apresenta Flávio de Carvalho no artigo da revista *Vanitas*, e explicitada com a epígrafe de "carne de canhão", recria o rebanho que vai ao matadouro. Didi-Huberman, Georges, *Pueblos expuestos, pueblos figurantes*. Traducción de Horacio Pons. Buenos Aires: Manantial, 2014.

exibindo o *pathos* da *foule* [multidão], na exaltação do líder semeador que acrescenta a autoestima do coletivo.[25]

Assim como desde a antiga Roma, especificamente, por meio da categoria de *imago*, existe um vínculo entre imagem, poder e genealogia, a montagem de imagens que Carvalho realiza expõe uma genealogia do povo fecundado e exaltado – pelo pai, o líder fascista, negando um suposto estado anterior de inferioridade da massa. Se na imagem-matriz se institui a semelhança por duplicação, assim também o ditador opera por contato, "fecundando" o povo.

Os textos da série que aqui analisamos se aprofundam ainda mais nas raízes dessas imagens e, particularmente, na sobrevivência de resíduos, de vestígios da mentalidade jesuítica na figura de ditadores, procurando uma origem, não entendida como "gênese", ponto zero da história, mas como uma combinação ou intervalo entre a *Herkunft* e a *Entstehung* nietzschianas, entre procedência e emergência (a entrada em cena de forças).[26] A partir da análise realizada

25 No mesmo livro, Didi-Huberman inscreve a associação entre multidão [*foule*] e loucura [*folie*] desde, pelo menos, a Revolução Francesa (*Ibidem*). A associação entre as multidões e a militarização, que cristaliza de maneira mais evidente nos regimes fascistas, preocupava já Jacob Burckhardt nas suas *Reflexões sobre a história universal*: "Tenho uma premonição [...] que, ainda que pareça insensatez, não posso afastar da minha mente, e é a de que o estado militar que se avizinha vai se converter em uma grande fábrica. Essas hordas humanas dos grandes centros industriais não podem ficar abandonadas indefinidamente à sua fome e cobiça. Por força, sobreviverá, se há lógica na história, um regime organizado para graduar a miséria, com uniformes e promoções, em que cada dia comece e acabe com o rufar de tambor". Burckhardt, Jacobo, *Reflexiones sobre la historia universal.* Traducción de Wenceslao Roces; Epílogo de Rudolf Marx; Prólogo de Alfonso Reyes. México: Fondo de Cultura Económica, 1943, p. XXI.

26 A *Herkunft*, segundo Foucault (1992), significa manter a dispersão e não a semelhança; é a procedência, que transmite uma perigosa herança, a qual não é uma aquisição nem um saber acumulado, mas um con-

por Foucault dos diferentes termos utilizados por Nietzsche para "origem", o autor francês propõe que:

> Termos como *Entstehung* ou *Herkunft* marcam melhor do que *Ursprung* o objeto próprio da genealogia. [...] *Herkunft* é o tronco de uma raça, a proveniência; é o antigo pertencimento a um grupo [...] longe de ser uma categoria de semelhança, tal origem permite ordenar, para colocá-las à parte, todas as marcas diferentes [...].
> A proveniência permite também reencontrar sob o aspecto único de um caráter ou de um conceito a proliferação dos acontecimentos através dos quais (graças aos quais, contra os quais) eles se formaram. [...] Seguir o filão complexo da proveniência é, ao contrário, manter o que se passou na dispersão que lhe é própria: é demarcar os acidentes, os ínfimos desvios – ou ao contrário as inversões completas – os erros, as falhas na apreciação, os maus cálculos que deram nascimento ao que existe e tem valor para nós [...].
> [...] *Entstehung* designa de preferência a *emergência*, o ponto de surgimento. É o princípio e a lei singular de um aparecimento. [...]
> A emergência se produz sempre em um determinado estado das forças. A análise da *Herkunft* deve mostrar seu jogo, a maneira como elas lutam umas contra as outras [...].[27]

Porém, como reforça Raúl Antelo, retomando esse texto de Foucault, mas destacando as propostas bejaminianas, a palavra *Ursprung*, origem, pode ser possível e permitir a crítica se a entendermos como "salto mais além da cronologia histórica, do fluxo

---

junto de dobras, fissuras, camadas heterogêneas, fragmentos, ou seja, uma incompletude. Foucault, Michel, "Nietzsche, a genealogia, a história". In: *Idem, Microfísica do poder.* Organização, introdução e tradução de Roberto Machado. Rio de Janeiro: Graal, 1979.

27 *Ibidem*, p. 20-21; p. 23; p. 10-14.

do devir",[28] "A origem é uma espécie de cristalização do momento histórico da gênese, que interrompe o curso da história e absorve uma dada configuração",[29] a mimetiza. Trata-se, em outros termos, de uma potência e uma latência.

As imagens, que esboçam essas sobrevivências da mentalidade jesuítica nos ditadores, se espargem por diversos textos da série "Rumo ao Paraguai", mas são apresentadas ponto por ponto e sinteticamente no texto XIV, de 8 de dezembro de 1943. De maneira muito geral essas imagens dão conta do impacto da mentalidade jesuítica para a formação dos ditadores americanos a partir de aspectos ou elementos coincidentes, que são:

1) O chicote, usado pelo jesuíta e pelo ditador, para manter sempre a sua "superioridade";

2) "O gesto de se curvar perante um Deus Todo Poderoso". Dado que a religião acostuma o povo a se submeter perante um ser superior, é útil para os propósitos do ditador que pode tomar esse mesmo lugar;

3) A utilização de grandes retratos ou estátuas que visam inspirar respeito e medo às massas;

4) A realização de espetáculos e manifestações pomposas e teatrais, como expressão da própria personalidade, especialmente violentos (castigos cruéis que os jesuítas aplicam aos índios, mas também a si próprios, e as torturas e punições que os ditadores impõem);

5) Tanto os jesuítas quanto os ditadores apresentam uma preferência pelos grandes espaços e as grandes visões;

6) Os grandes gestos (a magnanimidade) também se corresponderiam com esses grandes espaços desejados;

---

28 Antelo, Raúl, *Archifilologías latinoamericanas.* Villa María: Eduvim, 2015, p. 15.

29 *Ibidem*, p. 15.

7) O americanismo e o nacionalismo dos jesuítas (que se isolaram deixando de responder economicamente à Espanha) e dos ditadores (o isolamento para a defesa do território nacional);

8) A coincidência no raciocínio sustentado na noção de Ordem;

9) O silêncio e a sobriedade: dos claustros jesuítas, o silêncio imposto pelo ditador Francia ao Paraguai e o silêncio dos Pampas.

Além desses pontos, Carvalho faz dos jesuítas os primeiros a defenderem o território do Novo Mundo de ameaças estrangeiras: cita os casos de Nóbrega, Anchieta e Vieira, este último sendo o grande protetor do Amazonas.

O ditador de que Carvalho se ocupa é, principalmente, Rosas, mas descreve também Facundo como elemento gaúcho telúrico, cujo fundo é coincidente com o de Rosas, mas que não ocupou o cargo presidencial, ainda que tenha levado adiante as mesmas estratégias: o terror e o assassinato.

Fontes e leituras: uma especulação

Retomar as fontes que Carvalho lê na hora de realizar a descrição e, posteriormente, a leitura e a interpretação das figuras de Facundo e Rosas permitirá distinguir aquilo de quê o autor se apropria das elaborações alheias para caracterizar e delimitar as ficções-teóricas de sua autoria. Reconhecem-se algumas das leituras (fontes) do próprio autor, segundo se verá, mas a originalidade do seu pensamento consiste na sugestão de uma teoria das sobrevivências entre jesuítas e ditadores.

Carvalho grifa, em primeiro lugar, os impulsos masoquistas ("a volúpia do sofrimento" nas práticas de autoflagelação) e sádicos (castigos cruéis, para aqueles que não concordavam com as suas fórmulas religiosas) dos jesuítas, que reaparecem nos mesmos impulsos dos ditadores. Assim transcorre a história dos povos do Sul:

"Dominada pela exuberância do jesuíta e pelo sadismo espanhol, a população do Novo Mundo seria submetida à dieta do chicote"; "Durante trezentos anos foi essa carne humana dilacerada e ofertada aos espectadores, nas praças públicas, em espetáculo de sangue".[30] Os ditadores americanos (como Rosas, na Argentina, ou Francia, no Paraguai – e Stalin ou Hitler, no presente do escritor) continuarão essa linhagem, impondo terror e obediência às suas pessoas.

Os elementos coincidentes entre jesuítas e ditadores, acima mencionados, são exemplificados na figura de Rosas, quem "fazia colocar o seu retrato ao lado [do] corpo de Deus", "sonhava com restabelecimento de Vice Reinado do Rio da Prata" (o desejo de grandes espaços), "certa vez arreou [*sic*] as calças e se fez aplicar por seu capataz duzentas chicotadas por ter ele próprio infringido um seu regulamento[,] proibindo o porte de armas nas suas estâncias. Visava [...] mostrar a todos que a sua justiça não conhecia limites" (a magnanimidade); "tinha a paixão e a religião da ordem: era consultado como perito organizador pelas sociedades industriais e agrícolas do Prata", "era tão grande a mania de controle de Rosas que ele aboliu os correios postais, subsistindo um só correio para melhor controlar a população",[31] impunha o silêncio no lar, silêncio característico dos Pampas onde nasceu.

Entre as leituras de Flávio de Carvalho podemos distinguir as *fontes diretas*, por ele referidas no discorrer dos textos da série, citando-as de passagem, e as que chamamos de "*leituras especulativas*", segundo uma aproximação da biblioteca do autor e as ressonâncias e coincidências de linhas de pensamento.

No primeiro dos casos, as *fontes diretas*, as especulações esgrimidas se sustentam na efetiva citação e na existência, junto a marcas

30 Carvalho, Flávio de Rezende, "XIV – Rumo ao Paraguai". *Diário de S. Paulo*, São Paulo, 8 dez. 1943.

31 *Ibidem*.

de leitura, de livros na biblioteca de Flávio de Carvalho, hoje depositada no Centro de Documentação Cultural Alexandre Eulálio (CEDAE) na Universidade de Campinas.[32] Nos outros casos, nossas afirmações não podem ir além de uma sugestão, de uma hipótese a partir de breves menções de Flávio de Carvalho e, consequentemente, de um exercício de imaginação que conecta leituras possíveis. Como é de costume, o autor não inclui nos seus textos as referências ou a bibliografia das obras lidas ou utilizadas, o que habilita a especulação sobre elas, permitindo-nos ir além ou aquém delas.

Deter-nos-emos, primeiro, nas *fontes diretas.* Duas são as principais: *O tirano Rosas*, do professor Alberto Bassi, obra citada por Carvalho na série, e *Facundo* (a edição francesa de 1934), de Domingo Faustino Sarmiento.[33]

Segundo Flávio de Carvalho, que lê os textos de Domingo Faustino Sarmiento e de Angel Bassi – como ele o indica –[34] as for-

---

32 Agradeço a Larissa Costa da Mata e à equipe do CEDAE pelo envio da listagem de livros que compõem a Coleção Flávio de Carvalho.

33 Sarmiento, D. F., *Facundo*. Traduit de l'espagnol par Marcel Bataillon. Pref. de Anibal Ponce. Paris: Institut International de Cooperation Intellectuelle, 1934. 316 p., il. (Collection Ibero-Americane). (C/ grifos e anotações). Flávio de Carvalho introduz também uma breve referência, numa oportunidade, a Ramón Cárcano, pessoa importante na época em que esta série é publicada, motivo pelo qual me referirei, de maneira breve, a uma de suas obras sobre a Guerra do Paraguai em que se desenham os "perfis" de alguns personagens políticos muito importantes.

34 A referência a A. Bassi (sem mencionar o título do livro) e a Sarmiento aparecem no texto XVII, no qual se citam explicitamente essas fontes para descrever Rosas: "'Ama o campo, o gaúcho, o índio, o negro, o mulato, o ignorante', diz Bassi". Esta citação pertence, segundo descobrimos, ao livro *O tirano Rosas*, de 1942 (Bassi, Ángel, *El tirano Rosas*. Buenos Aires: Claridad, 1942, p. 30). A leitura de Sarmiento, também sem menção ao título do livro, fica evidente no seguinte parágrafo: "Um dos presidentes da Argentina, o genial Sarmiento, explica os acontecimentos dizendo que Rosas aplicava ao país os métodos de amansar

ças telúricas da paisagem dos Pampas (que deram no gaúcho e no caudilho) foram fundamentais na formação de Rosas e delimitaram a sua influência na configuração da nação. Muitas das descrições de Facundo e Rosas se alimentam de maneira direta do texto de Sarmiento, mas o que interessa aqui é o aproveitamento diverso que Carvalho faz dessas caracterizações.

Flávio de Carvalho salienta duas tendências da influência da paisagem na conformação do gaúcho e de seus caracteres: de um lado, a superfície ilimitada dos pampas move o gaúcho a romper o infinito, em corridas que às vezes se detêm nas cidades, único obstáculo contra o qual arremete sadicamente. De outro lado, os pampas operam nele, levando-o à depressão, à imobilidade e à tristeza. O autor qualifica isso de "loucura circular [que] confecciona a história argentina".[35] A solidão e o espaço ilimitado da paisagem levam o gaúcho à agressividade, paroxismo da primeira dessas tendências para compensar aquilo que falta à paisagem. "A superfície plana do Pampa necessitava de manchas de sangue para cortar e interromper a ideia uniforme de infinito", contra a "sonolência oriunda da monotonia, do repouso, do silêncio, do ritmo dos ventos, do ardor do sol, das profundezas da escuridão, do receio e do alarma dos pampas", como cura, cultiva-se "o saque, o castigo cruel e o derramamento de sangue"; "Essa solidão determina a selvageria sanguinária do gaúcho". Trata-se da agressividade que caracteriza Facundo Quiroga e Juan Manuel de Rosas. A lubricidade, a luxúria configuram o "bárbaro" Facundo, "autêntico produto da paisagem"

---

gado das estâncias [...]". Referências a Sarmiento se repetem em vários outros momentos. Carvalho, Flávio de Rezende, "XVII – Rumo ao Paraguai". *Diário de S. Paulo*, São Paulo, 29 dez. 1943.

35 *Idem*, "XV – Rumo ao Paraguai". *Diário de S. Paulo*, São Paulo, 15 dez. 1943.

(texto XVI).[36] Assim, por contágio, sendo Rosas um ditador quando chega ao poder, mas que se investe das características do gaúcho, realiza-se a patologização de Rosas, "um dos homens mais sanguinários na história do mundo" (texto XVII):[37] esses caracteres psicológicos específicos (de "maníaco depressivo", que Carvalho define como loucura) se ligam ao perfil do ditador e fazem dele o que se chamaria, com Kretschmer (1954), de "homem genial",[38] que não é definido pelo psiquiatra alemão como modelo (encarnação de valores relevantes de uma sociedade), mas como homem único. O autor define os gênios como pessoalidades excepcionais que despertam certos valores, os quais surgem não do acaso ou da conjuntura, mas da estrutura anímica, especificamente configurada como impulso de um imperativo psicológico.

Já Sarmiento tinha definido Facundo, em algumas breves passagens do seu livro, como "grande homem". Especificamente, no capítulo VII, concernente à vida de Facundo Quiroga, o autor argentino refere diferentes fatos que compõem a vida do caudilho como "tipo *criollo*" e afirma: "Toda a vida pública de Quiroga a mim parece resumir-se nesses fatos. Vejo neles *o homem grandioso, o ho-*

36 No texto XVI, de 22 de dezembro de 1943, Flávio de Carvalho descreve Facundo e até menciona o episódio de Severa Villafañe, para exemplificar o caráter insistente e cruel do caudilho, fato que é apresentado por Sarmiento no capítulo X de *Facundo* (Sarmiento, Domingo Faustino, *Facundo*. Buenos Aires: Losada, 2004, p. 188).

37 Carvalho, Flávio de Rezende, "XVII – Rumo ao Paraguai". *Diário de S. Paulo*, São Paulo, 29 dez. 1943.

38 O livro de Ernst Kretschmer também forma parte da biblioteca do autor: Kretschmer, Ernest, *Hombres geniales*. 4. ed. Traducción de José Solé Sagarra. Barcelona: Editorial Labor, 1954. 214 p., il. (Grande formato) junto a outro: Kretschmer, Ernest, *A histeria*. Rio de Janeiro: Flores & Mano, 1935. 217 p. (C/ anotações).

mem de gênio sem que ele o saiba, não obstante, o César, o Tamerlão, o Maomé. Nasceu assim e não é culpa sua".[39]

Carvalho transfere essa configuração a Rosas, mas o que lhe interessa remarcar é o caráter psicológico específico dessa conformação, muito mais próxima da de Kretschmer. Assim, tomará certas ideias de Angel Bassi sobre a "anormalidade" do argentino. A partir dos procedimentos de "filiação", "comparação" e "método dedutivo", segundo os parâmetros de uma historiografia pretensamente científica, Angel Bassi afirma sobre Rosas:

> Tratava-se, como comprovaremos no primeiro capítulo, de uma figura rara e extraordinária de anormal, de um criminoso nato, com singularidades e extravagâncias próprias do seu espírito acentuadamente travesso e do ambiente rural em que havia se formado, e que, quando estabelecido no poder, não deixa de ser, nem por um instante, aquilo que é; muito pelo contrário: valendo-se de que poderia exercê-lo sem controles nem qualquer barreira, não faz mais do que soltar as rédeas das suas ocorrências inauditas, das suas inclinações perversas e dos seus impulsos sanguinários.[40]

---

39 Sarmiento, Domingo Faustino, *Facundo*, *Op. cit.*, p. 123 (o grifo é nosso). Noé Jitrik encontra, entre as fontes da escritura sarmientina, a influência de Victor Cousin, no tocante à ideia de "guerra social", mais especificamente em relação à ideia de "grandes homens", conceito que o francês tomaria de Hegel, e que se distancia dos autores que selecionamos aqui para entender essa noção, nos termos em que Flávio de Carvalho pode tê-la pensado: afastando-se de concebê-la como ideal ou modelo, mas como emergência e sobrevivência de tendências psicológicas ou anímicas muito próximas do "mal" originário. (Jitrik, Noé, "Para una lectura de 'Facundo' de Domingo F. Sarmiento". In: *Idem*, *Ensayos de literatura argentina*. Buenos Aires: Galerna, 1970, p. 12-34).

40 Bassi, Ángel, *El tirano Rosas*, *Op. cit.*, p. XV. No capítulo primeiro de *O tirano Rosas*, Bassi vale-se de estudos psicopatológicos de Lombroso e, no nível nacional, de Ramos Mejía, quem afirma que Rosas era um neurótico e, ainda mais, um criminoso nato. A obra de referência para Bassi

Mas a maior distância entre a interpretação e a leitura sarmientina de Facundo e Rosas — fortemente orientadas por um projeto político e guiadas por uma concepção linear, cronológica, finalista e progressiva da história —[41] e a leitura carvalhiana consiste, de certa maneira, na aparição de Rosas como emergência das "forças do Mal", ou seja, na possibilidade de fundação do Estado com o assassinato,

---

é *A neurose dos homens célebres na História da Argentina*. Continuará, no mesmo texto, listando em detalhes todas as modalidades psicológicas presentes em Rosas, algumas das quais são: falta de sentido moral, falta de sensibilidade afetiva, insensibilidade pelas vítimas, cinismo, personificação do egoísmo etc. Num sentido muito compartilhado na época, como o demonstra também o livro de Kretschmer, considerava-se que os caracteres patológicos se herdavam. Por isso, citam-se os antecedentes da mãe de Rosas, Dona Agustina, e o seu "histerismo" (*Ibidem*).

41 Diz Sarmiento: "... é lei da humanidade que os interesses novos, as ideias fecundas, o progresso, triunfem ao final das tradições envelhecidas, dos hábitos ignorantes e das preocupações estacionárias" (Sarmiento, Domingo Faustino, *Facundo*, *Op. cit.*, p. 51), propondo, assim, que a história tende, inexoravelmente, para o progresso. Ainda mais, uma vez estabelecidos os dois princípios fundamentais - segurança da vida e da propriedade - a organização do Estado há de vir, porque o curso da história assim o requer, existem leis (à maneira das leis da natureza) que estabelecem a orientação da sociedade para alcançar uma meta, numa lógica linear e ascendente. Nessa linha, a natureza humana, os preconceitos, as superstições e religiões poderiam ser superadas graças à educação e à intervenção institucional: é a centralidade da razão. Num sentido semelhante se expressa Angel Bassi, já no século XX de maneira mais enfática: "A fórmula política positiva consiste em ordem e progresso; a ordem não como fim senão como meio de facilitar o desenvolvimento do progresso. O progresso é um contínuo movimento de avanço, elevação e aperfeiçoamento de todas as ordens de coisas. É um incessante devir por meio do qual o amanhã deve ser melhor que hoje e o futuro melhor do que o presente em marcha a um bem estar cada vez mais generalizado" Bassi, Ángel, *El tirano Rosas*, *Op. cit.*, p. 42. Ser partidário da ordem sem se subordinar ao progresso é indigno, e é o que, segundo o autor, Rosas faz.

que subjaz à análise de Carvalho: "Qualquer unidade no continente no Começo, como o é o sul-americano, só pode se fazer com sangue".[42] Num raciocínio complexo, situado especialmente no texto XIX da série, Flávio de Carvalho estabelece – retomando ideias de Keyserling – que, assim como a paisagem encontra-se antes do indivíduo e tenta absorvê-lo por aniquilação, o homem imita a paisagem na destruição de outros homens e de si mesmo, posto que o desejo primário tem a ver com uma Fome Original, que leva o homem ao assassinato: "Matar para viver é de toda a parte do mundo", "esse fatalismo que o impulsiona e que surge das forças do Mal" é um "Destino [que] provém da Terra e não do espírito humano, torna-se uma entidade psico-telúrica"[43] e com uma força de grande magnitude, inevitável. Enquanto Sarmiento propõe o "mal" como um problema que deve ser resolvido, como uma degeneração, visando ao retorno da "ordem" racional e ao progresso programático, pautado por valores ocidentais e europeus, Carvalho observa a agressividade como própria das terras e das forças telúricas na América do Sul.[44] "A política é sempre aquilo que há de primordial, de baixo, de diabólico e de vital" (texto XXI),[45] portanto se sustenta num baixo materialismo da política e não numa visão de altruísmo, moral e justiça.

---

42 Carvalho, Flávio de Rezende, "XIX – Rumo ao Paraguai". São Paulo, *Diário de S. Paulo*, 12 jan. 1944.

43 *Ibidem.*

44 No texto XX, afirma Carvalho: "Na confecção desse sul-americano a agressividade da terra virgem e das selvas impõe ao concupiscente, ao insaciável e temerário aventureiro um produto cheio do Mal e da Feiúra Primordial [...]. A psicanálise estabelece que no começo estão: Mal, Mentira e Medo". *Idem*, "XX – Rumo ao Paraguai". São Paulo, *Diário de S. Paulo*, 19 jan. 1944.

45 *Idem*, "XIX – Rumo ao Paraguai". São Paulo, *Diário de S. Paulo*, 12 jan. 1944.

Para Sarmiento, o triunfo de Rosas é resultado da subversão de todos os princípios em que repousam as sociedades humanas: "O mal que é preciso remover é o que nasce de um governo que estremece diante da presença dos homens pensadores e ilustrados e que, para subsistir, precisa afastá-los ou matá-los",[46] "nasce de um sistema que concentra em um só homem toda a vontade e toda a ação",[47] mas "nunca o mal triunfou definitivamente", "as dificuldades são vencidas por força de contradizê-las".[48] Ainda que no pensamento de Sarmiento exista uma ideia de força, essa se delimita em termos de vontade, de ação, enquanto para Carvalho é uma irrupção de tendências que existiam "atrás da história", são sobrevivências – algumas vezes "filogenéticas", outras psico-telúricas.

Numa diferença profunda com Sarmiento, Carvalho assevera que:

> Foram os "babilônicos" Facundo e Rosas, homens que na batalha eram mestres da arma, homens que brotaram da mistura de terra e sangue, homens que compreendiam o holocausto do indivíduo e que pertencia[m] a um Começo e não distinguiam entre o assassinato e a morte natural, foram esses que realizaram a unidade argentina e não o liberal Mitre como querem os críticos. Eram homens fundamentalmente diabólicos.[49]

46 Sarmiento, Domingo Faustino, *Facundo*, *Op. cit.*, p. 205.

47 *Ibidem*, p. 205.

48 *Ibidem*, p. 51.

49 Gostaria de sugerir aqui uma questão que, por motivos de espaço, não posso desenvolver e que tem a ver com a figuração de Rosas. Bassi estabelece que Dorrego, combatendo Rivadavia, deixou o organismo nacional sem liderança, esquecendo as províncias à mercê do influxo das *montoneras* bárbaras. A condição de acefalia possibilita, então, a proliferação da Hidra, que vem sendo Rosas, e de suas múltiplas cabeças (as quais, ainda que cortadas, proliferam), o que estabelece um jogo de sentidos interessante em relação ao método de degolamentos e

O Estado, então, segundo as ideias desenvolvidas por Carvalho, surge do crime. Por isso, uma das suas imagens mais impactantes é o sangue: "A superfície plana do Pampa necessitava de manchas de sangue para cortar e interromper a ideia uniforme de infinito".[50] Como se fosse uma escrita, o sangue é produzido pela morte: se a disposição horizontal da paisagem significaria a morte do homem, a vida, como movimento vertical, deve liberar as atividades "fálicas e agressivas", o crime. É com sangue, ele parece dizer, que se escreve a fundação do Estado. Foi por isso que se adotou "a cor vermelha na Bacia do Prata" (texto XIX).[51] O alicerce das civilizações é o sangue, espargido – como tinta – pelos caudilhos.

Num sentido muito próximo ao dessas ideias, Jacob Burckhardt, no seu livro sobre o Renascimento na Itália (de 1860) propõe os *condottieri* como os fundadores dos Estados: eles eram chefes de mercenários, que podiam ganhar territórios como soberanos se o seu senhor lhes pagasse os serviços com terras e pessoas. Os *condottieri* são figuras importantes: se vencessem, viravam perigosos para o senhor e se perdessem, também, por causa da vingança. Geralmente, eram "perfeitos monstros impiedosos", "mas outros refinavam seu gênio e talento até se tornarem virtuosos e admirados". "Assim se configuraram os primeiros exércitos da história moderna, nos quais

---

à proliferação de "cabeças cortadas" da Mazorca de que fala Flávio de Carvalho no texto XVII da série. Carvalho, Flávio de Rezende, "XVII – Rumo ao Paraguai". *Diário de S. Paulo*, São Paulo, 29 dez. 1943.

50 *Idem*, "XV – Rumo ao Paraguai". *Diário de São Paulo*, São Paulo, 15 dez. 1943.

51 *Idem*, "XIX – Rumo ao Paraguai". São Paulo, *Diário de S. Paulo*, 12 jan. 1944. Sarmiento, no capítulo VIII do *Facundo*, também estabelece uma corrente de sentidos em torno da cor vermelha: cor predileta dos índios, cor da bandeira espanhola, utilizada pelos caudilhos, por Rosas, presente nas bandeiras de países orientais e africanos (bárbaros, para o autor), expressa sempre "violência, sangue e barbárie" (Sarmiento, Domingo Faustino, *Facundo*, *Op. cit.*, 160-161).

o carisma pessoal do chefe era a principal força motriz [...]".[52] Os *condottieri* e a sua violência foram fundamentais na configuração desses primeiros Estados modernos (Veneza e Florença, especialmente). Quase todos os Estados se configuraram sobre usurpações (filhos ilegítimos usando o serviço dos *condottieri* ou eles próprios se fazendo com territórios, que logo seriam os *stato*), mas em todos os casos se trata, para Burckhardt, de criações conscientes, procedimentos refletidos. Por isso, para ele os Estados assumiriam o caráter de "obra de arte".[53] Porém, esses objetos se consumaram graças à "arte da guerra", que "poderia dar lugar à crueldade mais desaforada, ainda que não fosse provocada por nenhum tipo de ódio político",[54] "mas simplesmente por simples paixões ou ações menores".[55] Veemse, aqui, alguns pontos de contato com as ideias carvalhianas, que poderíamos resumir na importância concedida a uma linhagem do "mal" como formadora dos Estados, da organização que chamamos de civilização ou da ordem social, do conflito, da luta de forças que emergem e sobrevivem, e não de uma necessidade de equilíbrio ou de harmonia - segundo uma visão mais ingênua.

Adentramo-nos, neste ponto, no que se tem nomeado como *leituras especulativas*, norteadas pela existência de exemplares na sua biblioteca que nos permitem desenvolver uma deriva possível sobre as inflexões teóricas do discurso de Flávio de Carvalho. É suspeita, então, a leitura de quem foi fonte, por sua vez, do próprio Aby Warburg: o historiador Jacob Burckhardt,[56] amigo, além disso, de

52 Burckhardt, Jacobo, *La cultura del Renacimiento en Italia.* Traducción de Fernando Bouza, Teresa Blanco y Juan Barja. Madrid: Akal, 1992.

53 *Ibidem*, p. 109.

54 *Ibidem*, p. 119.

55 *Ibidem*, p. 119.

56 Na biblioteca, encontram-se: Burckhardt, Jacobo, *Reflexiones sobre la historia del mundo.* Traducción de Liuba Dalmore. Prólogo de Leonar-

Nietzsche – com quem compartilhou o tempo em Basileia. Entrevê-se, assim, a constelação de leituras que interagem no pensamento carvalhiano, as quais contribuem, com diferente peso, para as suas teorizações, situadas na zona onde os limites entre as disciplinas se apagam, à maneira das produções desses mesmos autores.

Merece destaque o fato de que Burckhardt – definido como historiador – ofereça uma perspectiva muito particular da história, entendendo-a como *assistemática* – e que, nesse sentido, escape das regulações científicas de subordinação – além de apresentar esa disciplina mais pelo viés anacrônico do que pelo cronológico (especialmente, guiado por latências e irrupções), como observa-se na crítica aos preceitos hegelianos: "A história universal é, de acordo com ele [Hegel], a evolução até a liberdade [...] E, mesmo assim, encontramos nele a teoria, cuidadosamente introduzida, da perfectibilidade, ou seja, do que se convencionou chamar de progresso".[57] Pelo contrário, Burckhardt procederá praticando cortes transversais e não horizontais, na maior quantidade possível de direções.[58]

---

do Estarico. Buenos Aires: Librería y Editorial "El Ateneo", 1944. 285 p. (Colección Cultura Universal) e Burckhardt, Jacobo, *The Civilisation of the Renaissance in Italy*. London: George Allen & Unwin; New York: The Macmillan Co., [1898]. 559 p.

57 Burckhardt, Jacobo, *Reflexiones sobre la historia universal*. México: Fondo de Cultura Económica, 1943, p. 5.

58 O autor afirma também seus princípios: "Nosso ponto de partida é o único centro permanente e possível: o homem que padece, aspira e age; o homem tal como ele é, como tem sido e será. Por isso, nossa maneira de tratar o assunto será patológico". (Burckhardt, Jacobo, *Reflexiones sobre la historia universal*, *Op. cit.*, p. 6) e o ponto de vista se fixará "no que *se repete,* no *constante,* no *típico,* como alguma coisa que encontra eco em nós e nos é compreensível" (*Ibidem*, p. 6).

Em *Reflexões sobre a história universal*,[59] livro que reúne as conferências e aulas na Universidade de Basileia, Burckhardt outorga importância fundamental à arte e, especialmente, à poesia como fonte para o conhecimento histórico, concebendo-a como expressão da cultura de uma determinada era ou período, habilitando assim o conceito do historiador também como estudioso da história da cultura. Além disso, a poesia, para Burckhardt, se equipara à História e vice-versa, isto é, concebe-se como uma série de composições pictóricas:[60] "A História é, ou deveria ser, poesia",

> [...] esta é muito mais importante do que o saber histórico, porque somente ela possui a excelência superior que se requer para captar a eternidade do momentâneo, para expressar o que é, foi e será a humanidade. O historiador fará bem se aprender a imitar o poeta (*Dichter*), porque, como havia sido estabelecido pela autoridade de Schopenhauer, recordando de uma passagem de Aristóteles, "a Poesia oferece mais do que a História ao conhecimento da humanidade".[61]

---

59 Este livro foi traduzido ao espanhol de duas maneiras, como *Reflexiones sobre la historia del mundo*, a edição existente no CEDAE, da editora El Ateneo, e como *Reflexiones sobre la historia universal*, em tradução de Wenceslao Roces, com prólogo de Alfonso Reyes para o Fondo de Cultura Económica de 1943 (versão utilizada neste artigo). As *Reflexões* são o resultado do curso universitário do autor, cujas notas foram organizadas por seu sobrinho, Jakob Oeri. O livro apareceu em 1905 e inclui também as conferencias. (Reyes, Alfonso, "Prólogo". In: Burckhardt, Jacobo, *Reflexiones sobre la historia universal*, *Op. cit.*, p. XXV-XXVI).

60 Álvarez, Bouza, "Prefacio". In: Burckhardt, Jacobo. *La cultura del Renacimiento en Italia*, *Op. cit.*, p. 7 - p. 41.

61 Burckhardt, Jacobo, *Reflexiones sobre la historia universal*, *Op. cit.*, p. 6. Bouza Álvarez no "Prefácio" ao livro *A cultura do Renascimento na Itália* diz que Burckhardt reúne poesia e história, a qual compara também com imagens: "é como uma série das composições pictóricas mais belas" (Álvarez, Bouza, "Prefacio". In: Burckhardt, Jacob, *La cultura del*

Esse entrecruzamento de Burckhardt faz do historiador um poeta e do seu fazer uma *poiesis* não isenta de subjetividade, mas, pelo contrário, por ela permeada – e nisso ele se opõe às concepções positivistas de uma ciência histórica – é semelhante à praticada na psicoetnografia de Flávio de Carvalho em muitos de seus escritos e, especialmente, na *poiesis* teórica que se expõe em "Rumo ao Paraguai". Nela, Carvalho concentra e coloca lado a lado uma diversidade de supostos textos históricos e de fatos efetivamente acontecidos, mas a partir de um olhar subjetivo intrínseco, que se enuncia por meio da visão em voo, elaboração profundamente criativa da sua teoria das sobrevivências da mentalidade jesuítica na conformação dos ditadores americanos. Carvalho parece seguir o rumo indicado por Burckhardt, ao trabalhar com uma multiplicidade de fontes históricas (como *História do Brasil*, de Robert Southey), literárias, antropológicas, cartas de personagens "protagonistas" ou testemunhas, textos de Domingo Faustino Sarmiento, de Angel Bassi, combinando-as com suas próprias percepções. Essas elaborações merecem ser lidas como trabalho de campo, etnográfico (na descrição, por exemplo, de certos costumes da cidade de Assunção, tais como o luto, o bailado de Santa Fé) ou certa leitura interpretativa do desenho urbanístico e da arquitetura da cidade, sendo eles insumos gerados a partir da viagem-missão geopolítica mesma.

Renacimiento en Italia, *Op. cit.*, p. 26) e nos diz "Considerar o processo histórico como uma larga sucessão de *malerischen Kompositionen* tem, evidentemente, muito a ver com essa forma de interpelar o passado contemplando-o" (Álvarez, Bouza, "Prefacio", *Op. cit.*, p. 26). A poesia é ponderada em várias ocasiões na obra de Burckhardt, ela revela ao homem os segredos soterrados nele, ela transforma as dores e alegrias dos homens que viveram em todos os povos e todos os tempos em uma obra de arte imperecedoura (Burckhardt, Jacobo, *La cultura del Renacimiento en Italia*, *Op. cit.*). Nessa mesma linha, o autor tomará a poesia como fonte de conhecimento e teorizará sobre configurações históricas como criações, ou seja, como "obras de arte".

Flávio de Carvalho não cita nem se refere explicitamente ao historiador Burckhardt, mas é inevitável recompor a ressonância dos seus escritos a respeito da noção de "grandes homens" e o interesse que o brasileiro mostra por figuras centrais da história latino-americana, entre eles os terrificantes ditadores. A esse eco se misturam, também, como a biblioteca de Carvalho sugere, as proposições de Ernst Kretschmer em *Homens geniais* (1929).

Teoricamente, a noção de "grandes homens" é desenvolvida por Burckhardt em detalhe em "O indivíduo e a coletividade (A grandeza histórica)", mas tem seu correlato no livro sobre o Renascimento, no qual apresenta-se essa etapa da história como o despertar da "pessoalidade", do desenvolvimento do indivíduo. Burckhardt afirma que o século XIII, na Itália, se conclui já saturado de "pessoalidades", "rostos únicos" que aparecem em cena, e esse acontecimento é de caráter psicológico.[62]

Já em "Sobre a grandeza na história," essas ideias aparecem generalizadas, ainda que sem se revestirem de caráter nenhum de lei, para serem pensadas em outros contextos e outras sobrevivências, posto que cada situação ou caso é singular: as figuras de Facundo, Rosas e outros caudilhos apresentadas por Carvalho entendem-se nessa chave de leitura e interpretação, na medida em que, também eles, – como os *condottieri* e tiranos que descreve Burckhardt – fo-

62 Sobre esse ponto, declara o autor: "A cultura e a riqueza, nas quais todos podem se mostrar e rivalizar, unidas a uma importante liberdade municipal e à existência de uma igreja que não estava, como em Bizâncio e no mundo islâmico, com o estado, são elementos que favoreceram, sem dúvida, o desenvolvimento de uma forma individual de pensamento [...]" Burckhardt, Jacobo, *La cultura del Renacimiento en Italia*, *Op. cit.*, p. 143. Assim, sobretudo na história florentina, evidencia-se a presença de caudilhos e estadistas com um caráter marcadamente pessoal. A fama, correlativamente, reaparece nesse momento como reconhecimento do exterior. Não por acaso Maquiavel escreve sobre os que adquiriram fama por seus atos de crueldade colossal e por sua sede de glória.

ram fundadores do Estado através do crime originário, do sangue e do assassinato e desdobraram o caráter individual conforme detiveram o poder.

Alfonso Reyes, no "Prólogo" às *Reflexões...*, afirma que o livro de Burckhardt sobre o Renascimento (publicado em 1860) exprimia com antecedência a relação entre história e pessoalidade dos homens, relação sobre a qual focalizará no seguinte livro.[63] Segundo Reyes, para Burckhardt,

> A história é uma constante mutação, cujo princípio é bastardo [e não a filiação], em que sempre opera o fermento da liberdade [...]. Pois bem, como toda ação, essa mutabilidade requer um ator. O ator é o homem em geral e, em particular, o Grande Homem, que focaliza a força coletiva.[64]

O Grande Homem é uma agência individual e concreta, desenvolve uma ação determinante, mas que não é providencial nem extremosa; através dele operam-se, *rigorosamente*, a amarração ou os cortes entre o novo e o caduco.

Contudo, e em dissidência com a interpretação que Reyes faz dos grandes homens como uma projeção ideal da coletividade,[65] Burckhardt se subtrai à ideia de "homens modelos" e, fugindo de certos binarismos ou polaridades, alega que a grandeza se revela com uma *força mágica*. Embora o historiador se concentre em fi-

---

63 Reyes, Alfonso, "Prólogo". In: Burckhardt, Jacobo, *Reflexiones sobre la historia universal*, *Op. cit.*

64 *Ibidem*, p. XXVIII-XXXIX.

65 Contrariamente, Burckhardt propõe que "...deve-se precaver, sobretudo, contra a tendência a descrever, em relação a isso, os ideias morais da humanidade, pois os grandes homens não aparecem na história universal como precisamente como modelos, senão como exceções". (Burckhardt, Jacobo, *Reflexiones sobre la historia universal*, *Op. cit.*, p. 269).

guras relativas à arte, alguns dos caracteres e das condensações de sentidos em torno dos grandes homens permitem pensar o teor das reflexões sobre a questão em coincidência com as propostas de Carvalho. Assim, o grande homem resume ou condensa estados, religiões, culturas e crises; "descobrem a todo momento a situação real das coisas e dos possíveis recursos do poder",[66] "neles se incita, sobretudo, a vontade efetiva de tomar posse da situação e, ao mesmo tempo, uma enorme *força* de vontade que irradia em torno de si um influxo mágico" e "se atrai e submete ao seu império todos os elementos do poder e da dominação";[67] Os grandes homens estão geralmente "*dispensados de acatar as leis morais correntes*", posto que nenhum novo poder se instala sem transgressões, nem se conseguem novos desenvolvimentos sem a existência garantida pelo poder, às vezes roçando a infâmia, o crime e as conquistas pela violência.[68] O sentido do poder nos grandes homens é um "impulso irresistível"; "o processo vital se desenvolve nele [no grande homem] com muito mais força e violência [...]. A isso devemos agregar a inegável afinidade entre o gênio e a loucura",[69] o que nos remete novamente às ideias de Kretschmer.

Burckhardt toma conta do perigo que existe na justificativa dos crimes e da violência praticados pelos "grandes homens", porque a desconsideração dos meios para a consecução de uma finalidade pode acarretar a perda mesma dos "grandes fins", levando-os para a tirania e o terror – algo que o autor já previa no seu tempo – mas, também, os crimes dos grandes homens podem ser justificados quando põem fim aos crimes de um sem-número de pessoas: "Este

66 *Ibidem*, p. 270.

67 *Ibidem*, p. 271.

68 *Ibidem*, p. 281-282.

69 *Ibidem*, p. 285.

regime de monopólio do crime mediante o império de um grande criminoso pode, indubitavelmente, fazer que prospere em alto grau a segurança coletiva".[70] Justamente em 1943, quando o livro é publicado em espanhol (assim lido por Carvalho), as preocupações com a deificação de ditadores (Mussolini, Hitler) e seus crimes encontram-se no horizonte tanto de Alfonso Reyes, no "Prólogo", como nas elucubrações de Carvalho, quem estabelece sobrevivências e rastreia resíduos dos caudilhos como Facundo, Rosas ou Francia nesses personagens, que adquiriam força e irrompiam com grande estrondo na história do seu presente. Portanto, Carvalho era ciente das potências do mal que estavam em ação nessa década de 1940 – e sugere suas consequências.

Outro ponto de contato entre Carvalho e Burckhardt inclui a consideração do *pathos* como dimensão produtiva das "grandes coisas", que acorda no homem e nas massas forças insuspeitas, as que geralmente se evidenciam nas "crises históricas", emergências dessas forças, irrupção do *pathos*. "Todos os progressos espirituais, isso tanto no indivíduo como na coletividade, [...] procedem por golpes e saltos"[71] e não numa linha ascendente de progressos contínuos, próprios de uma visão finalista.

A afinidade entre gênio e loucura, apontada por Burckhardt, é central nas considerações de Kretschmer, para quem o elemento psicopático atua como fator parcial e imprescindível para a genialidade, o que poderia – segundo o definimos anteriormente – entender-se como sinônimo dos grandes homens, pois a vontade de poder desses, como aponta o psiquiatra alemão, é própria do gênio. Por isso, os homens de ação da história moderna (como os príncipes italianos do Renascimento, estudados por Burckhardt, ou o

70 *Ibidem*, p. 281.

71 *Ibidem*, p. 218.

super-homem, no mundo ideológico e especulativo de Nietzsche)[72] são gênios para o autor. Eles apresentam estranhos contrastes caracterológicos, resultantes de complexos mecanismos psíquicos que geram, comumente, uma moral contraditória em aparência, "moral" na qual sobrevivem as ações de "descarga de avidez de sangue e de força física",[73] típicas do herói da Antiguidade, ou seja, os "gestos patéticos", e a concepção ou o cálculo cerebrino – dos ilustres heróis modernos. Os homens geniais, em certa medida "heróis", apresentam tendências e impulsos sado-masoquistas, aqueles com os quais Carvalho descreve as atuações dos ditadores, explicando-as através das sobrevivências desses complexos psicológicos, que se apresentavam no jesuíta americano e reaparecem neles.

História, supervivências e terremotos

A aproximação entre as ideias de Burckhardt e de Carvalho permite-nos afirmar que, entre as leituras de cunho histórico as quais o autor de *Os ossos do mundo* se refere de maneira explícita, existe um uso variável, o qual responde a sua particular concepção e produção de teorizações, à de um "arqueólogo malcomportado". Dá-se um uso particular no caso de *Facundo*, de Sarmiento, quem no tom e no tipo de escritura, responde à indiferenciação disciplinar, própria também da geração de 1837.

Podemos intuir que a condição de *informe*[74] da escrita de Sarmiento tenha atraído a atenção de Carvalho. Não é objetivo

72 Krestchmer, Ernst, *Hombres geniales*. Barcelona, Editorial Labor, 1954.

73 *Ibidem*, p. 123.

74 Jitrik, Noé, "El Facundo: *la gran riqueza de la pobreza*". In: Sarmiento, Domingo Faustino, *Facundo*. Caracas: Biblioteca Ayacucho, 1977. A condição de *informe* que Jitrik encontra em Sarmiento se origina na "pluralidade" de registros, planos, elementos, exigências etc., é o desejo de tomar tudo, impulso de certa maneira destrutivo, que entra em

deste trabalho analisar as "mesclas" e a indistinção genérica que se opera nos textos sarmientinos, tipicamente em *Facundo*, mas que se manterá em outros textos posteriores.[75] Porém, é preciso salientar a sintonia com as ficções-teóricas e a escrita carvalhianas. A biografia, uma das instâncias que dariam o tom a essa mescla, sublinhada por Noé Jitrik, adquire importância, visto que o intuito de Flávio de Carvalho foi, na série estudada, ocupar-se dos ditadores americanos, apropriando-se de elementos ou pontos das biografias, para reconstruir as singularidades, ao mesmo tempo em que esses pontos específicos davam conta das estruturas patológicas individuais e, também, da animosidade da história, do *pathos* mesmo do tempo que sobreviveu nessas figuras. Ou seja, o que desapareceu – a mentalidade jesuítica – e reapareceu neles, ainda que com diferenças, que converte o tempo em heterocrônico e aberto às impurezas.[76]

Outro é, no entanto, o uso de Ángel Bassi (*O tirano Rosas*), contemporâneo de Carvalho. Esse autor se inscreve numa escola de pensamento, na Argentina, que tentou estabelecer os fundamentos de uma ciência histórica positivista e, especialmente, de sua didática, do seu ensino nas escolas. No seu livro *Ciência histórica e filosofia da história. Espírito e método de seu ensino* (1936), Bassi afirma que a humanidade comporta-se como um ser biológico: os tempos de paz são o estado normal ou saudável, enquanto a perturbação orgânica ou funcional são os estados patológicos, anormais ou de

contradição ou contraposição com o projeto ideológico que o leva a corrigir constantemente, retocar, reescrever, ou seja, se utilizar de instrumentos racionais relativos à vontade e ao poder.

75 Para Jitrik essa "mescla" formaria parte da "ambição literária", que Sarmiento se propôs a levar adiante, e da sua tentativa ou busca de "originalidade". *Ibidem*, p. XXV-XXVI.

76 Didi-Huberman, Georges, *La imagen superviviente. Historia del arte y tiempo de los fantasmas según Aby Warburg*. Traducción de Juan Calatrava Escobar. Madrid: Abad, 2009.

doença, dos quais têm se ocupado preferencialmente a história. Para o autor, a história se movimenta por causas e consequências numa ordem linear. Porém, existe uma diversidade de causas, entre as quais destacam: instinto nutritivo, instinto sexual, instinto destrutivo, guerreiro ou agressivo, instinto de autoconservação e espírito de dominação. Bassi menciona também a intervenção de causas de caráter patológico – e aí o caso exemplar vem a ser o de Rosas – que, para o autor, não salva o autor de ser submetido ao juízo e não o afasta de suas responsabilidades de "bárbaro e sanguinário".[77] Distinguindo entre ditadura e tirania, Bassi se propõe, além de construir as bases da ciência histórica nacional (uma tradição dela), julgar e condenar: não há como não reconhecer o mal, o crime, o sangue, mas para construir tempos de paz e ordem, normalidade. Sendo Rosas, como já se salientou, o anormal e criminoso nato por excelência, foram esses os traços definidores que atraíram a atenção de Flávio de Carvalho (a coincidência nas descrições assim o evidencia), porém, para efetuar algo irrealizado: rastrear os resíduos de configurações passadas no presente, e naquele passado – o século XIX de Facundo, Rosas, a Guerra do Paraguai – observar a face do presente, contemporaneizando os tempos e multiplicando as camadas. O intuito carvalhiano traça outros percursos, distanciando-se do propósito de Bassi, e dando conta de matrizes diversas a partir do reaproveitamento de fontes, rastros, vestígios, fragmentos, imagens mortas e redivivas, traçando o mapa e um rumo, agora no sentido de um modo de proceder: as ficções-teóricas. Carvalho usa a leitura de Bassi como fonte, para transformá-la através de sua própria elaboração, de sua *poiesis* teórica, em insumo para a sua psicoetnografia especulativa, que se localiza muito longe de um viés positivista e moral da história, como é o caso do argentino.

77 Bassi, Ángel, *Ciencia histórica y filosofía de la historia: espíritu y método de su enseñanza*, *Op. cit.*, p. 143.

Flávio de Carvalho se refere, no texto XXII, a uma carta de Júlio Mesquita a Cárcano que versa, segundo ele, sobre Mitre e Urquiza, na qual é possível ver que Mitre "desconhecia a grande extensão da força bélica paraguaia, a maior do Continente e sobrestimava [*sic*] o Brasil".[78] Ramón Cárcano foi, entre 1933 e 1938, diplomata na capital do Brasil,[79] e é provável, pelas referências a Córdoba (através do estudo dos jesuítas e da universidade em que estudou Francia), que o artista brasileiro tenha se encontrado com a sua pessoa. O assunto da carta consignada é a Guerra do Paraguai, tema que preocupou Cárcano em vários livros: *Guerra do Paraguai: Ação e reação da Tríplice Aliança* (1941), *Guerra do Paraguai: origens e causas* (1939), *Juízos sobre a Guerra do Paraguai* (1940). No primeiro dos livros citados, além de uma clássica sucessão de fatos que conduziram à guerra, a desenrolaram e a deram por finalizada, Cárcano incluiu uma série de "retratos" ou "perfis" dos homens, das figuras que intervieram no conflito: Pedro II, López, Mitre, entre outros, acompanhados por ilustrações de Ana Inés Cárcano (sua neta). Sugerimos aqui que, sendo Carvalho um artista que se interessou pelo gênero retrato, atribuindo-lhe uma desconstrução e uma elaboração muito pessoais, tenha achado aqui mais alguns elementos para a lucubração de sua tese sobre esses homens turbulentos (especialmente Rosas – com sua contraface, Mitre –,[80] Francia, López II)[81] Eles compunham "três tipos psicológicos": o

78 Carvalho, Flávio, "XXII – Rumo ao Paraguai". *Diário de S. Paulo*, São Paulo, 9 fev. 1944.

79 Existiu, de fato, uma homenagem da Academia Brasileira de Letras a Juan Ramón Cárcano, embaixador da Argentina no Brasil.

80 Ramón Cárcano define Mitre nos seguintes termos: "Tudo é refletido, sereno, maduro, firme, humano, concordante, contínuo, concluído e decisivo, porque tudo é o resultado do estudo reflexivo, e não da paixão com o [seu] choque inevitável". Cárcano, Ramón J., *Guerra del Paraguay: acción y reacción de la Triple Alianza*. Buenos Aires: Viau, 1941, p. 75.

81 Sobre Solano López, diz o autor cordobês: "Desconfia dos homens [...]. Esta desconfiança durante a guerra adquire uma forma patológica.

gaúcho dos Pampas, o mediterrâneo jesuíta do Paraguai e o maquiavélico brasileiro das costas do Atlântico", e nas suas "forças anímicas", originaram a guerra – "uma necessidade vital para o Brasil e, consequentemente, para o Continente".[82]

Essas fontes são utilizadas por Flávio de Carvalho para abonar a sua tese e, em grande medida, inverter uma visão da ciência histórica – que Bassi consolida a partir do modelo pedagógico – para propor, em suma, uma teoria das supervivências cujo foco está nas forças que emergem e se enfrentam, ou seja, no conflito como estruturante e estruturador, no mal como persistência. Nas palavras de Burckhardt: "[...] o mal sobre a terra constitui, indubitavelmente, uma parte da grande economia da história universal: é a violência, o direito do forte sobre o fraco, que já fora forjado naquela luta pela existência [...]".[83] Mas o mal poder devir bem – não há fatalismo, há oscilações temporais e locais – e não descarta que o que é percebi-

---

É uma exaltação mental. Parece que se atrofia toda sensibilidade, e a crueldade corre sem diques nem comportas. Todo delito tem o mesmo castigo [...] a morte com martírio". (*Ibidem*, p. 83). Páginas depois, afirmará algumas ideias que chamam a atenção para o presente do escritor: "Produz um hipnotismo comum, o histerismo e a sugestão da massa, um autômato coletivo que sustenta as guerras e ditaduras, López no Paraguai, e Hitler na Alemanha atual, guardadas as distâncias entre homens, povos, magnitude e tempos, produzem, com técnica distinta, o mesmo caso surpreendente de hipnotismo popular" (*Ibidem*, p. 87). López "É um caso da Antiga Grécia ou do Renascimento italiano que se renova na bacia do Prata" (*Ibidem*, p. 97).

82 Carvalho, Flávio de Rezende, "XXII – Rumo ao Paraguai". *Diário de S. Paulo*, São Paulo, 9 fev. 1944.

83 Burckhardt, Jacobo, *Reflexiones sobre la historia universal, Op. cit.*, p. 305. Pode-se ler nessas palavras um eco darwinista. Porém, como demonstrou Didi-Huberman (2009), Burckhardt desestabiliza esses parâmetros evolucionistas da humanidade, relativizando a ideia do "forte como o melhor" e abrindo as possibilidades ao não-imaginado. Didi-Huberman, Georges, *La imagen superviviente. Historia del arte y tiempo de los fantasmas según Aby Warburg, Op. cit.*

do como infortúnio ou fortuna seja apenas miragem. "Entretanto, o fato de o mal se converter em bem e do infortúnio em uma sorte relativa, não quer dizer [...] que o mal e o infortúnio já não fossem em suas origens o que realmente eram".[84]

Concluindo essas ideias, diremos que Carvalho vale-se de textos históricos – de Bassi, Cárcano, ou próximos disso, de Sarmiento – para inscrevê-los num outro tipo de tradição, não a da história como cronologia, linearidade, mas como memória, como substrato residual com efeitos no presente. Daí se deriva a sua particular noção de história, que bebe na sua leitura de Burckhardt.

Carvalho desenvolve, então, uma teoria das supervivências que tece muitos fios em comum com as postulações e a noção de *survival* de Edward Tylor, quem fora retomado nas teorizações de Aby Warburg (no conceito de *Nachleben*, literalmente, vida póstuma).[85] Bem importante, segundo aponta Didi-Huberman, é a intersecção entre história e antropologia que levam adiante Warburg e Tylor, ao se preocuparem com uma ciência da cultura (*Kulturwissenchaft* e *Science of culture*, respectivamente).[86] É também o cruzamento que faz Flávio de Carvalho nos seus escritos, como foi o caso analisado aqui, a série "Rumo ao Paraguai".

Em *Cultura primitiva* (1871), Tylor propõe essa noção de *survival*, traduzida como "sobrevivência". Para ele as sobrevivências são:

---

84 Burckhardt, Jacobo, *Reflexiones sobre la historia universal*, *Op. cit.*, p. 306.

85 Georges Didi-Huberman desenvolve em detalhe essa apropriação warburguiana do conceito de "sobrevivência" da antropologia anglo-saxã. Didi-Huberman, Georges, *La imagen superviviente. Historia del arte y tiempo de los fantasmas según Aby Warburg*, *Op. cit.*

86 "Com efeito, uma e outra têm como projeto superar a eterna oposição – que Lévi-Strauss constatará criticamente, todavia um século mais tarde – entre o modelo de evolução, que exige toda história, e o espaço de intemporalidade, que frequentemente se atribui à antropologia". *Ibidem*, p. 46.

> [...] processos, costumes, opiniões etc., que passaram, por força do hábito, a um novo estado da sociedade, distinto daquele em que tiveram o seu marco original, e assim perduram como provas e exemplos de uma situação cultural mais antiga, que evoluiu a outra mais nova. [87]

E, se cogita-se que as culturas possuem leis ou princípios, a sobrevivência seria um deles. Tylor se distancia dos modelos progressivos ou degenerativos (de Gibbon e Maistre), abrindo a possibilidade de processos mais complexos. As sobrevivências podem permanecer "mudas" ou "inexpressivas" e brotar novamente como renascimentos; operam em jogos, ditados populares e, especialmente, em superstições. São os vestígios que oferecem material empírico para a observação dessas sobrevivências na cultura, as quais perduram inconscientes no tempo.[88] O antropólogo inglês dava muita atenção aos detalhes, àquilo que parecia insignificante, irrisório ou anormal e se revelava na sua tenacidade, ou seja, como sintoma, o que permanecia da cultura. "É no sintoma recorrente e no jogo, é na patologia da língua e no inconsciente das formas, onde jaz a sobrevivência como tal"[89] e nas superstições, como se disse. É na falha do

87 Tylor, Edward Burnett, *Cultura primitiva*. Traducción de Marcial Suárez. Madrid: Ayuso, 1977, p. 32.

88 Para Tylor, o termo *superstição* implica uma censura e se aplica a fragmentos de uma cultura inferior, morta e encravada em outra viva. Seria, portanto, melhor utilizar o termo *sobrevivência* para os propósitos do etnógrafo, "para designar o fato histórico que o vocábulo 'superstição', deteriorado, já não pode expressar agora. Além disso, devem ser incluídos, como sobrevivências parciais, os numerosíssimos exemplos nos quais ainda perduram costumes suficientemente antigos para serem reconhecidos por suas origens, ainda que, ao adotar uma nova forma, tenham se adaptado às novas circunstâncias ao ponto de ainda manter o seu lugar segundo os seus próprios méritos". *Ibidem*, p. 83.

89 Didi-Huberman, Georges, *La imagen superviviente. Historia del arte y tiempo de los fantasmas según Aby Warburg*, *Op. cit.*, p. 50.

sentido, na falta de lógica, onde se "abre na atualidade de um fato histórico a brecha da sobrevivência".[90] A noção de sobrevivência, nos diz Didi-Huberman lendo Tylor, é uma expressão da "pegada", ou seja, uma política de resgate do resto – a cultura se exprime, justamente, naquilo que é negado ou rejeitado por ela mesma como "fora de uso" ou "antigo". Nessa direção, se inscreve o resgate de resíduos e vestígios que Carvalho realiza nas páginas de "Rumo ao Paraguai" através da sua tese principal, que exprime a sobrevivência da mentalidade jesuítica – especialmente das tendências do *pathos* sádico e masoquista –nos ditadores americanos e nos ditadores europeus, que lideravam o terrível enfrentamento bélico desses anos no qual se põem em cena, novamente, forças instintivas que reaparecem e irrompem, violentamente.

Tanto a *survival* como a *Nachleben* não são arquétipos intemporais nem meras analogias, ambos os conceitos atendem a singularidades, fogem a essencialismos, porque o que recebe o destaque é a *anamnese sintomática*,[91] e se distanciam do evolucionismo (darwiniano) e da história como tempo linear: "as sobrevivências não são mais do que sintomas portadores de desorientação temporal: não são, em absoluto, as premissas de uma teleologia em curso, de um 'sentido evolutivo' qualquer",[92] as formas sobreviventes não triunfam sobre outras derrotadas; pelo contrário, elas sobrevivem fantasmagoricamente à própria morte: desaparecem e reaparecem em outros momentos, tendo permanecido em algum tipo de limbo.

Assim como para Warburg uma imagem resulta de movimentos que provisoriamente se sedimentaram ou se cristalizaram nela, para Carvalho, uma imagem e também uma situação, um conjunto de fatos, uma pessoalidade, uma encruzilhada histórica, consistem

90 *Ibidem*, p. 51.

91 *Ibidem*.

92 *Ibidem*, p. 58.

em camadas, sedimentos, resíduos de outros tempos que nelas se depositaram. Cabe ao artista, ao arqueólogo "malcomportado", não só observá-los, mas tocá-los, apalpá-los para identificar essas camadas, os "ossos do mundo" em que vivemos e que neles sobrevivem, restam.

Não interessa a Flávio de Carvalho retomar as noções de grandeza e gênio de Burckhardt e Krestchmer para elaborar uma nova teoria do gênio (na história, na política ou na arte), mas para pensar os caudilhos, os ditadores - dos séculos XIX e XX, e de outros momentos e situações - como figuras nas quais sobrevivem tendências psíquicas ancestrais, ligadas ao telúrico. Portanto, essas tendências fazem com que diferentes tempos convivam, singulares a cada vez que se apresentam, mas também a cada emergência dos sintomas, das forças originárias - no sentido em que definimos a origem -, do *pathos*. Dessa maneira, os caudilhos são e não são só individualidades, particularidades, mas também não são, simplesmente, elementos universais que se repetem e reincidem em diferentes momentos históricos como um retorno do mesmo, mas na diferença, no *diferimento* de tempos em contato, que se contagiam. Essa consequência é sugerida a Carvalho, como dissemos, pela visão do homem em voo, que transforma o afastado em muito próximo, o distante em contemporâneo (no sentido agambeniano) e o tempo em impureza aberta a muitos outros tempos.

Duas imagens-fulgurações podem encerrar, por enquanto, o percurso destas reflexões: a da tormenta e a do terremoto. Alfonso Reyes, no prólogo a *Reflexões sobre a história universal*, remarca a proposta de Burckhardt, a partir do seu ponto de vista sobre a história, como uma "teoria das tormentas",[93] visando a apresentar com elas as crises que convulsionam e movimentam a história. Portanto, Burckhardt já não pensa nela como um desenvolvimento linear e

93 Reyes, Alfonso, "Prólogo". In: Burckhardt, Jacobo, *Reflexiones sobre la historia universal*, *Op. cit.*, p. XXXIII.

progressivo (Hegel), mas como uma "constante luta prometeica",[94] como um equilíbrio instável, de choques tormentosos nas composições e decomposições, bem como nas suas formas mais estrondosas: as revoluções,[95] – ainda que, às vezes, se concluam com a restauração. A história está, então, feita de acelerações e lentificações, abre-se para outros tempos transversais, para outros ritmos e compassos.[96] Embora a tormenta conote a violência das crises e os "infortúnios" que o historiador soube analisar, expressa, também, um movimento de cima para baixo, que se contrapõe àquele que interessava às teorizações carvalhianas. O terremoto descreve, com maior exatidão, o comportamento das forças nas suas irrupções tumultuosas, e nos movimentos compassados, menos perceptíveis, mas que apresentam sua emergência na superfície, embora venham das profundezas da terra. O terremoto é o movimento telúrico por excelência, que evidencia as forças latentes, as potências soterradas e que, quando acaba, transforma a superfície, manifestando-se nas ruínas como vestígios dos processos. O sismo e o sismógrafo são as associações estabelecidas por Aby Warburg, quando se refere a Burckhardt e a Nietzsche na sua captação de "ondas mnêmicas". O sismógrafo pode captar até movimentos invisíveis: é a dinâmica a que Carvalho parece referir com a sua visão a partir do ar. Esse olhar o "atrás da história" se transforma em tato quando o "arqueólogo malcomportado" manipula os vestígios despercebidos, que inscrevem os traços

94 *Ibidem*, p. XXXIII.

95 Pérez, Jorge Navarro, "Jacob Burckhardt, el escepticismo histórico y el pesimismo político". In: *Res publica*, Murcia, nº 6, 2000, p. 111-145.

96 No começo das *Reflexões*..., o autor indica que se ocupará dos movimentos acelerados de todo o processo mundial, ou seja, da teoria das crises e revoluções e da absorção temporal, em saltos, de todos os outros movimentos, das fermentações, das rupturas e reações, do que poderia se chamar de uma "teoria das tormentas" (Burckhardt, Jacobo, *Reflexiones sobre la historia universal*, *Op. cit.*, p. 3).

de temporalidades pouco ou nada evidentes, pondo em ação forças e dinâmicas (sobrevivências) que são, em grande medida, ameaçadoras e que estão à espreita. O historiador da cultura está aberto à escuta das "patologias" e "sintomatologias" do tempo.[97] Eis outra definição para o intuito arqueológico e genealógico de Flávio de Carvalho na série estudada.

97 Didi-Huberman, Georges, *La imagen superviviente. Historia del arte y tiempo de los fantasmas según Aby Warburg, Op. cit.*

Escrituras do arquivo

Nota sobre a transcrição

Nesta seção, os textos transcritos pertencem às seguintes fontes primárias: o datiloscrito do livro inédito *Mecanismo da emoção amorosa* (1934-c 1952), os artigos de "Rumo ao Paraguai" (1943-1944), publicados no *Diário de S. Paulo*, alguns deles com anotações autógrafas do autor, e o datiloscrito da pequena série de textos, escrita durante a expedição amazônica, "Na fronteira do perigo" (1958), com anotações autógrafas à caneta, azul e vermelha, de Flávio de Carvalho. Esse material foi colhido em diferentes consultas ao Fundo Flávio de Carvalho, localizado no Centro de Documentação Cultural Alexandre Eulálio na UNICAMP, e ao Arquivo Público do Estado de São Paulo, onde se encontra a coleção completa do jornal *Diário de S. Paulo*.

Os artigos de "Rumo ao Paraguai" foram, primeiramente, fotografados em visita ao Arquivo Público e, depois, cotejados com as anotações presentes nos recortes do jornal paulista do Fundo Flávio de Carvalho. A introdução de *Mecanismo da emoção amorosa*, intitulada "*Ouverture*", não possui anotações do autor, o que não se pode dizer a respeito de "Na fronteira do perigo". Quando se observou a presença de rasuras, do tipo correções gramaticais ou acréscimos e subtrações, feitas pelo escritor, essas foram incorporadas a esta transcrição, sem que se preservassem as marcas, já que se trata de excertos e não de uma edição integral desses textos.

Na transposição dos textos carvalhianos para este livro, realizou-se a atualização ortográfica, a correção de nomes próprios (substituindo-se, por exemplo, "Tubal Viana" por "Tubal Vianna", "Raymund" por "Raymond", "Lopes" por "López" etc.), bem como de termos em língua estrangeira, como o francês ("toilet" por "*toilette*") e mesmo o tupi ("teçuassú" deu lugar a "*teju açu*", "paranan" a "*para'nã*" etc). Procurou-se, igualmente, padronizar o termo "Waimiri", por vezes escrito segundo essa variante ou grafado como "Uaimiri". Além disso, substituiu-se "Guarani-Tupi" por "Tupi-Guarani" e "ameríndicas" por "ameríndias".

No mais, esta transcrição diplomática preservou os parágrafos dos originais e limitou-se a fazer poucas intervenções de ordem gramatical nos textos: apenas aquelas ligadas à concordância verbal e nominal, em gênero e número, e de pontuação, buscando colaborar para a fluência na leitura. As inserções de edição foram sinalizadas por colchetes ([ ]) e as poucas supressões, para eliminar problemas de redação, foram representadas pelo símbolo dos colchetes invertidos (] [).

Mecanismo da emoção amorosa

In: *Mecanismo da emoção amorosa*. Datiloscrito. Fundo FC-CEDAE/Unicamp. (1934- c. 1952), s.p.

Ouverture

Escondido nas nuvens da história, perdido no tempo, está todo o tumulto dos desejos do homem. O panorama é de luta sem tréguas: lutas esporádicas, sangrentas, mais ou menos rápidas, individuais, por ideias, pela pátria, com insetos, com animais e muitos tipos de lutas, mas, conspícua entre todas, pela sua importância e pela sua quase invisibilidade e pela velocidade lenta com a qual se processa na história do homem, está a Luta entre os Sexos. A Luta de Sexos é a única que pode explicar convenientemente o desenvolvimento das sociedades humanas e as suas origens cíclicas.

O homem apenas começou a sua estranha viagem no mundo do pensamento, ele ainda possui no seu organismo o *élan* de um drama antigo incompatível com a visão maravilhosa que é a concepção de pensamento.

Uma compreensão maior dos motivos que orientam o comportamento do homem poderá evitar ou diminuir os atuais atritos selvagens, provenientes das diferentes espécies mentais de que se compõe a humanidade, possivelmente substituindo-os por outras formas de atritos.

O produto cerebral e o mundo consciente constituem a explicação e a satisfação que o homem dá ao inconsciente para apaziguar um estado de angústia. O conhecimento e a cultura são meios passageiros de produzir um estado de equilíbrio e de evitar catástrofe. Trata-se de uma pílula diplomática capaz de arranjar as coisas por algum tempo. O raciocínio descobre e oferece o medicamento para as impetuosidades do inconsciente. Equilíbrio se identifica com raciocínio e com a noção de curativo, enquanto que movimento se identifica com as forças do inconsciente e com a noção de pecado.

As emoções aqui descritas são emoções do mundo selvagem em que vivemos, emoções sujas de um mundo sujo e grotesco, de um mundo cheio de santidade, onde a profilaxia, sinônimo de civilização, é desconhecida, onde o pensamento começou apenas a brotar.

O homem pensante e livre da inferioridade animal ainda não surgiu; o homem que temos diante de nós é ainda um animal de baixa categoria, que não apreendeu a sugestibilidade da palavra civilização. É o homem ligado ao dogma.

A sua atividade de hoje sai de uma vida anímica mergulhada na escuridão do passado, uma vida que mal compreendemos porque não possuímos a sua sequência; faltam períodos inteiros: uma espécie de satisfação longínqua perdida na história e que se desdobra como as folhas de um livro e com todo o drama e toda a dificuldade de uma cronologia geológica.

As partes não interrompidas na história mostram vestígios e resíduos do que parece ser um *continuum* matriarcado-patriarcado, um produto do outro.

O matriarcado parece satisfazer a todos os desejos escondidos que o patriarcado proíbe; ele surge sempre como uma vingança da mulher, um castigo ao homem. E é o valor psicológico do processo de vingança e de castigo que vamos estudar. A influência do matriarcado se manifesta tão grande na vida social que num regime matriarcal a mulher chega até a evacuar as suas necessidades de pé[,] obrigando o homem a agachar-se para o mesmo fim. Esta obrigação é, às vezes, perpetuada por meio de uma mutilação no elemento macho, como acontece nas tribos que praticam um matriarcado avuncular, os Purkallas, os Naüos e os indígenas da península de Port Lincoln, na Austrália, que abrem o canal da uretra desde a ponta do pênis até o escroto, forçando o macho a se agachar para urinar[1].

Para o autor a figura da deusa Ta-urt é apenas um simbolismo encontrado a esmo na história.

Os conhecimentos de hoje não podem mais se basear apenas na história que o homem contou ou desejou contar; é necessário ir além, penetrar dentro dos elementos de vida que compõem a história, meditar sobre a significação das coleções etnográficas e compreender o funcionamento das forças que determinaram o comportamento dos homens. Encarar sem medo o drama da Inversão de Valores, que aparece como uma necessidade bravia da Dialética, como um prolongamento do Sonho do Poeta.

O método científico de investigação parece ser insuficiente para determinar as probabilidades de um acontecimento e as probabilidades de uma verdade; o instinto e a intuição poética parecem, em certas circunstâncias, alcançar mais longe.

O método científico, que frequentemente se baseia na repetição de um fenômeno, falha quando consideramos que a repetição ou não de um fenômeno não é uma demonstração da veracidade e do valor do mesmo, *porque as necessidades que provocam o aparecimento de um fenômeno a um dado momento podem não ocorrer uma segunda vez.*

[...]

1 Ver *Les mutilations sexuelles* [dan les religions, anciennes et modernes. 2. ed. Paris: Le Rouge et le Noir, 1936], Marc Lanval, p. 66.

Rumo ao Paraguai

Diário de S. Paulo, São Paulo, 1 set. 1943.

I – Rumo ao epicentro geopolítico. Moscas e paisagem. São Paulo, um jardim. Bauru. A miragem. Observações de um psicólogo voador.

Ari Barroso procura inutilmente uma boina. Boinas só na Espanha. Voltamos para a mascote de Ari, um Santo Antônio metálico de 3 centímetros de altura. "Sempre viajei com essa mascote, sem ela não vou" diz ele, e acrescenta: "Como cresce São Paulo, está se tornando enorme... maior que o Rio".

*

Aeroporto, fotógrafos, repórteres, gente, afirmo que a minha missão não é de caráter político, mas sim geopolítico.

Finalmente a neblina abre-se, o que acontece sempre às 10.

Iniciamos os dois mil quilômetros que nos separam de Asunción. Rumamos para aquele Paraguai onde se espalhou em 1870 uma parte da história do Brasil, onde em 1943 se encontra outra parte dessa história em expectativa diante de uma miragem quase inverossímil de povos irmãos em luta e contendo nessa expectativa uma esperança e um desejo: a estabilização da paz pela inteligência.

*

A paisagem encurtada pela distância dormia displicente, à esquerda o topo das montanhas saía lentamente do véu branco. As montanhas paulistas aparecem agressivas e defensivas como as muralhas da nossa civilização industrial.

Estradas serpenteando nos espigões e nos vales parecem um diagrama de sistema nervoso, o sol inunda e penetra nos detalhes...

A neblina some-se, destacam-se manchas de florestas, escuras e espalhadas como edemas geográficos. Perto de Itu, blocos de pedra em aglomerados espalham-se por toda a paisagem e apontam a uma época glacial perdida atrás da história. Itu quadricular e retilínea jaz ao sol alimentada pelo Tietê.

Como um sonho escondido no passado[,] desaparecem os vestígios dos antigos *glaciers*.

Plantações geométricas, múltiplos tons de verde, o roxo das coisas amadurecidas se sucedem. O estado de São Paulo torna-se um imenso jardim, fazendas simétricas gritam em exibicionismo a sua organização ao viajante no ar. Plantações em curva de nível são como tecidos grossos de inverno; no horizonte a paisagem se confunde com o firmamento e[,] separada por uma sombra imensa[,] torna-se uma miragem.

A paisagem está morna e manchada de nuvens.

Os rios percorrem curvas da natureza que se apresentam ao engenheiro como inutilmente compridas. Parece haver um desperdício da natureza para um fim incógnito. O *homo sapiens* é concentrado em certas regiões. O homem ainda é denominado pela natureza, a parte cerebral do homem mal saiu da superfície da terra, ele agita-se em mentalismo[,] mas ainda é dominado pelo curso dos rios, a sua comida ainda depende do traçado dos ventos, a sua ironia ainda é consequência de um despeito de vencido... ainda não conseguiu sobrepor a natureza que o abraça nas suas garras de mãe possante[,] aquecendo-o nas suas florestas, refrescando-se com os seus rios.

O seu aconchego é um incesto maternal.

[...]

Diário de S. Paulo, São Paulo, 7 set. 1943.

II - Três Lagoas. Desertos e pântanos de Mato Grosso – Fábricas de bruma seca – Campo Grande.

Das três lagoas só resta uma, as outras secaram. O piloto abaixa para melhor observarmos a pujança da mata, estamos a 350 metros abaixo de São Paulo, o rio está bem enxuto e a grande ponte em Jupiá atravessa o rio a seco.

Em certos lugares inúmeras árvores continuam de pé resistindo à queimada, galhos trágicos, crispados, desafiando o sol.

Três Lagoas é árida, não chove desde março, a rádio dificilmente pega os aviões em trânsito, durante o dia uma bruma seca composta de fumaça e poeira cobre a região e[,] quando se dispersa[,] parece um véu mágico...

Esta bruma seca, dizem, é consequência das inúmeras queimadas e se estende por todo o imenso *plateau* do sul do Mato Grosso. Às vezes[,] ela se torna tão espessa que forma uma barragem de fumaça eminentemente apropriada a desorientar aviadores. Os restos de mata estão sendo sistematicamente destruídos pelas queimadas que se estendem a perder de vista. Essas fábricas de bruma estão por toda a parte, em todas as direções. Alguns dizem que a bruma seca provém da ionização do ar. No entanto, o que se observa é que ela existe onde a mata é queimada. A devastação é completa.

À medida que nos afastamos de São Paulo[,] desaparecem os apetrechos da civilização: o sabonete passa a sabão de lavar roupa, as toalhas desaparecem, os aparelhos higiênicos abandonam o interior das casas para assumir uma atitude selvagem e suja no quintal e depois no mato.

*

A paisagem achatou-se, as ondulações paulistas, as tais montanhas defensivas do nosso parque industrial desapareceram e[,] no horizonte imenso[,] um verde queimado estende-se... É Mato Grosso.

O sol morno atravessa a atmosfera esbranquiçada pelo calorão e embaixo serpenteiam um sem número de rios[,] completamente secos e cobertos de musgo esturricado.

Na imensidão nem uma casa, nem um habitante – é um futuro deserto.

Grupos de gado[,] como besouros preguiçosos, juntam-se em cima de uma outra mancha perdida na superfície ressecada cor de oca.

O vazio domina, por toda a parte. É o grande nada, o homem destruidor desapareceu da natureza. O resumo da paisagem do *plateau* é: enormes manchas roxas-escuras deixando a terra nua e escoriada pela erosão e o verde cor de folha seca dos pântanos serpenteantes.

[...]

Diário de São Paulo, São Paulo, 15 set. 1943.

III – Rumo ao Paraguai.

Quando o mundo ainda era novo e o continente americano já sadio e prolífero brilhava com selvas verdejantes e homens robustos[,] tão nus e tão inocentes quanto a própria natureza, floresceu na Grande Planície Central do Brasil um poderoso povo de raça ameríndia, que agitava o solo da terra e planejava guerras e conquista, os primitivos Tupi-Guarani.

Esse povo cultivou os campos, fabricou tecidos e armas de guerra, descobriu novos medicamentos para as suas doenças, e construiu cidades.

As cidades[,] construídas de pedra mole ou adobo, desapareceram devoradas pelo tempo, desgastadas pela erosão das chuvas e dos ventos ou mergulhadas nos sedimentos perdidos da natureza límpida e sempre alegre dos trópicos. Entre elas[,] construiu o Tupi-Guarani uma cidade que devia ser realmente a cidade maravilhosa, uma cidade entre todas que ficou na literatura como sendo a maior entre as maiores. Ela é a Cidade Resplandecente do Grande Chefe, denominada Mbaeveraguasú.

Quando foi esta cidade construída e em que local?

A data determinável, com certa aproximação, se prende ao período em que os Tupi-Guarani, seguindo o ritmo emotivo das raças cansadas das alturas, das montanhas, desceram rumo aos vales férteis e verdejantes e se apoderaram da grande Planície Central do Brasil[,] que jaz ao sul de Mato Grosso, alto Paraná e oeste de São Paulo, isto é, uns vinte ou trinta mil anos antes da nossa era. Precisar o local da grande cidade é mais difícil, pode ser, digamos, em qualquer lugar ao alto do Paraná, tanto nas margens do Tietê como no Paranapanema ou no rio Paranapiacaba. É provável que seja num entroncamento de rios tal como o Tietê com o Paraná ou com o rio Grande. Falo sobre essa probabilidade porque os Tupi-Guarani nas suas conquistas seguiam os rios porque a viagem pela água era o meio mais prático e econômico de locomoção. As grandes estradas[,] abertas pelos Guarani-Tupi[,] seriam posteriores à penetração pelos rios. Isso indica que houve logo a seguir a ocupação da Grande Planície, uma necessidade imediata de expansão, uma atração pelo caminho da via fluvial, pela paisagem frondosa que parecia oferecer mais mistério que a planície, paisagem com curvas inesperadas e que oferecia uma sequência de acontecimentos dirigidos pelo curso da água.

A Cidade Resplandecente do Grande Chefe era tão importante que todo[1] Guarani tinha como obrigação visitá-la uma vez na vida, assim rezam os vestígios lendários ainda encontrados entre os Caripá de Santa Teresa e os Mbiá do Paraguai.

Sem dúvida[,] foi a Cidade Resplandecente construída pelo Grande Antepassado, aquele mesmo que dirigiu as hordas Guarani rumo à planície verde e promissora: O Fundador.

1]o[

Os Guarani se lançaram às guerras de conquista e fundaram um grande império. Desceram os rios Araguaia e Tocantins até o Amazonas, conquistaram a Ilha de Marajó, se tornaram navegantes e invadiram o mar das Caraíbas, desceram o rio São Francisco até o mar e dominaram todo o litoral do Atlântico, pelo sul rumaram pelos rios Paraná e Uruguai e alcançaram o rio da Prata, ocupando a mesopotâmia entre os rios Paraná e Uruguai. Subiram o rio Paraguai até o Peru e comerciaram com os incas[,] recebendo destes a cobiçada prata.

É o grande império denominado Guarania. Este império nos é revelado pelas pesquisas do cientista paraguaio G. T. Bertoni.

Essa raça ameríndia pertence à Grande Raça Mongoloide, umas das poucas raças existentes com elevado grau de pureza, pura no seu final evolutivo e por ser antiga e por ter sido isolada pelas grandes cordilheiras do Pacífico e pelo Atlântico e por ter, pelo tempo gasto na sua evolução, conseguido desenvolver os seus caracteres somáticos sem quase ser perturbada. Tem ela sido o assunto de muita controvérsia. A princípio[,] pensava o antropologista Hrdlička e outros que o continente americano havia sido alimentado por correntes raciais vindas da Ásia através do estreito de Bering, porém hoje estabelece-se[,] estudando a antiguidade relativa de cada um dos elementos da grande raça Mongoloide, que as correntes raciais emigraram da América do Sul para o Norte, atravessaram o estreito de Bering e alimentaram a Sibéria e a Mongólia, o Tibete, a China, a Ásia Central russa, o território perto do Mar de Kara e a Caucásia.

[...]

Diário de S. Paulo, São Paulo, 8 dez. 1943.

XIV - Rumo ao Paraguai

As disciplinas de cordões de cardo bravo[,] que Anchieta trazia na cintura em 1552[,] imprimiram um destino ao continente.

Destino lúgubre e cheio de tristeza, destino trágico[,] marcado pela solidão dos grandes espaços. Dominada pela exuberância masoquista do jesuíta e pelo sadismo espanhol, a população do Novo Mundo seria submetida à dieta do chicote. Durante trezentos anos[,] quase toda a população do continente foi chicoteada sem piedade, homens, mulheres, crianças, brancos, índios e pretos, sem distinção de classes, se entregavam à punição corporal. Durante trezentos anos[,] foi essa carne humana dilacerada e ofertada aos espectadores, nas praças públicas, em espetáculo de sangue.

A feroz e implacável guerra dos duros e ousados bandeirantes paulistas contra os jesuítas havia destruído as repúblicas e abalado definitivamente o sonho de domínio da América do Sul pelos sacerdotes, mas a mentalidade jesuíta permanecia.

Essa mentalidade tomou parte preponderante na formação dos ditadores do Novo Mundo.

Encontramos nos Pampas o homem a cavalo, um homem que contemplava as vastidões solitárias e tinha necessidade de ação e nenhuma necessidade de ideias ou partidos. Tenebroso, hercúleo e grande cavaleiro, ele carneava o boi e o espetáculo sanguinário logo o transformava num carneador de homens, combatia[,] indiferentemente[,] amigos e inimigos e tinha como sensação de poder o cavalo, a lança e as terríveis cargas de cavalaria, homens que tinham horror à água e desprezo aos navios; homens que faziam revoluções e conquistavam cidades sem nenhum motivo além do natural desejo de esticar o braço e do instinto estereotipado de rebaixar pelo chicote, como castigo, núcleos que se formavam alheios e indiferentes ao campo, rumando para coisas do espírito que o campo não compreendia e não admitia, sem dúvida[,] porque eram coisas importadas, falsas e alheias ao continente; homens que odiavam a cidade e os homens bem vestidos, civilizados e bem-comportados, eram contra a casaca e contra a moda.

Eram elementos que castigavam a influência, o talento e a fortuna, coisas que estavam acima deles. Elementos brotados de uma época em que a unidade era o terror e a obediência a uma pessoa, mais forte que a obediência a causas. Era a luta entre a cidade e o campo tão bem verificada pelo gênio de Sarmiento. Eram Césares, Tamires, Calígulas e Maomés.

Os soldados amavam a luta pela luta e pelo espetáculo e tinham medo do chefe e não do inimigo. O gaúcho dos Pampas[,] comandado pelos caudilhos[,] criou o delito coletivo contra a autoridade. Fenômeno semelhante sucede com os cangaceiros do Nordeste brasileiro. Tanto o gaúcho como o cangaceiro encontravam fácil abrigo e refúgio nos desertos.

Esse elemento dos Pampas e dos campos saía da terra para defender essa terra promissora, possuía características inerentes à terra, às criações e culturas e, portanto, era o que havia de mais apropriado para a formação e início de uma nação e não podia deixar de estar em contraste, em conflito e oposição aos costumes e pensamentos das civilizações importadas, que eram fins de civilizações que se instalavam nas cidades. A pessoa ilustrada e a atitude fraca de Rivadavia, bem simbolizam essa civilização importada [,] tão falsa e tão alheia ao continente, no começo da sua formação espiritual. É pitoresco notar que Rosas condenava Rivadavia como um "medíocre enfatuado", e que a personalidade de Rivadavia, hoje, não é considerada como sendo bem aquilo que se pensava antes. Teria Rosas razão?

"A primeira forma de Estado não é [a] fixação dos direitos individuais mas, sim, defender os destinos da terra em que se nasceu" (J. P. Benitez), e só os ditadores podiam sustentar e colocar em segurança o clássico juramento "Independência ou Morte" que se espalhava por toda a América. Os ditadores tinham o apoio do povo e gozavam de estima nacional porque defendiam a independência do país. A independência era imprescindível à ideia de nação. O ditador Francia estava tão convencido desse argumento que suprimiu todos os jornais e fechou os institutos superiores de ensino, o colégio de teologia e proibiu livros, para que o povo paraguaio pudesse concentrar-se tão somente na ideia da independência. Mas incentivou o ensino primário. Na época de Francia[,] todo o mundo sabia ler e escrever no Paraguai.

Observamos que as revoluções, na América do Sul, pouco tinham que ver com a revolução francesa (somente a parte panfletária[,] inadaptada ao continente), eram revoluções separatistas[,] que aparecem com a entrada de Napoleão na Península Ibérica, entrada esta que forçou cada país ou província a tomar uma decisão e um destino próprios. Na América[,] as revoluções tinham como base o americanismo, o desejo de defender e proteger um território enquanto que a revolução francesa não possuía nenhum caráter nacionalista territorial.

A mentalidade jesuíta foi extremamente útil à Independência e à formação dos ditadores que a defenderam, ela encontrou no Novo Mundo um cenário apropriado à sua expansão, o cenário das selvas[,] e na terra virgem e fértil da Bacia do Prata e das costas do Atlântico "semeou"[,] por assim dizer, seus caracteres somáticos e estes "brotaram" do solo em defesa da integridade territorial do continente. A identidade entre a mentalidade jesuíta e a do ditador é surpreendente. Em lugar de destaque se encontra o chicote, usado pelo jesuíta e pelo ditador, o chicote[,] indispensável a ambos[,] era um fator de nivelamento das massas; todos eram igualmente punidos, menos o ditador e o jesuíta (este se punia a si mesmo), era um formador de masoquistas tão apropriados aos ditadores e jesuítas e um instrumento capaz de manter sempre[,] na memória do punido[,] a "superioridade" do ditador.

O gesto de se curvar perante um Deus Todo Poderoso é de extrema utilidade para todo aquele que exerce uma missão de mando. Era o gesto predileto ensinado pelo jesuíta. Todos os ditadores apoiam e sustentam a religião e[,] quando a destroem[,] é para substituí-la por outra onde a sua pessoa toma parte mais preponderante. Alguns ditadores de hoje como Stalin e Hitler, após destruir a religião, voltaram atrás[,] reintroduzindo-a nos seus países. O ateísmo é um perigo para os reformadores e ditadores porque introduz a irreverência ao chefe e interfere com as realizações. Os ditadores necessitam da religião porque esta acostuma o povo a se curvar perante um Ser Supremo e, portanto, aparelha e condiciona esse povo à ideia de se curvar, estabelecendo reflexos condicionados que fazem com que o povo se curve também diante de um ditador para que ele possa, de vez em quando, ou mesmo definitivamente, tomar o lugar do Ser Supremo, recebendo[,] dessa maneira, uma obediência maior. Mesmo o sanguinário Robespierre (que em austeridade se parecia muito com Francia) levantou um altar ao Ser Supremo no Campo de Marte para encher o vazio do catolicismo desaparecido. Na bacia do Prata[,] Facundo se considera divino, Rosas fazia colocar o seu retrato ao lado do corpo de Deus no altar das igrejas, pronto para tomar o lugar do corpo de Deus, Francia e López eram chamados "El Supremo" e com Francia[,] o ditador perpétuo, a necessidade de reverência era tal que ele impõe a todo o súdito paraguaio o uso do chapéu para que este o saúde, descobrindo-se respeitosamente. Era um meio de habituar o povo ao respeito.

Todos os ditadores exibem gigantescos retratos ou estátuas (caso de Stalin; Moscou está cheio disso) que são colocados em presença das massas deste modo diminuídas. Esses retratos visam igualar o ditador ao Ser Supremo e impor o medo e o respeito às massas. (Tratei do assunto na minha obra *Os ossos do mundo*). Encontramos nas diversas iconografias de todo o mundo o Ser Supremo representado em tamanho gigantesco ao lado do povo. Estabeleceu-se um contraste chocante: a grandeza dos ditadores e a humildade uniforme do povo.

Os espetáculos e manifestações pomposas e teatrais são comuns tanto aos ditadores como aos jesuítas, ambos gostam de mostrar às massas a sua potência e a sua organização. E as massas apreciam esses espetáculos porque sabem que são expressões da própria nacionalidade. Os jesuítas mesmo como os ditadores o são implacáveis com os contrários às suas ideias e aplicavam a esses inimigos os castigos mais cruéis. Chegaram a queimá-los vivos ou bem os enterravam vivos, como em Córdoba, nos seus subterrâneos[,] que se entrelaçavam embaixo da cidade, mais misteriosos e mais intermináveis que os de Paris. Os ditadores fuzilam, degolam, torturam, prendem os que tentam modificar a sua meta. Os ditadores se sentem tão identificados com o país, tão perto dos problemas vitais do país, acham que são o próprio país e que interferências põem em risco a existência do país, tanto assim que acham que[,] desaparecendo o ditador[,] desaparece também o país.

Um dos entusiasmos do jesuíta é o amor à aventura dos grandes espaços, os sonhos grandiosos, a visão larga, a conquista, a pacificação, a catequese de grandes núcleos povoados: o sonho de conquista da América do Sul, a preferência pela penetração em rotas desconhecidas perigosas e misteriosas etc. Todos os ditadores têm o mesmo sentido dos grandes espaços e dos grandes golpes de vista: Rosas sonhava com o restabelecimento do Vice Reinado do Rio da Prata; Francia tudo sacrificava à ideia de independência; López II sonhava com um imenso império espanhol dos Andes no Atlântico sendo ele o imperador. No cenário atual[,] encontramos outros exemplos fora do continente; Churchill sonhando com um império anglo-americano; Hirohito com um único império nipo-asiático; Hitler com a grande Alemanha; Stalin com um império eslavo. Sempre uma procura de grandes espaços.

Os grandes espaços se identificam com os grandes gestos. Os jesuítas eram amigos e muito queridos dos súditos das suas repúblicas, tinham um domínio e controle absoluto sobre esses súditos e aplicavam uma justiça implacável. Os ditadores e tiranos Rosas, Francia e López I e II eram solicitados e adorados pelo povo, consideravam-se provenientes do povo, eram todos contra as elites e exerciam forte pressão contra elas, sacrificavam de bom grado essas elites e os amigos em benefício dos interesses maiores do país. Francia era contra as diferenças sociais. Possuía forte sentimento de justiça no sentido do exemplo pessoal e no de derramar sangue para preencher um fim. Rosas certa vez arriou as calças e se fez aplicar por seu capataz duzentas chicotadas[,] por ter ele próprio infringido um seu regulamento proibindo o porte de armas nas suas estâncias. Visava, pelo seu exemplo pessoal, mostrar a todos que a sua justiça não conhecia limites. [...]

O nacionalismo, ou melhor, o americanismo (por ser fenômeno de todo o continente) era traço marcado entre os jesuítas. Estes isolaram as suas repúblicas o mais que puderam pela linguagem, pelo comércio e pela endogamia; não pagavam tributo aos reis da Espanha e [de] Portugal e não queriam contato com nenhuma organização a não ser as suas próprias. Isolamento e reclusão são fenômenos de independência e nacionalismo. Todos os ditadores são eminentemente nacionalistas: nos momentos de perigo se isolam para a defesa da independência territorial, nos períodos de vitória querem impor ao mundo as características da sua nacionalidade e organização.

Uma das coisas que mais caracteriza o ditador é a sua intromissão em todas as atividades da nação e do homem. Ele é sempre um organizador minucioso e tem a noção de ordem como predominante no seu raciocínio, é esse também um dos traços do jesuíta. O jesuíta se ocupava de tudo e era minucioso ao excesso e controlava com um racionalismo do tipo século XX todas as atividades da república. Rosas, que foi o maior agricultor da América do Sul, tinha a paixão e a religião da ordem; era consultado como perito organizador pelas sociedades industriais e agrícolas do Prata e, sem dúvida, se vivesse hoje, seria magnata de indústria e, se vivesse amanhã, seria um dos ditadores do mundo. Era tão grande a mania de controle de Rosas que ele aboliu os correios postais, subsistindo um só correio seu para melhor controlar a população. Rosas chegou até controlar e regularizar os sentimentos dos súditos: certa vez matou[2] um pai para evitar que sofresse ao saber do fuzilamento do filho, que foi realizado posteriormente. Francia era metódico e minucioso: se ocupava de instrução militar, de agricultura, de gado, de impostos, de defesa nacional, era realista como um jesuíta e vivia em pleno contato com o solo e o material humano. López I e II foram ambos grandes organizadores.

Outro ponto característico é o silêncio. O silêncio e a sobriedade claustral dos jesuítas, o silêncio imposto ao Paraguai por Francia, o silêncio do lar e dos Pampas onde nasceu Rosas, o silêncio em que se retira López II no mais grave momento da sua vida e[,] finalmente, o Grande Silêncio onde se refugiam todos os incompreendidos.

2]a[

Na fronteira do perigo

I - Na fronteira do perigo

Partiremos numa quinta-feira em quatro de setembro de 1958 à noite. À noite porque temos de transpor a baía [de] Boiaçu[,] a mais perigosa ao sair de Manaus[,] e durante o dia a baía [de] Boiuaçu se encontra em estado de temporal e sob a influência do denominado "vento geral".

Uma banda de música do batalhão da polícia tocará ao embarque transmitindo as últimas recordações sonoras do nosso mundo civilizado. Rumaremos para a fronteira do perigo[,] os rios Camanaú e Alalaú[,] considerados em toda a Amazônia o cinturão do perigo e o maior convite à audácia que a imaginação do explorador possa conceber.

Oito unidades fluviais compõem a pequena esquadra: a lancha capitânia José Bonifácio[,] onde se encontram instalados o comando e a minha equipe, a lancha Lobo d'Almada, a lancha Capitão Portátil, três canoas com motor de popa, do tipo Santarém e três batelões a reboque, o Tango, a Içana e o Tenente Lira, levando mantimentos, brindes, combustível. O batelão Tenente Lira é apropriado a transpor cachoeiras.

Dezoito horas separam a baía [de] Boiaçu da embocadura do Camanaú e do perigo. Ao entrar o Camanaú defrontamos logo com os índios Waimiri e Atroari[,] famosos por já terem trucidado três ou mais expedições.

O chefe Tubal Vianna recusou todos os sobreviventes de outras expedições que se apresentaram porque o índio[,] possuindo excelente memória[,] reconheceria imediatamente os elementos indesejáveis, pondo em perigo a nova expedição. A memória é um dos traços característicos do selvagem e supera as outras sensibilidades. A primeira ação do chefe Tubal Vianna será estabelecer contato pacífico com os Waimiri. Vamos utilizar novos processos psicológicos de contato.

Ao entrar o rio Camanaú a expedição se dividirá em três seções: a vanguarda de contato[,] que receberá o impacto do perigo[,] e [a] seção do meio e a retaguarda[,] que permanecerá na lancha capitânia em contato rádio-telefônico com a vanguarda que levará consigo um aparelho transmissor e receptor.

A vanguarda se apresentará às selvas envergando camisas com largas listas horizontais [em] vermelho e branco, usando chapéu de palha tipo caipira[,] ornamentado com plumagens de cores vivas extraídas dos pássaros da floresta e tocando instrumentos diversos, gaitas, apitos, trombones... A vanguarda seguirá pela picada na floresta e[,] em meio de gritos de macacos, araras e os sons dos mil e um pássaros que povoam o Amazonas[,] levará ao índio rancoroso os votos da boa vizinhança do branco. Esta apresentação da vanguarda visa dar um tom de alegria e de festividade ao importante acontecimento do primeiro contato ao invés de apresentar uma solenidade agressiva e violenta. Observamos aqui que o tom de festividade é um fator comum a todos os povos e por conseguinte torna-se uma linguagem compreendida por todos e apta a ser acatada. Esperamos obter com esse efeito psicológico a aprovação dos mais temíveis selvagens da Amazônia.

A vanguarda será composta do chefe Tubal Vianna, os sertanistas Ataíde Cardoso e Gilberto Pinto, o mateiro Guilherme Paiva e o índio Xamateri e guia Alípio Maruiá. Esperamos poder filmar o fantástico contato[,] porém exporíamos os aparelhos à destruição pelo grande perigo que apresenta esse espetáculo nas selvas.

A caminhada na mata se iniciará às três horas de navegação da embocadura do Camanaú e a vanguarda penetrará na proporção que for obtendo êxito.

A retaguarda será constituída de mateiros e pessoal de campo que[,] ao receber ordens da chefia na vanguarda, vão executando os trabalhos de amanho do solo, aparando as roças de mandioca e semeando hortas.

Ao lado da retaguarda permanecerá a equipe intermediária que entrará em ação somente com permissão do chefe e após as primeiras informações sobre o primeiro contato.

O momento solene do primeiro contato se processa por uma gesticulação toda especial. Ao avisar o cacique índio, o chefe da expedição caminhando alguns metros para a frente da turma barulhenta da vanguarda, executa com os braços um movimento semicircular de pinças no plano horizontal, terminando o movimento contatando as mãos sobre o tórax. Este gesto de paz é repetido várias vezes até que o índio procure um amoitamento e uma conversa e receba utilidades e brindes em troca de informações sobre o local da maloca.

[...]

5 set. 1958, a bordo da capitânia José Bonifácio,
expedição do S. P. I. ao Alto Rio Negro.

II – Rumo ao Alalaú: a terra de ninguém

Cruzamos a uma velocidade de doze quilômetros e meio por hora, a caminho da embocadura do rio Camanaú, a temperatura a bordo é de 33 graus centígrados na sombra[,] mas não se sente calor, o rio Negro tem a cor terra de siena, a cor obtida com uma forte dose de verde esmeralda misturada ao vermelhão chinês, as margens são baixas e às vezes a água penetra igarapés adentro. Navegamos a dois graus abaixo do Equador, a vida a bordo é suave e agradável. Todos tomaram pílulas antimaláricas e me sinto bem[,] pois já tinha um início desta malária. Pela manhã às seis horas tomamos café com carne seca, farofa e bolachas. Fotografamos e filmamos as margens iluminadas de verde [e] amarelo com diques de troncos secos e árvores esguias e retas como as colunas de um palácio encantado contornadas de manchas de sol e sombra. Pássaros multicolores cruzavam de galho em galho saudando o amanhecer; fora a sensação de malária[,] a natureza nos recebia indiferente[,] exibindo as suas raízes torcidas e as suas feridas cheias de sol e de terra. Sem medo bebemos a água do rio Negro; ela é fresca e gostosa; cor de âmbar dourada no copo, com a mesma cor dourada observada em homens brancos nadando na superfície do rio.

Solange a enfermeira, o cinegrafista Raymond e eu separávamos, pelo chão esparramados, os remédios que seriam de uso imediato.

Tubal Vianna, o chefe[,] informa que na boca do rio Camanaú[,] onde chegaremos dentro de quatro horas, haverá uma pausa para informar [a] Manaus pela rádio que proseguiremos rio acima sem parar no local da última chacina em dezembro de 1942[,] onde morreram todos os elementos do S. P. I., prosseguiremos com um destino fixo, estabelecer o contato com a fronteira do perigo, os índios Waimiri[,] que habitam as regiões do rio Alalaú. [...]

A vida da cidade parece tão tola e inútil com os seus milhões de seres imantizados pela rotina e pelo bom comportamento. O homem em estado de bem não se coaduna com um regresso ao passado, com o mal básico da natureza, com os seres telúricos grunhindo e voltejando como fantasmas ecumênicos; é o riso do jacaré, o olhar saltado e esférico dos monstros esquecidos da floresta, monstros que atravessaram o cataclismo do tempo, sobrevivendo em miniatura.

Um citadino dentro da floresta é um homem ridículo. O começo da vida exige um contato quase sexual com a natureza[,] onde a natureza supre as necessidades do homem. O citadino não sabe mais ser suprido pela natureza e nem compreende as forças emanadas desse alimento telúrico.

[...]

13 set. 1958, expedição do S. P. I. aos tributários do Alto Rio Negro.

III - No país dos Waimiri

O ritmo monotonal do canto do sapo-boi cruza em todas as direções e surge de todos os lados em todas as distâncias.

É noite e a nossa solidão é total e excita a imaginação; os sons monotonais que cruzam o espaço são como o ruído distante de barcos motorizados que se aproximam; inacreditáveis miragens sonoras da solidão. Um tucano gigante iluminado pela lanterna de bolso voa de um galho à outra árvore.

Com a madrugada vem o alvoroço das guaribas, sons roucos e baixos que se aproximam e se afastam com grande volume, o alarido é impressionante, dramatizando o novo dia sem calendário, me informam que são apenas alguns macacos, uns cinco ou seis, que produzem tal algazarra.

Os guaribas dormiram do crepúsculo ao amanhecer, a primeira necessidade ao acordar é essa estranha linguagem sonora que aparece[,] sem dúvida[,] como necessidade fisiológica para despertar a sensação de fome e me traz à memória as minhas teorias sobre a origem da linguagem no balbucio de vogais para criar o apetite[,] permitindo a sobrevivência.

Contudo o som rouco não é vocálico[,] mas sim composto de consoantes bem ligadas. O grupo de guaribas se movimenta rapidamente de galho em galho através [d]a floresta pois a algazarra é repetida com grande diminuição ou acréscimo de volume em pequenos intervalos de tempo. O exercício de tração e extensão dos membros no galho da árvore parece ser tão necessário quanto a primeira linguagem do dia e se apresenta sincronizado a esta.

Chegamos ao local crítico da expedição, o Pouso do Veado, situado a setenta quilômetros acima da boca do rio Camanaú. Ao amanhecer[,] o chefe Tubal Vianna com a sua vanguarda, envergando todos camisas de listas largas vermelhas e brancas embarcam numa canoa do tipo Santarém com o intuito de transpor, às vezes carregando a canoa às costas, as sete ou oito cachoeiras que nos separa das primeiras malocas cidades do reino dos Waimiri.

A vanguarda está bem disposta e otimista. Tubal Vianna[,] que já havia pacificado os índios Urubu do estado do Pará e contando com grande experiência de sertanista[,] declara ao partir que não sabe quando volta.

Os dias passam no acampamento da retaguarda sem notícias da vanguarda. Não sabemos o que aconteceu com o pequeno grupo galgando cachoeiras, carregando a canoa às costas e tentando alcançar os primeiros elementos hostis dos temíveis Waimiri. O grau de humidade no acampamento é grande, não há mosquitos nem insetos que realmente incomodem. A temperatura de dia [é] de 38 graus centígrados à sombra[,] baixa à noite para 25. Apareceu um mariscador à tarde rumando para a primeira cachoeira. Um ser solitário viajando numa pequena canoa coberta de folhas da ubim, palmeira baixa cuja folha é também usada para empalhar farinha d'água de mandioca. A pequena canoa[,] com dois papagaios na coberta[,] leva três reboques. O homem vive de caça e pesca com a sua mulher e cinco filhos em cima dessa canoa, mais dois cachorros caçadores e um engradado de galinhas e patos. Ele caça tartaruga e vende aos regatões, mascates que cruzam o baixo do rio e as levam para Manaus. Os regatões antigamente eram sírios, hoje são portugueses.

Nas duas margens do rio, florestas semisubmersas com troncos torturados pela erosão formam igapós e oferecem deslumbrante jogo de luz e sombra, espelhado em cores sobre a superfície verde-negra[,] onde peixes de todo o tamanho rasgam de quando em quando a calma ensolarada um grau e meio abaixo da linha do Equador.

Ao almoço comemos acarás[,] baruá e branco e papagaio moqueado no fogo de galhos da floresta.

Admiro-me com a resistência do caboclo e do mongoloide original da região. São os únicos capazes de viver e resistir à agressividade da flora e da fauna e aos ataques periódicos dos insetos. Seus métodos primitivos são mais eficientes do que os métodos racionais dos europeus[,] porque se adaptam com melhores resultados aos resultados obtidos com processos alheios à região. A caça e a pesca são praticadas com meios oriundos de conhecimentos da vida íntima dos peixes e dos animais. Os processos europeus frequentemente são usados sem resultados[,] porque não se moldam a esse conhecimento.

Quatro dias passaram, quatro noites ao canto do sapo-boi e ao alarido gutural dos guaribas com fogueiras para espantar animais ferozes como a onça e as cobras gigantescas. Todos dormem com as armas ao alcance para o uso contra cobras e animais, todos temem pela sorte da vanguarda e pelo indesejável [e] inesperado que pode acontecer à retaguarda que[,] após o primeiro contato[,] se encontra tão exposta quanto a vanguarda.

Finalmente ao longe, na virada do rio aponta uma canoa iluminada pelo sol poente trazendo consigo as glórias e as belezas da solidão; só pode ser o chefe Tubal, pois nenhum outro ser desceria o rio Camanaú nessa altura deserta e perigosa.

Efetivamente é Tubal; afável ele nos aperta a mão, realizou o contato com um pequeno grupo de índios, nove apenas que se encontravam na sexta cachoeira, uma vanguarda do reino dos Waimiri; a grande maloca, a maloca [da] cidade estaria situada somente na décima cachoeira. Os índios usam as cachoeiras como fortalezas de recuo e avanço dos seus exércitos e[,] escondidos perto das cachoeiras[,] se encontram depósitos de arcos e flechas para diminuir a fatiga do transporte e plantações para abastecer as guarnições dessas fortalezas naturais.

O selvagem em geral acredita que uma imagem fotográfica é uma representação da própria alma e ele teme perder a parte mais preciosa da sua vida. A fotografia se apresenta como uma imagem da dupla personalidade do indivíduo e a dupla personalidade é para o primitivo a sua própria alma.

As florestas submersas, quiméricas e encantadas, formando igapós entrelaçados de cipós e repletos de peixes seguem o estreitamento do rio Camanaú. As pedras começam a aparecer[,] pois as águas baixam dia a dia; dois índios práticos com o olho agudo da raça, localizados na proa, oscultam o fundo do rio.

[...]

18 set. 1958, expedição S. P. I. ao Alto Rio Negro (Alto Rio Camanaú).

IV – Meditação na floresta

Chove torrencialmente, relâmpagos e trovões iluminam a floresta e ameaçam a segurança das barracas de campanha. Espera-se a todo o momento que um gigante da floresta tombe esmagando barraca e ocupantes. Um espetáculo estranho na paisagem humana se apresenta: os mateiros continuam a sua vida calmamente embaixo da chuva ainda torrencial como se nada houvesse. Torso nu, chapéu caipira, calção curto, pé descalço, uns colocam o açúcar na caneca de ferro esmaltado, despejam o café que se encontra no fogo que continua queimando, bebem e conversam, outros misturam o arroz com a carne seca e o feijão[,] retirados do caldeirão sempre fumegando, cortam o pirarucu e comem vagarosamente como se não houvesse chuva e como se a chuva não molhasse. Os elementos da natureza se adaptam uns aos outros em comunhão telúrica; até a grelha do fogão onde repousam os caldeirões é feita de galhos de árvore que são permanentemente lambidos pelas chamas e que não queimam e não se consomem, sem dúvida em virtude da maneira de colocar a lenha.

O cozinheiro índio que se movimenta com lentidão compassada é dono absoluto das necessidades da vida na floresta e no rio e das imposições telúricas da natureza; o nosso cozinheiro[,] um índio Tucano[,] de nome Tenente tem o sorriso enigmático dos Incas, tem os traços fisionômicos e forma do crâneo peculiar a essa raça dos Andes. Sempre afável ele trabalha com lentidão e segurança, o seu tempero é saboroso e a repetição diária da base dietética [–] arroz, feijão e carne seca [–], não cansa. Há quem fale em subnutrição do vale do Amazonas, em indolência do índio, porém o que se observa é bem o contrário; abundância de peixes diversos e caça; é só atirar o anzol da maneira certa, no local certo e na hora certa que o alimento é imediato e rico. Não há possibilidade de fome. O homem em trânsito pelos rios do Vale do Amazonas não se preocupa com o alimento, a chamada indolência do índio não é indolência, mas sim uma grande sabedoria de viver[,] profunda e apurada, sem calendário ele é um ser sem preocupações. O ciclo comer[,] viver e procriar é simples, a sua posição no tempo é inconsequente, o escoar dos acontecimentos é eminentemente existencialista. O branco comete o crime de vesti-lo[,] torná-lo um indivíduo sujo, doente e maltrapilho, forçando-o a adotar uma iconografia esteticamente inferior à sua e menos telúrica do que a sua, a moral do branco[,] coisa baseada em rotina alheia à natureza e às forças da floresta[,] se chocam violentamente com o manancial telúrico dos povos do Vale do Amazonas. Os símbolos da religião imposta se apresentam ridículos quando comparados com os símbolos da vida anímica entre o homem, o animal e a floresta, que é a vida anímica do índio.

A natureza do Vale do Amazonas fornece caça e alimentos em abundância sem passar pela industrialização do branco. Não há necessidade de industrialização porque cada elemento é totalmente telúrico, totalmente integrado com a floresta, com os rios, com o clima e com a alimentação oferecida pelo conjunto. O branco industrializando, oferecendo uma nova cor alheia à terra, enfraquece os laços telúricos, ele se desliga do húmus da terra, da floresta frondosa, do rio e dos habitantes do rio e da floresta. Estes habitantes vegetais e animais são os amigos mais íntimos do homem da beira rio e da floresta, capazes de saciar a sua fome e de se tornarem ídolos, os ídolos da sobrevivência, deuses do porvenir.

Industrialização é sinônimo de seccionamento de laços telúricos, o abandono da mãe terra é o enfraquecimento do homem como indivíduo, como ser plástico dentro da natureza. O homem deixa de ser um vegetal-animal com raízes para se tornar um intelectual: um novo ciclo de vida o espera.

Os galhos da floresta fornecem a estrutura da casa e as folhas da palmeira ubim dão a cobertura; a casa pode ser levantada em três ou quatro dias bastando apenas o trabalho da mais íntima comunhão entre o homem e a árvore. Não há problema básico para o homem do Vale do Amazonas; durante todo o ano a natureza lhe fornece abrigo e alimentos apenas a troco de uma compreensão[,] apenas com uma carícia mais íntima entre homem e natureza.

Não há [a] fome nem o frio sofridos pelo europeu, a natureza é um agasalho permanente dando sombra e fornecendo ar filtrado e refrigerado pela copa das árvores e pelo controle das correntes; bastando apenas uma pequena compreensão e adaptação. Os problemas que levaram o europeu à industrialização não existem no vale encantado e por esse motivo torna-se um crime contra a natureza forçar os primitivos habitantes do vale a usar roupas impróprias ao clima e a adotar símbolos alheios à sua índole ancestral e alheios à natureza por eles habitada, alheios ao conjunto de forças telúricas.

Como são ridículos e tontos os europeus, às vezes etnólogos, que falam em tristeza dos trópicos, como são falsas e tolas as suas observações quase sempre acompanhadas de fotografias dramáticas mostrando índias nuas de seios caídos.

Como então comentar fotografias que seriam tiradas de mulheres europeias nuas e de certa idade para ilustrar a tristeza da Europa. Certamente seriam trágicas e tristes essas fotografias e exibiriam a guerra, a fome, a inimizade e a devassidão da Europa.

Não há tristeza no Vale do Amazonas, há apenas seres telúricos, seres vermelhos, lentos e pacientes em contato íntimo com a natureza e que são perturbados e estupidamente desmembrados pelo elemento branco que não o compreende se julgando superior.

[...]

20 set. 1958, expedição S. P. I. ao Alto Rio Negro – Rio Camanaú.

V – O apetite na floresta

Come-se o dia todo, há sempre um peixe frito ou moqueado na frigideira ou na grelha[,] pronto para ser agarrado com os dedos, há sempre um café do melhor que o cozinheiro índio nos oferece. Come-se mais do que na cidade, muito mais, para suprir as subidas e descidas pelos barrancos do rio em busca de banho e *toilette* e as penetrações da mata.

Come-se pelo prazer de comer e pela ocupação que esse prazer proporciona. Come-se tudo: papagaios, gaviões, mutuns, pombas, macacos, cobras, formigas, camaleões. Devorar peixes e animais faz parte integrante da vida na floresta, e como nos enternecemos indevidamente ao contemplar as altas copas da floresta nada percebendo para comer.

Há algo de estranho nesse apetite devorador de tudo em redor, inflexível no seu intuito, incapaz de piedade pelo pássaro alegremente saudando o amanhecer sobre o rio ou pela anta que o travessa em visita de cortesia ao seu semelhante. Parece que comer a natureza é uma necessidade básica alheia à fome, seria um complemento da fome e um convite telúrico da própria natureza, o apetite torna-se algo de afrodisíaco, algo proveniente do húmus das folhas mortas que cobrem o chão.

Por que toma o vegetal parte tão insignificante no alimento do homem primitivo na floresta? No entanto[,] ele se encontra permanentemente abrigado pela floresta. Somente ao sair da floresta, ao abandonar a sua casa de galhos e de folhas, ao galgar rochas escarpadas que lhe fornecem o modelo feérico da cidade, é que o homem[,] desligando-se de laços telúricos[,] passa a devorar o vegetal. Essa atitude passiva para com o vegetal que o envolve de todos os lados leva a crer que ele é dominado pela imobilidade estatuesca do vegetal, pelos gestos imóveis das árvores gigantes; os desejos contorcidos e torturados das raízes entrelaçadas de cipó, verticais como as cordas de uma harpa, funcionam como barras acolhedoras de uma prisão que o retém e que não podem ser destruídas e nem desaparecer. É a imobilidade transcendental e sem tempo que o retém e o intimida; ele só devora os elementos móveis do rio e da floresta. Seria um convite ao exercício para torná-lo apto a sobreviver? Para transformá-lo em conquistador de espaços horizontais em busca de visão geográfica?

[...]

Sem dúvida os insetos[,] formiga e gafanhoto teriam sido devorados antes da caça e da pesca o serem, o mesmo acontecendo com a cobra, o camaleão e o *teju açu*. Os movimentos mais lentos dos répteis e das formigas indicam uma grande antiguidade no seu uso como alimentos; o homem remoto era lento e tornou-se rápido por imposição do contato maior com o mundo animal e forçosamente mais íntimo[,] pois que ele usava este mundo animal como alimento. O uso de pó entorpecente pelo curandeiro, pó extraído de diversas árvores, é, ao que parece[,] coisa requintada; um uso oriundo da periferia da floresta ou do desejo de abandonar a floresta e sobrevém após o uso de insetos e animais como alimentos.

Comer o seu semelhante é prática relativamente recente e teria aparecido na evolução entre o comer o animal e o comer o vegetal. Comer o seu semelhante teria aparecido como requinte de amizade e de apreciação a fim de adquirir as qualidades do semelhante devorado, da mesma maneira que ele adquire os atributos do animal comido.

O semelhante não é comido por uma questão de fome[,] pois não lhe falta o animal que está sempre na floresta e nos rios para satisfazê-lo nesse sentido.

A antropofagia no Vale do Amazonas é praticada como consequência de um ato de guerra e de inimizade e tem uma sequência alimentícia só acidentalmente. As melhores partes do inimigo abatido são distribuídas entre os guerreiros, que as saboreiam como um petisco raro. Trata-se de um requinte do paladar, coisa de *gourmet* que é lentamente mastigada até o fim do sabor. A melhor maneira de comer carne humana é usada pelo guerreiro requintado, a maneira moqueada que oferece ao paladar contrastes entre o tostado exterior e o macio do interior do pedaço. Hoje o hábito desencorajado desaparece, contudo encontrei um índio novo de uns dezessete anos e que[,] aos treze anos, idade aproximada da iniciação guerreira, havia comido moqueada a parte pudenda reprodutora de uma mulher abatida em combate e o índio Xamaterí me dizia: "Bonito, gordo..." Era o requinte do sabor; a estética e a tatilidade do paladar.

19 set. 1958, expedição do S. P. I. ao
Alto Rio Negro.

VI – Meditação do Rio Camanaú

Com cautelas conseguimos nos safar das corredeiras do rio Camanaú cujas águas baixam rapidamente dia a dia, expondo ao sol as pedras com grãos afiados como navalhas e sobre as quais surgia uma penugem vegetal em forma de estrela. As embarcações de calado maior desceram o rio dois antes; era grande o receio de permanecerem encurraladas nas corredeiras, o que se prolongaria até as próximas chuvas no ano vindouro.

Descemos então em canoas; na proa um índio com remo, o olhar agudo sobre as pedras no fundo dourado do rio[,] transparente a curta distância, o índio guiava com sinais o homem no leme que manejava o motor de popa, hora parando, hora suando na partida e[,] de quando em quando[,] todos desciam da canoa para empurrá-la. A bagagem fora dividida em duas viagens como único processo de passar bailando pelo meio das pedras. Os aparelhos delicados que não podiam molhar ou receber humidade foram todos colocados no alto da pilha de coisas e alguns dos mais importantes dentro do cilindro especial de alumínio, um cilindro estanque e que funcionava perfeitamente. Tubal Vianna[,] o chefe, permanecera atrás algumas horas a mais dando os últimos retoques no posto do S. P. I. situado a vinte quilômetros acima do local da última chacina de 1946[,] onde onze servidores do S. P. I. perderam a vida e onde se encontrava um solitário pé de jaca.

Revíamos um por um locais já percorridos; árvores frondosas cheias de sombra refrigerada, gigantescos galhos secos como mãos crispadas pela eterna espera, raízes expostas sofriam como mulheres tímidas com as duas vergonhas nuas; todo o equilíbrio oculto da árvore se encontrava desmascarado pela erosão. Florestas semi-submersas se prolongavam pelos igapós adentro[,] aguardando a sua sorte e o seu destino enfeitadas com orquídeas raras, cipós escorriam em parábolas sobre a água verde-escura como colares vaidosos e de quando em quando uma escuma prateada se estendia em prolongado rasto sobre a superfície escura do rio; era o rasto largo e viscoso de uma sucuriju[,] cujo comprimento alcança trinta ou quarenta metros, perigosa cobra grande que chega a parar as embarcações danificando-as.

[...]

Seguíamos curso firmes com o motor de popa em plena marcha e esperávamos dentro de alguns minutos alcançarmos as embarcações maiores amarradas em local aprazível. A fome era grande e a temperatura 39 graus centígrados à sombra da coberta da lancha que nos esperava parada, porém um delicioso tucunaré cozido e servido com arroz bem branco e pimenta, produto da arte culinária do jornalista e fotógrafo Norberto Esteves[,] que nos acompanhava[,] e pescado momentos antes, servia plenamente à sua finalidade[,] eliminando a fome e mesmo a sensação de calor e produzindo sorrisos alegres sobre rostos em expectativa. Norberto Esteves é também o autor de famosa sopa de cabeça de peixe que figuraria com vantagem no cardápio requintado de grandes restaurantes.

Sentíamo-nos decepcionados com a perda do espetáculo de vida e da intimidade dos Waimiri. Haviam estes prometido ao chefe Tubal, durante o contato da vanguarda que viriam amanhã, um grupo grande, em visita de cortesia ao novo posto instalado, porém[,] nos explica Tubal, o amanhã dos Waimiri é daqui a um ano quando as águas encherão de novo os rios. Contudo[,] temos alguma esperança e fotografá-los dentro de dois meses ao voltar do rio Demini para onde nos dirigimos agora.

Aqueles que já tiveram um início de contato com os Waimiri dizem que os mesmos são extremamente pobres em costumes, não gostam de música, parece que não cantam e não se pintam e não se ataviam. Mas tudo isso é "parece" e mesmo que assim fosse, inúmeros vestígios importantes indicando raízes de culturas antigas poderiam ser investigados. O valor etnológico, é claro, nada tem a ver com a riqueza ou a pobreza de costumes. Parece que não se misturam esses Waimiri, o que teria uma certa importância no estudo da apuração das sensibilidades.

[...]

Os grupos puros têm também a vantagem etnográfica de conservar intactos os seus mais antigos costumes permitindo que o estudo minucioso dos mesmos leve às origens o interessado. Pureza de costumes, uma conservação sem influências, é a máscara fisionômica do passado, não é necessariamente ausência de evolução, mas sim uma estereotipação de rotinas, uma formação de consciência dificilmente perturbável, consciência e moral se unem num só significado, a consciência imperturbável torna-se um reflexo condicionado que é o guia espiritual da raça, o fator de conservação da pureza do grupo.

Chegamos na boca do Camanaú e subindo o rio Negro entramos no *para'nã* de Cantagalo, um atalho dentro do rio para alcançar mais depressa Barcelos. O sol cai vermelho no horizonte. Do crepúsculo à noite as sombras d'água aparecem espalhadas no esmalte escuro do rio; é o efeito de clarões de nuvens ao anoitecer, podem ser erroneamente tomadas por pedras enormes, ilusão que se desmancha logo ao aproximar.

Há temporal à vista a bombordo. As tempestades no Amazonas enfurecido, nos rios Negro e Solimões são tão ruins como no oceano; os grandes navios respeitam o Amazonas.

Vamos entrar num *para'nã* até parar o temporal; é mais prudente. Depois seguiremos viagem. Se houver perigo as diversas embarcações de que se compõe o comboio, amarradas umas às outras, terão as suas amarras cortadas.

As máquinas funcionam a toda velocidade para se afastar da tempestade que se aproxima.

O banzeiro lá fora está muito forte e não podemos vencê-lo, vamos nos refugiar dentro de um igarapé. A luz do farol em movimento sobre a margem do rio procura ansiosamente na escuridão a entrada do igarapé; o local é perigoso. Muitos já ficaram nessa boca.

Sobre os autores

Marcelo Moreschi é formado em Letras e tem mestrado em Teoria e História Literária (2004) pela UNICAMP. Possui doutorado em Línguas e Literaturas Hispânicas (com ênfase em Literatura Luso-Brasileira) pela Universidade da Califórnia, Santa Bárbara, Estados Unidos (2010). Tem experiência na área de Letras, com ênfase em Literatura Luso-Brasileira e pós-doutorado pela UNICAMP, com pesquisa sobre o artista Flávio de Carvalho. Trabalha, principalmente, com abordagens interdisciplinares que combinam Teoria e História Literária com História da Arte. Atualmente, é professor adjunto do Departamento de Letras da Universidade Federal de São Paulo (UNIFESP), campus Guarulhos. Colaborou com o livro *Sensorimemórias*: um processo de criação da Companhia Perdida (2012), organizado por Juliana Moraes, e publicou textos em periódicos acadêmicos como as revistas *Remate de Males*, *Sibila* e *Interfaces*.

Raúl Antelo leciona literatura na Universidade Federal de Santa Catarina (UFSC). Pesquisador 1-A do CNPq, foi *Guggenheim Fellow* e professor visitante nas Universidades Yale, Duke, do Texas em Austin, de Maryland, todas nos Estados Unidos, e de Leiden, na Holanda. Presidiu a Associação Brasileira de Literatura

Comparada (ABRALIC) e recebeu o doutorado *honoris causa* pela Universidade Nacional de Cuyo. É autor de vários livros, dentre os mais recentes, *Potências da imagem* (2004); *Crítica acéfala* (2008); *Ausências* (2009); *Maria com Marcel. Duchamp nos trópicos* (2010); *Alfred Métraux: antropofagia y cultura* (2011); *Imágenes de América* (2014); *Archifilologías latino-americanas* (2015) e *A ruinologia* (2016). Colaborou em várias obras coletivas, tais como *Nenhum Brasil existe: pequena enciclopédia* (2003); *Literary Cultures of Latin America. A Comparative History* (2004); *Arte e política no Brasil: modernidades* (2014); *Comunidades sem fim* (2014). Editou *A alma encantadora das ruas* (1997) de João do Rio; *Ronda das Américas* (2001) de Jorge Amado (traduzido ao italiano); *Antonio Candido y los estudios latinoamericanos* (2001), a correspondência entre Mário de Andrade e Newton Freitas, bem como a *Obra completa* (2001) de Oliverio Girondo.

Veronica Stigger é doutora em Ciências da Comunicação, dentro da linha pesquisa Teoria e Crítica da Arte, pela USP (2005), com tese sobre a relação entre arte, mito e rito na modernidade, enfatizando os trabalhos de Piet Mondrian, Kasimir Malevitch, Kurt Schwitters e Marcel Duchamp. Realizou também pesquisas de pós-doutorado junto à Universidade de Roma "La Sapienza" (2009), ao Museu de Arte Contemporânea da Universidade de São Paulo (2009) e ao Instituto de Estudos da Linguagem da UNICAMP. É professora das pós-graduações em História da Arte, em Fotografia, em Práticas Curatoriais e em Práticas Artísticas da Fundação Armando Álvares Penteado (FAAP). É autora de onze livros de ficção, entre os quais estão *Os anões* (2010), *Opisanie świata* (2013) e *Sul*, sendo o último vencedor dos prêmios Machado de Assis (melhor romance) da Biblioteca Nacional de 2013, do Prêmio São Paulo de 2014, na categoria "melhor estreante acima de 40 anos", e do Açorianos de narrativa longa, também de 2014. Com o livro de contos *Sul*, venceu o prêmio Jabuti em 2017.

Eliane Robert Moraes é professora de Literatura Brasileira na USP e pesquisadora do CNPq. Publicou diversos ensaios sobre o imaginário erótico nas artes e na literatura, e a tradução da *História do olho* de Georges Bataille (Cia. das Letras, 2018). É autora, dentre outros, dos livros: *O corpo impossível, Lições de Sade – Ensaios sobre a imaginação libertina* e *Perversos, amantes e outros trágicos*, todos publicados pela editora Iluminuras. Assina a organização e o prefácio da *Antologia da poesia erótica brasileira* (Ateliê, 2015), assim como da coletânea *O corpo descoberto – Contos eróticos brasileiros* (CEPE, 2018).

José Tavares Correia de Lira é professor titular da Faculdade de Arquitetura e Urbanismo (FAU) da USP livre docente pela FAU com a tese "Fraturas da vanguarda em Gregori Warchavchik" (2008) e pós-doutor pela Escola Nacional Superior de Arquitetura de Paris-Malaquais. Dirigiu o centro de Preservação Cultural da Universidade de São Paulo (CPC-USP). Edita a *Revista CPC* e escreveu o livro *Warchavchik: fraturas da vanguarda* (2011), organizou a quarta edição de *Caminhos da arquitetura*, de Vilanova Artigas (2004, com Rosa Artigas), *São Paulo, os estrangeiros e a construção das cidades* (2011), com Ana Lanna, Maria Ruth Sampaio e Fernanda Peixoto, *Trabalho e arquitetura* (2013), com João Marcos de Almeida Lopes, entre outros livros. As suas pesquisas se concentram nas áreas de história, historiografia e crítica de arquitetura e urbanismo, com ênfase nas relações entre discurso disciplinar e prática profissional, condições da produção especializada e campo cultural e do pensamento social no Brasil.

Ana Luiza Andrade possui doutorado em Literatura Luso-Brasileira e Hispano-Americana pela Universidade do Texas em

Austin (1982), dois pós-doutorados UFSC/USP na atualização da pesquisa sobre Osman Lins. Foi professora visitante em Harvard, na Universidade da Califórnia (Los Angeles) e na Universidade de Buenos Aires. Atualmente, é professora de literatura brasileira na graduação e na pós-graduação e professora associada II da UFSC. Tem experiência na área de literatura brasileira com ênfase em teoria literária, publicando especialmente sobre autores modernos, tais como Machado de Assis, Gilberto Freyre, Osman Lins e Francisco Brennand. É líder do Núcleo de Estudos Benjaminianos e autora dos livros *Transporte pelo olhar de Machado de Assis* (1999), *Outros perfis de Gilberto Freyre: voltas duras/dóceis ao cotidiano dos brasileiros* (2007), *Osman Lins: crítica e criação* (2014), organizadora de *Ruinologias* (2016), com Carlos Eduardo Schmidt Capela e Rodrigo Lopes de Barros, além de tradutora de dois livros de Susan Buck-Morss, *Dialética do olhar: Walter Benjamin e o projeto das Passagens* (2002) e *Mundo de sonho e catástrofe* (2018, com Lopes de Barros e Ana Carolina Cernicchiaro).

María Florencia Donadi é doutoranda em Letras na Universidade Nacional de Córdoba (UNC) e, atualmente, bolsista do Conselho Nacional de Investigações Científicas e Técnicas (CONICET). A sua investigação se desenvolve em torno das noções de imagem, ruína e fantasmagoria nas obras de autores brasileiros contemporâneos que transitam pela territorialidade amazônica. Publicou "Derivas de la crítica: la construcción de valor de la obra de Caio Fernando Abreu" em *Escrituras Latinoamericanas* (2013); "La configuración de la enfermedad y el *impasse* posmoderno en dos cuentos de Caio Fernando Abreu" na *Revista Representaciones.* Fez traduções literárias e de artigos de crítica literária. É membro da equipe de pesquisa (Des)Territorializaciones en las Escrituras Latinoamericanas Contemporáneas (1990-2015), da Faculdade de Filosofia e Humanidades da UNC.

Alameda nas redes sociais:
Site: www.alamedaeditorial.com.br
Facebook.com/alamedaeditorial/
Twitter.com/editoraalameda
Instagram.com/editora_alameda/

Esta obra foi impressa em São Paulo no inverno de 2019. No texto foi utilizada a fonte Minion Pro em corpo 10,25 e entrelinha de 15 pontos.